THE MOST NOTORIOUS "TALKER"
RUN THE WORLD'S GREATEST CLAN.

序章

「一個人就是不能被瞧扁了。」

以上是擔任探索者（seeker）的外祖父生前常說的口頭禪。

探索者——一如字面形容，就是以探索為業的人們。

他們的收入來自於沉睡在遺跡裡的財寶或遺跡本身，除此之外也有尋找未知生物跟打擊犯罪。

不過探索者最主要且最受矚目的賺錢方式，就是前往探索深淵（abyss）。

當這個世界與魔界（void）相通時就會產生深淵。探索者最廣為人知的工作，就是前往探索深淵化的土地與建築物，並且除掉現世的惡魔（beast）。

由於將深淵置之不理，它將會無止盡地侵蝕這個世界，因此國家是十分鼓勵且支持探索者這項職業。若想淨化土地，就必須殺死身為深淵核心的惡魔，精通此門道的人就是探索者。至於另一個理由，就是從惡魔身上取得的素材，對現今文明——魔工文明的各種發明是不可或缺的原料。

就連翱翔於天際的船隻——飛空艇都實際打造出來的現代，魔工文明迎向全盛時期。至於造就這個時代的最大推手，憑藉一身實力獲得財富與榮耀的探索者，正是世人所憧憬的存在。

「諾艾爾，身為男人可不能被人瞧扁了。」

我外公從前在威爾南特帝國帝都耶特萊是個赫赫有名的探索者，而且還是高手中的高手——被世人譽為英雄。

「諾艾爾，你要當個不會被任何人瞧扁的男子漢。」

外公用他那隻能讓人感受到曾擔任過探索者的厚實手掌，輕輕地摸著我的頭。

說起外公的職能（job），就如同他那壯碩的身材是個【戰士】。所謂的職能，就是經由【鑑定士】評鑑後所發掘出來的個人潛力，同時也決定當事人的體能上限以及擅長的技能。任誰一開始都能夠獲得C階職能，日後根據當事人的努力與才華進行升階，最終成為高階職能。

比方說最普遍的戰鬥系職能【劍士】——將按照C階【劍士】、B階【劍鬥士（gladiator）】、A階【劍王（sword master）】的方式升階。

但也有極少數人突破上限達到EX階級。我的外公就是其中一人。他的職能——從C階【戰士】一路升階為B階【重裝兵（vanguard）】、A階【狂戰士（berserker）】，以及EX階【破壞神（destroyer）】。

儘管成為高階職能並不會改變本身的職能特性，但能力值會大幅提升，並且增加新的技能。若以階級來區分強度的話，C階是凡人，B階是超人，A階是怪物，至於EX階則是幾乎達到神的境界。

外公在年輕時當真是所向無敵，既強悍、粗暴又高傲。不過外公一見鍾情拚命追求的外婆，是個溫柔心善的美人，同時身體非常虛弱。

由於外公深愛著外婆，便為了外婆辭去探索者的工作，並且從治安險惡的帝都移居鄉下。他用至今賺來的財產買下土地，然後雇人開了間釀酒廠。相信這對某些人而言是理想中的退休生活，也是所謂的愜意人生。

在探索者之間被尊稱為不滅惡鬼（over death）的外公自從退隱鄉下後，就成了溺愛妻子的平凡大叔。外公打從心底愛著外婆，外婆也深愛著外公，兩人猶如比翼鳥般過著神仙眷侶般的生活。

但是外婆在生下媽媽當時不幸過世。畢竟生孩子對母親而言就如同搏命般充滿風險，再加上外婆身體本就虛弱，因此沒能承受住生產所帶來的負擔。

外公痛失摯愛後，真的是極度悲傷，不過他沒有自暴自棄，反而更是決心要好好獨力扶養外婆以性命生下的媽媽。

所幸外公的努力有得到回報，媽媽成為一名出色的女性。外婆生前是公認的大美女，媽媽的容貌與外婆是如出一轍，唯獨頭髮跟眼睛的顏色不一樣。相較於金髮碧眼的外婆，媽媽繼承了外公的黑色頭髮與棕色眼睛。

擁有生產系職能的媽媽長大後，就在外公的釀酒廠裡工作，並且和兒時玩伴的爸爸結婚。接著就生下了我，一家四口過著美滿的生活。

不過我對父母是一點印象都沒有。對我來說，最早的記憶就是老當益壯的外公放聲痛哭，以及他將我緊抱在懷裡的溫暖。

「諾艾爾，你真是個可憐的孩子……但你還有我，我不會讓你孤單一人的。我……我願意賭上不滅惡鬼之名！說什麼都不會死！」

父母在我懂事以前，因為一場馬車意外過世。愛聊八卦的人們都說這是惡魔的詛咒。外界謠傳外公昔日斬殺過太多惡魔，才遭到詛咒導致家人早死。

當然外公絕不會放過那些多嘴的人。無論對手是誰，他都會用拳頭把人打個半死，並且一定會說出他的口頭禪。

「身為男人絕不能被其他人瞧扁，並且一定要守住家人的名譽。」

還記得那時我被附近的壞孩子取笑說是詛咒之子，當晚外公得知後，就立刻去對方家中算帳，並在事後如此告誡我。

外公經常跟我聊起他還是現役探索者時的往事。在故事中活躍的外公與他的同伴們，全都是我心目中的英雄。從小聽著這些故事長大的我，自然而然也想成為探索者。

「諾艾爾，雖然你長得跟過世的媽媽十分相像，不過我非常清楚，你體內沉睡著媽媽沒能繼承到，足以與我比肩的探索者才華。」

事情一如外公說的，我在十歲接受職能鑑定時，的確被發掘出戰鬥系職能。

結果卻偏偏與我所期望的職能恰恰相反。

【話術士】──屬於擅長輔助隊友的職能。

名為【話術士】的職能是言語附帶增益（buff）效果，能夠大幅提升隊伍的戰力。換言之就是輔助職能（buffer）。

其實我比較想要【戰士】。就算不是與外公一樣的職能，好歹是個攻守兼備的強悍職能也行。

反觀包含【話術士】在內的所有輔助職業，儘管擁有優異的支援能力，但自身戰力卻是戰鬥系職能裡的吊車尾。此職能別說是只能仰賴隊友應戰，甚至無法保護好自身安全，是個相當極端且充滿弱點的職能。

即使隊伍裡有著負責牽制敵人（吸引炮火）的肉盾，但是缺乏自保能力的探索者還是極易喪命。在探索者的業界裡，似乎有著鄙視輔助職業的風氣。就算是【治療師（healer）】，至少也有點攻擊手段，怪不得輔助職業會遭受世人的歧視。真叫人欲哭無淚。

外公見我相當沮喪，便摸著我的頭豪邁大笑說：

「哇哈哈哈！別哭，諾艾爾！不管你是【話術士】或其他職能，我都會將你培育成最棒的探索者！你只要相信我就好！」

我對身為英雄的外公是深信不疑。面對最敬愛的外公，我對他說的話不疑有他，於是開始接受探索者的修行。一連串的修行當真是艱苦到近乎無情。平日總是慈祥和藹的外公，每到修行時間就會完全變了個人。此刻站在探索者實習生的我面前，是令昔日同行聞風喪膽的不滅惡鬼，是探索者的老前輩，是鍛鍊我的魔鬼教官。

「起來，諾艾爾！惡魔是不會等人的！無論你受了多重的傷，都要咬牙立刻起身！夠了！你這個傻徒弟，是要給我趴到啥時啊！」

遍體鱗傷趴在地上的我被人一腳踹飛，次數多到不光只有兩、三次。我從早到晚都在接受無比嚴苛的修行，剛開始我是每天都渾身沾滿嘔吐物，尿出血的情況更是不計其數。

但無論修行多麼艱苦，我都對外公充滿信心，也在嚴峻的修行裡感受到深深的親情。畢竟的確如同外公所言，惡魔不會放過我的任何弱點。若是修行不足沒能讓自己變強，就算成為探索者也會立刻沒命。因此外公為了避免我死去，拚命將【話術士】也能使用的戰鬥技巧傳授給我，我也卯足全力專注學習。

在經過四年的修行後，多虧外公教導有方，我練就一身探索者應有的能力與心智，比起修行前的我強大許多。只要繼續修練下去，就算我是不擅長戰鬥的【話術士】，也一定能成為不輸外公的偉大探索者。

但想成為國家公認的探索者，前提是必須達到法定成年年齡十五歲。所以我繼續接受外公的訓練，耐心等待那天的到來。

可是，就在此時發生了那起事件——

「聽著，諾艾爾！你絕對不許離開地下室！」

以往總是處之泰然的外公，這天竟露出我從沒見過的緊張表情，把我跟幫傭們都關在地下室裡。

原因是當晚，我們所住的城鎮突然深淵化。

大氣中的魔素(mana)達到一定濃度時就會發生深淵化。因此城鎮內都會定期舉辦驅散魔素的儀式，但不知基於何種原因有時會失敗，導致魔素一口氣回流。而且外公使用最大值為深度十三度的測量器調查後——發現此深淵高達十二度。

深淵與魔界相連越深就越危險，容易有強大的惡魔現世。換言之，我們所在的城鎮瞬間化為超危險區域。即使是探索者見習生的我，也不得不相信這次身為核心的惡魔就是探索者之間口耳相傳的魔王。

熟悉的城鎮早已不復存在，眼前只有一片烈焰噴發的燃燒地獄。一輪邪氣逼人的血紅明月高掛於天際。與魔界相連所產生的這片妖異空間裡，只剩下惡魔們狂喜的叫聲，以及民眾遭到虐殺的慘叫聲迴盪著。

「放心，外公我就算拚上這條性命也會保護你。」

全副武裝的外公露出一張堅定的笑容後，完全無視我的勸阻，獨自一人從門外把地下室上鎖。

由於深淵的範圍太廣，想在如此情況下掩護我和傭人們逃出生天，即便強如外公也難以做到。反之繼續躲在地下室裡，短期內恐怕是等不到援軍，因此外公認為乾脆趁著還有體力的時候，設法擊倒成為核心的惡魔才更有機會獲救。

不久後便傳來惡魔們死前的慘叫聲，而且數量不亞於兩百。這是外公揮動戰斧斬殺惡魔的證據。偏偏我心中的不安是不減反增。

究竟有多少惡魔顯現於世上……我打從心底對率領惡魔大軍的魔王感到畏懼。

接著外頭漸漸聽不見惡魔們的慘叫聲——取而代之是驚天動地到恍若不該存在於

現實中的打鬥聲。想來是外公與魔王之間的決戰已經開打。

長達好幾小時不曾停歇過的打鬥聲，在某個瞬間戛然而止。深淵特有的邪氣也隨即散去。

我堅信外公已取得勝利，便從地下避難室奪門而出。

外頭豔陽高照，放眼望去盡是一片斷垣殘壁，隨處可見人類與惡魔的屍體。

我穿梭於化成廢墟的城鎮之間，不斷尋找外公的身影。

最後終於讓我找到了。

已失去右臂與下半身的外公，就這麼滿身是血倒在地上——

我快步上前抱起外公後，他隨即露出虛弱卻又瀟灑的笑容說：

「……人真是戰勝不了歲月，現在的我簡直有辱不滅惡鬼這個稱號……」

我只是不停啜泣落淚，彷彿體內的水分要全數流盡般止不住哭泣。外公看著我，如同往常那樣溫柔地摸著我的頭。

「諾艾爾真是個愛哭鬼，跟外公我一個樣。」

外公將視線從我的身上移開，露出苦惱的神情。

「……這就是探索者最終的下場，既然以戰鬥為工作，就會隨時與死神相鄰。諾艾爾，即使這樣你也想成為探索者嗎？想跟我這個老頭子步上相同的道路嗎？」

我吸了吸鼻子，將淚水擦乾，然後露出和外公一樣的笑容，堅定地點頭回應。

其實我害怕得要死，也沒有餘力擠出笑容，甚至很想一直抱著外公，大聲哭喊乞求他別死，不要拋下我一個人。

但是此時此刻，我不想讓外公看見我軟弱的一面。

我只想令他安心，讓他明白自己的外孫就跟他一樣堅強。

因為……我至今從來沒能回報外公對我的養育之恩……

「……這樣啊，那你可要成為一名絕不會輸給任何人的探索者，當個不辱修特廉家之名的男子漢。這就是我最後的心願。」

外公注視著我的臉，再次摸了摸我的頭。

「諾艾爾，你能答應外公嗎？」

「……我答應你，外公，我會成為最強的探索者。」

「哈哈哈，這才是……我的外孫……諾艾爾……對不起……外公沒能守住……與你的約定……你……永遠都是……我最愛的……外孫……」

於是，我最敬重的英雄在我的懷裡安穩地闔上眼睛。

在那之後過了兩年，繼承偉大外祖父遺志的我——【話術士】諾艾爾・修特廉此時已成為探索者，居住在帝都裡。

我決定像外祖父一樣，不對，是要成為一名超越外祖父的最強探索者。我深信實現此理想就是報答外祖父的唯一方法。

問題就在於該如何定義最強二字。所謂的最強，想必就是在戰鬥中絕不會輸給任何人。但這是不可能辦到的。理由是戰鬥存在著相生相剋，這世上不存在能應付任何敵人的力量。

就連攻守平衡的【戰士】，甚至達到EX階級封頂的外祖父都有其極限，更別提全戰鬥系職能裡戰力吊車尾的【話術士】。光憑我一人之力想成為最強，是絕無可能辦到的。

既然如此，我該怎麼做？其實答案早就已經出來了。

「只要我成立最強的戰團（clan），並且成為該戰團的團長即可。」

所謂的戰團，就是召集多名探索者成立的組織。有別於單純為了接受委託而聚在一起的隊伍，戰團是獲得國家正式承認的組織。簡言之就是高階版的隊伍。儘管必須達成特定條件才能夠得到國家的認同，但只要成為戰團就可以直接向國家接取委託。

換句話說，這才是真正的專業集團。

事實上，想憑一己之力成為最強的想法本身就錯得離譜。人類最強的力量莫過於團結。意思是我想成為最強，就必須網羅各領域的優秀人才，打造出一支最強戰團。

成為探索者的我為了實現這個野心，第一步就是在帝都裡尋找同伴。幸運的是我很快就跟三名人才組成隊伍。

他們分別是紅髮帥哥【劍士】洛伊德、黑髮壯漢【戰士】瓦爾達，以及金色長髮美女【治療師】達妮雅。

三人和我一樣皆是初出茅廬的新手，不過他們都畢業於探索者養成學校，因此年齡都在我之上。雖說探索者是秉持實力至上主義，可是也相當注重輩分，就算我們都是新人，年齡上仍有些微差距。即使我再百般不願，也只能成為這三人的小弟。至於隊長也不是我，而是由洛伊德擔任。

一開始會這樣也是莫可奈何，現在是身為探索者累積經驗的時期，一切不可操之過急。

反正沒有任何隊伍是恆久不變，終有一天我會把這個隊伍改變成符合自身的理想。倘若同伴們願意接受是最好，假如無法接受的話，我就脫離隊伍另起爐灶即可。

我對這群同伴並不排斥，甚至是對他們充滿信賴，但只要從事探索者的日子一長，總是與老面孔合作反倒相當罕見。有機會就跳槽的心態，雖以某程度上來說是冷酷無情，卻也是身為探索者不可或缺的處世觀。

不管怎麼說，我目前仍是蒼之天外（blue beyond）的一分子。為了履行自己的本分，今天我也致力於探索者的活動。

深淵化是魔素達到一定濃度時，不分場所都會發生的現象，與是否有人居住毫無關係。不過魔素濃度容易增加的地點，主要是叢林或洞窟等封閉的空間。特別是人煙罕至的地方，在管理上無論如何都容易有疏漏。

我們這支四人小隊受雇負責淨化的地點，就是昔日矮人族挖掘白星銀（mithril）的廢棄礦坑。此廢棄礦坑深入地底，幸好深淵化的速度十分緩慢，受影響的只有其中一小部分。深淵深度是四，屬於低危險度。至於現世的惡魔，也是已找出攻略方式的常見品種。

下級吸血鬼（lesser vampire）——吸血鬼型惡魔。吸血鬼型基本上都具有人形，配上高超的體能與再生能力，是一種擅長強力魔法技能的棘手惡魔，不過下級吸血鬼是低等品種，因此不會使用魔法技能。它的外表雖說是人形，卻擁有四條手臂、白色皮膚並且只有一顆眼球，模樣可說是相當詭異，另外智慧與野生動物無異。

反之它擁有驚人的繁殖能力，甚至可以獨立繁殖。就算起初只有一隻，僅僅一個月就能夠增加至幾十隻的可怕存在。

如果發現得太晚，礦坑內現在恐怕已充斥著無數隻下級吸血鬼。這樣一來，此委託將會需要幾十名人手才有辦法處理。

即使它們不會施放魔法技能，但終究是吸血鬼型，具有徒手能把一頭牛撕裂的臂力，以及其再生能力是只要沒有被砍下首級，無論多重的傷勢都可以完全恢復。如果被它們圍攻，就算再能幹的探索者也會慘遭秒殺。

我們隊伍裡沒有能夠偵測周圍狀況的成員。若是有擅長偵查動靜的【斥候】或【弓箭手】會更有利，但就算帝都再大，光靠我們的條件依舊難以召集到適合的人才。畢竟並非光是職能為【斥候】或【弓箭手】就好，實力太差的人只會淪為拖油瓶。的確我們渴望有優秀的【斥候】或【弓箭手】加入隊伍，但也不能沒找到就不接委託。

所以我們仰賴達妮雅的光源技能，謹慎地展開搜索。一行四人隨時注意周遭情況，一發現下級吸血鬼就當場除掉。即使找到深淵核心的頭目，我們也躡手躡腳地避免打草驚蛇，繼續清理敵方的手下們。為的是在挑戰頭目時盡可能不要出現任何變數。

換作是戰力更高的隊伍，就會立刻衝進去打倒頭目吧。畢竟除掉身為深淵核心的頭目，斬斷兩界之間的聯繫，所有部下也會馬上停止活動，此做法絕對是更有效率。

可是我們目前沒有這樣的實力。原本這委託是全員職能沒在B階以上會相當吃力，偏偏我們所有人都只有C階。

不過，我的職能是可以將不可能化為可能。

只要有身為【話術士】的我從旁支援，大家不僅戰力能夠大幅提升，就連體力與魔力的恢復速度都會加快。就算連續施展強大的攻擊技能與恢復技能，也不會輕易精疲力盡。換言之，只要我們別被大量的敵軍包圍，就可以一路過關斬將。再加上還能夠抑制消耗，也就不必擔心體力耗損而急於短期內決勝負。

雖然輔助職能經常因為個人戰力過低而受到鄙視，但被世人譽為英雄的外祖父對我進行過嚴格訓練，所以我不會成為隊伍裡的拖油瓶，甚至能提供強而有力的支援。我們組成隊伍的這一年來，就是運用這樣的戰術立下各種功績。由於我們總是挑戰高難度的任務，因此在同行之間又被稱為『專挑強敵的新人』。

基於上述原因，縱使我們都是新手，但別說是早已超越同期或同階級的探索者們，我們更是眾所公認的頂級探索者隊伍。

當然以上內容是指C階之間。既然我已繼承偉大外祖父的遺志，無論如何都非得繼續往上爬不可——

幸好我們在沒被頭目察覺的情況下，成功剷除掉它所有的部下。一共有十五隻。的確一如事前的調查，並沒有任何成長完全的個體。

如果再遲上半個月，它們不僅數量增加，恐怕還會獲得群體作戰的智慧。即使此品種沒有充足的智慧可以運用高端戰術，但至少能學會團體合作的戰鬥方式。

在那種情況下，我們就幾乎毫無勝算。討伐下級吸血鬼的報酬相當優渥，就設法將這筆錢納入手中——

「頭目準備使出以它為中心的範圍攻擊！兩名前鋒趕快後退！」

在我發出指示後，正在與下級吸血鬼頭目近距離激戰的【劍士】洛伊德和【戰士】

瓦爾達馬上向後跳開。

下個瞬間，頭目從背後伸出好幾條觸手，以銳利的前端將周圍一帶刺成蜂窩。驚險閃過攻擊的兩人，同時發出類似玻璃破碎的聲響。那是【治療師】達妮雅事先施加的防護罩（barrier）遭破壞的聲音。

頭目的攻擊力強大到光是擦身而過就把防護罩當場毀掉。假如兩名前鋒稍微慢半拍閃躲，或是事前沒有施加防護罩的話，此刻都已受到致命傷，化成一灘爛肉了。

可是我們並沒有驚慌，畢竟這情況都在預料之內。

「達妮雅，重新幫兩人附加防護罩！洛伊德跟瓦爾達繼續攻擊！」

「我知道了！」「收到！」「交給我吧！」

從戰鬥開始至今，三人都是根據我的指示（order）在行動。雖然隊伍的隊長是洛伊德，不過負責指揮作戰的人是我。理由是我的指示全都有增益效果。

這就是話術技能《戰術展開（tactician）》。當我對成員下達指示時，一切行動都會提升百分之二十五的效果。換言之，他們三人目前皆處於全能力提升百分之二十五的狀態下。此數值是【鑑定士】管理統計出來的資料，原則上是正確無誤。

而且我能提供的增益不光如此。

話術技能《士氣高昂（battle voice）》可以提升隊友百分之二十五的體力與魔力，並且加快恢復速度。多虧戰鬥開始之際就附加這個技能的關係，三人可以長時間全力應戰。

戰況目前對我方有利。手持長劍的洛伊德與揮舞戰斧的瓦爾達，漸漸把頭目逼入絕境。既然殺手鐧的觸手攻擊已被我方躲掉，它最多就只能延後被砍下腦袋的時間罷了。即使是缺乏智慧的生物，現在也能看出它慌了手腳。

不過，任何時候都有可能會出現變故……

「不會吧！有伏兵!?」

率先驚覺情況有異的是達妮雅。我在聽見她的驚呼聲後，順著她的目光往上一看，發現有三隻張牙舞爪的下級吸血鬼在天花板上爬。看來它們潛伏在我們無法確認的地方。

儘管現在是我方占優勢，但假如這批伏兵從旁支援頭目，局勢將會一口氣遭到逆轉。兩名前鋒也聽見達妮雅的尖叫，緊張得繃起表情。我隨即針對是否要繼續作戰做出判斷。

「別慌！大家繼續奮戰！」

這是話術技能《精神解法(peer support)》，在指示裡附加能讓目標的精神穩定下來，並且激發士氣的效果。三人立刻不再恐慌，同時重新燃起鬥志。

當然我並不是下令讓他們與敵人玉石俱焚，而是的確握有勝算。在所有戰鬥系職能裡，原則上是後衛的智力加成比較高，其中又以【話術士】位居全後衛職能之冠。因此我只要活用自己的腦力，以及至今所累積的戰鬥知識，這點程度的危機根本不值一提。

「——差不多是十八秒。」

我在腦中驗證完制定好的戰術，如此喃喃自語。這場戰鬥是必勝無疑，萬無一失。取勝所需的時間為十八秒。我按下手錶的馬表鈕，對成員們下達新的指示。

「小兵交給我處理！你們三人專注對抗頭目！達妮雅繼續幫忙附加防護罩！洛伊德和瓦爾達先專心牽制跟閃躲，做好施展最強攻擊技能的準備！」

我使出話術技能《戰術展開》，以及——

話術技能【目標指定(marking)】。這是替隊友指定攻擊目標後，他們在面對目標時可以提升百分之五十命中力與迴避力的技能。儘管代價是對抗其他敵人時會導致命中力跟迴避力減半，不過伏兵交由我來牽制，我絕對不會讓它們去攻擊其他隊友。

我看向從天花板朝我撲來的敵人們。

「停下來!!」

在我一聲大吼後，它們因為著地失敗而紛紛摔倒。

這是話術技能《狼之咆哮(stan howl)》，令敵人暫停行動的技能。雖然面對實力較強的頭目會遭到抵抗而無法生效，但仍能成功限制伏兵們的行動。我迅速將黑色長大衣一掀，從腰帶拔出魔槍(silver flame)，鎖定眼前的伏兵們。

魔槍是能夠發射已注入魔法技能的子彈——魔彈的槍枝。所用材質是魔力傳導性優異的白星銀。握柄則是使用現世於深度九的惡魔·幽狼犬(Garm)的獠牙。槍身內的膛線有使用幽狼犬之血來施加能提高魔彈威力的咒語。款式是口徑三十八的八連發左輪式(revolver)魔槍。這是缺乏攻擊手段的我，唯一能用來對抗惡魔的武器。

由於子彈的造價相當昂貴，因此不能胡亂開槍(trigger happy)。目前還剩下兩發結冰彈(ice bullet)，於是我將其中一發射向伏兵們。

擊中地面的結冰彈立刻將周圍凍結。雖然沒能把敵人凍死，但還是冰住了其中兩隻的手腳，成功阻止它們的行動。不過迅速擺脫暫停效果的最後一隻，高高跳起躲開冰凍，朝我撲了過來。

那傢伙對魔槍心生警惕，不斷移形換位避免停留在射擊範圍內。並未擁有狙擊加成技能的我，難以瞄準這種速度快的敵人。加上《狼之咆哮》在連續使用下會效力大減，眼下肯定無法順利生效。

若想阻止敵方行動，至少得等上十分鐘才行。

截至目前已過了十五秒。距離伏兵用爪子擊中我還有四秒。一切都在我的計算之中。

我毫不猶豫地把魔槍槍口對準身後的頭目，並且氣集丹田大吼出聲。

「就是現在！洛伊德跟瓦爾達都對團長發動攻擊技能!!」

我在下達指令的同時扣下扳機。朝後頭亂射的這一槍自然不會擊中目標。不過頭目發現本該在對抗伏兵的我，不加思索地朝它發動攻擊，迫使它稍微頓了一下。

它卻不知這一瞬間的破綻有多麼致命——

結冰彈從頭目的身旁飛過，擊中牆壁令周圍凍結。當頭目被轉移注意力的剎那間，兩名前鋒已殺到它的面前。

「鬥氣破斷（aura blade）！」「迴轉斬殺（deadly drive）！」

雖說技能名稱相差甚遠，兩者卻同樣具備攻擊威力瞬間提升五倍的效果。頭目打算用爪子擋下兩人的攻擊，但也只是白費力氣。

話術技能《連環計（assault command）》是在十秒的有效期限內，能將隊友的所有攻擊系技能威力都提升十倍。並且在下達命令的時候就立即生效。

《連環計》是我所有話術技能裡最強的一招，不過造成的副作用也很嚴重。由於發動攻擊技能的消耗也會連帶大幅提升，因此目標在攻擊結束後會暫時無法行動。換言之，必須精準掌握戰況才可以使用這招。而我就是抓準最佳的時機，令頭目瞬間露出破綻。

兩人的殺招當場把頭目的腦袋砍飛出去。已伸至我眼前的那根利爪就這麼戛然止住，伏兵隨即應聲倒地。

啟動的馬表停止計時，我低頭確認顯示的秒數。

「——剛好十八秒整。敵方目標已無生命跡象。」

分秒不差精準地制定戰術，是身為隊伍指揮官不可或缺的資質之一。只要有一絲遲疑，都有可能導致隊伍全滅。為了確認自己的計畫萬無一失，我總會在關鍵時刻利用馬表來計時。

在確認自己這次的指揮也非常完美後，我稍稍放鬆表情。

「作戰結束——大家辛苦了。」

「為這次的勝利乾杯——！」

我們四人各拿一杯麥酒，在餐桌上舉杯慶祝。

沒有折損任何一人、成功淨化深淵的我們，從目的地搭乘馬車返回帝都後，按照慣例在解散前先到常去的酒吧——豬鬼（Orc）棍棒亭舉辦慶功宴。

桌上除了冰涼的麥酒以外，還有各種美味佳餚，但大部分都是肉類料理。比方說厚切牛排、豬肋排、香腸、烤鴿肉以及滷內臟等等。儘管全是高油脂的餐點，不過身體就是資本的我們很快就將桌上食物一掃而空。

說起探索者，基本上都是大胃王。先別說人高馬大的瓦爾達，就連隊伍裡的一點紅，身材曼妙的達妮雅在食量上也遠超過常人。

像這樣大魚大肉，酒自然也是一杯接一杯。按照慣例，大家一開始大多都會聊些比較嚴肅的話題，比如說回顧今日的戰鬥等等，不過酒過三巡之後，就會扯開嗓門閒話家常。特別是完成像今天這類報酬優渥的委託，更是會暢飲一番。

「話說這次的工作真賺！報酬高達五百萬菲爾！可是整整五百萬菲爾喔！完全是至今委託中報酬最多的一次！」

自瓦爾達就座後，這句話已重複說了五次。想必他已醉得腦袋不靈光。人在喝醉時總會大聲重複同一句話。

不過我能理解他的心情。由於我繼承了外祖父的好酒量，除非大量灌下高濃度的烈酒，原則上是千杯不醉。話說我當真喝醉的話，或許跟瓦爾達是半斤八兩吧。

從皮革袋裡隱約能看見的五百萬菲爾——成功討伐下級吸血鬼獲得的這五十枚金幣，我們是堂而皇之地擺在桌上正中央。面對那白花花的一大筆錢，清純的達妮雅看得一臉陶醉，平常總是英氣勃勃的隊長洛伊德，同樣露出一臉傻笑。

當然我也非常開心。話雖如此，卻還是有所不滿。

其實我們應該賺得更多，結果就只拿到五百萬菲爾。這個事實令我感到一陣鬱悶。

「我們終於闖出一片天了……」

達妮雅感慨地如此低語後，洛伊德撥起他那如火焰般的紅色頭髮點頭說：

「明明我們出道還不滿一年，還是順利打響名聲。按照這樣發展下去，我們肯定能繼續往上爬，所有人都升上B階也是指日可待。」

洛伊德說得不疑有他，語氣中充滿自信。我也同樣對此很有把握。關於我們四人升階一事，十之八九肯定沒問題。

每個職能都有不同的升階條件。以B階的條件來說，原則上都已是眾所周知。根據得來的情報，我們只差一點即可滿足條件。就我所知，我能升階的選擇共有三種。當然我想挑選的職能，是能強化自己目前在隊上所扮演的角色。至於另外三人也抱持相同的打算。

成為探索者到現在已有一年，過程的確如洛伊德所言相當順遂。不過像我們這種新人若是發展得過於平順，也就容易招人嫉妒。

帝都裡有多個探索者專用的酒吧。該處不僅有提供飲食，更是用來收集情報、招募成員的場所。基於上述原因，儘管並非有明文規定，各酒吧卻都設有不同的階級與功績門檻。

C階職能的探索者們不得進入B階探索者們聚集的酒吧。就算是C階能進出的酒吧，有時也會因為功績太低而被拒於門外。這種時候即使動粗也會得到默許，一無所知的新人經常因此迎來殘酷的洗禮。

換句話說，目前所在的這間豬鬼棍棒亭就是符合我們階級與功績的酒吧。不過最重要的一點是我們成為探索者至今只有一年，年齡也落在十六至十八歲尚屬年輕，就算大家擁有相同的階級跟功績，自然也會因為資歷和年齡產生不同的實際價值。

環顧整間酒吧，跟我們相同水準的隊伍也在開心飲酒作樂，不過年齡層較高的其他桌，就瀰漫著一股陰鬱的氣氛。那些人就是無法順利升階，被迫停留在此的探索者們。

這種人是有立下能待在這間酒吧裡的功績，但只要時間一久，就容易產生空有自尊卻缺乏實力的心態，忍不住去嫉妒前途似錦的新人。即使是此時此刻，也有人一臉怨恨地瞪過來。但只要覺得不爽反瞪回去，對方就會尷尬地移開視線繼續喝酒。

去理會這種人是很麻煩，但置之不理又會被人瞧扁，甚至有可能來暗算我們，因此偶爾需要像這樣給對方一點教訓。

「喂，你怎麼啦？臉色這麼難看。」

「沒事。」

酒醉臉紅的瓦爾達，邊喝酒邊窺探我的表情。這些垃圾事沒必要告訴其他人。我避開話題吃著香腸，瓦爾達卻繼續追問。

「怎麼怎麼～？如果有煩惱可以儘管跟我說喔～」

「你真煩耶。別纏著我添亂。」

「難道你對這次的報酬仍有不甘？」

「不是，總之你閉上嘴巴乖乖喝酒。」

「把錢看太重並不好喔，身為探索者就該要有器量。相信你最愛的外公也會這麼說的。」

「你說啥？」

我原本只想把事情含糊帶過，可是一聽見瓦爾達隨口搬出我最尊敬的外祖父，不禁令我感到一陣惱怒。你對我的外公是了解多少？我只說過自己是不滅惡鬼的外孫，卻不記得有跟人分享過外公的事蹟，少給我在那邊瞎扯。

外祖父對我的叮囑其實恰恰相反，他奉勸我說身為探索者就該拘泥於錢財。理由是探索者的活動總會非常花錢。畢竟前往探索得先湊齊需要的道具，裝備也要添購或送修，倘若沒錢就什麼事都做不了。

不過外祖父的教誨與社會風氣截然不同，由於探索者之間有著不拘泥於錢財才叫做『瀟灑』，因此經常令我感到很不爽。

就連當初在承接此委託時，如果繼續交涉肯定能多賺五十萬菲爾。原因是下級吸血鬼素材的價值近來水漲船高。

當我如此提議後，另外三人卻秉持著『報酬都已多達五百萬，若是貪心到多拿那區區五十萬就太不像話了』的論調，因此並非隊長的我只能放棄交涉。

不過五十萬絕非一筆小數目，反而是一大筆錢。假如多了這筆錢，將能有許多用途。就是因為有五百萬菲爾在眼前，導致這三人的金錢觀被打亂，才會認為這是一筆無須交涉爭取的小數目。說穿了就是他們很隨便，對於惡魔素材的行情一無所知，打從一開始就沒想過要透過交涉來抬高報酬。

一想到此事就叫人火大。當然我也理解亂發脾氣於事無補。

「……我沒有不甘。畢竟事情已經過去了。」

我將怒火隨著酒一飲而盡，發出一聲嘆息。即使我不想被人看扁，但對方已經喝醉，反駁再多也只是白費脣舌。

「對呀，重提此事的是瓦爾達你才對。確實諾艾爾對於報酬一事有意見，但最終仍願意配合我們不是嗎？嗯？」

幫忙緩頰的達妮雅向我徵求認同，偏偏這句話實在令我難以苟同。我並不是願意配合，單純是我一人繼續堅持也無濟於事，才只好選擇放棄。讓人產生這樣的誤會反而令我很頭疼。

因此我只能回以苦笑，問題是這個反應似乎觸怒了瓦爾達，他把酒杯用力放在桌上，怒聲喝道：

「你少給我在那邊嘻皮笑臉！我可是正在生氣喔！」

「什麼？」

「若是你太貪財，將會降低我們蒼之天外的格調！你給我好好反省！」

「這是哪門子的鬼話，你自己不也因為五百萬菲爾而感到心花怒放嗎？少給我撇得一乾二淨。」

「獲得正當報酬自然會感到開心！我又不像你骯髒到打算抬高價碼！」

明明長得人高馬大，卻給我像個小鬼一樣滿嘴歪理。不過跟醉鬼講道理也只是對牛彈琴。對於醉鬼有一套適合的處理方式。我就表現得紳士點，採取禮貌性的應對態度。

「啊～沒錯沒錯，一切都是我不好，最正確的永遠是瓦爾達大人，我被您教訓得百口莫辯，您真是太出色了。」

「你那是啥態度啊!?我可是比你大兩歲喔！」

面對越來越火爆的瓦爾達，我回以冰冷的眼神說：

「這場面跟年齡有什麼關係？難道你遇見比自己年長的人就會唯命是從嗎？少笑死人了，探索者是以實力至上。像這樣拿年齡當擋箭牌，未免也太嫩了吧？瓦爾達小弟弟。」

「你、你、你你你你、你這傢伙……」

瓦爾達聽我這麼一說，憤怒到額頭上的青筋彷彿快噴出血來。他一腳把椅子踹開，眼神猙獰地低頭瞪著我。

「聽你在放屁，諾艾爾！你也只會站在後方下達指示啊！像你這種躲在安全處翹二郎腿的傢伙，少給我太囂張！」

「是啊是啊，多虧瓦爾達大人，我總是非常輕鬆。嗯～真是太感謝您了。您戰鬥起來有如鬼神般英勇無比！像我這種只會下指令的廢物根本不能相提並論！不愧是探索者中的探索者！咻～帥哥！」

生性單純的瓦爾達見我吹口哨挑釁後，顯得既惱怒又不甘，彷彿快將臼齒咬碎般咬牙切齒。

「……諾艾爾，你做好覺悟了嗎？」

「喂喂，現在是怎樣？我可是在稱讚你，你未免也太小家子氣了吧。剛才不是說身為探索者就該有器量嗎？還是說想要我摸摸頭秀秀你啊？或是唱首搖籃曲給你聽？瞧小瓦你長得這麼高大，居然那麼愛撒嬌。喔～乖寶寶，記得要乖乖聽話喔～」

「我、我我我我……我要宰了你！」

動怒的瓦爾達將手伸向我。眼見情況都在我的預料之中，令我不由得揚起嘴角。有意思，我這就接受挑戰。即便瓦爾達擔任隊伍的前鋒，也別以為喝醉後有辦法打贏我。看著傻傻從正面衝過來的瓦爾達，當我起身準備使出過肩摔時，靜待在一旁的洛伊德突然擋在我們中間。

「都給我住手，少在那邊丟人現眼！」

挨罵了。難得有機會可以放手痛揍瓦爾達一頓。這樣的結局是令人惋惜，不過隊長已出面勸架，開心的鬥毆只能到此為止。

我舉起雙手坐回椅子後，瓦爾達也咂嘴一聲，收斂地回到座位上。

「真是兩個笨蛋……」

達妮雅忍不住嘆了一口氣，洛伊德像是想安慰她似地摸著她的肩膀。這兩人是一對情侶。儘管隊友間談戀愛實屬不妥，但終究輪不到我來插嘴。

附帶一提，瓦爾達也同樣愛上達妮雅。可是比起肌肉猛男瓦爾達，達妮雅最終選擇了陽光帥哥洛伊德。

完全是個尷尬到極點的三角關係。

「那就差不多散會吧。先來分配一下報酬。」

洛伊德爽朗一笑擔任主持。那張英俊的笑容與瓦爾達的臭臉完全形成對比，怪不得達妮雅會選擇洛伊德。

報酬五百萬菲爾按照以下方式分配。

首先撥出兩百萬菲爾當作隊伍基金。這筆錢是用來擴展今後活動的資金，也是以備不時之需的保障。

接下來再將兩百萬菲爾當作隊伍的活動費用。這是用來補充道具、修繕與添購裝備所需的錢。洛伊德跟瓦爾達使用的裝備必須送修，原因是在與下級吸血鬼的連續戰鬥中幾乎報銷。我的魔彈同樣也非補充不可。即使交給看在我們是老主顧而願意打折的武具店，粗估也需要兩百萬菲爾。

剩下的才是個人所得。

「就只有這麼點錢啊……」

先前的好心情有如作夢一般，瓦爾達沮喪地雙肩下垂。每人分得的金額僅剩二十五萬菲爾。以一般職業平均時薪為一千菲爾來看，這樣的收入絕不算差。但以當初收到五百萬菲爾的角度來看，最終就只拿到這點錢，會心生不滿也是莫可奈何。達妮雅在目睹手中只有兩枚金幣與五枚大圓銀幣後，也露出一副大夢初醒的樣子。

話雖如此，我也不會事後諸葛說當初就該跟對方交涉提高報酬。畢竟我說了也只是內心會舒坦點，卻會讓另外三人心情鬱悶。

「好啦好啦，大家別難過。」

洛伊德露出苦笑說：

「雖說每人分得的金額很少，不過隊伍的資產確實有在增加。況且下次也去接取這種高額的委託，就可以再賺到一樣多的錢啦。」

的確如同洛伊德所言。只是其中有一點並不正確。

「洛伊德，報酬如此優渥的委託可是相當稀有，並非那麼常見。況且這不是我們直接跟國家接取任務，而是其他戰團轉交的委託。要不是他們出狀況，肯定會獨立完成這麼好賺的案件。」

「是啊……說的也對……」

事實上淨化深淵的委託是由國家統一管理，原本只會託付給戰團處理。換言之，只有隸屬戰團的探索者才能夠與深淵扯上關係。

就算沒有加入戰團，仍有方法可以接取深淵的相關委託。儘管戰團從國家接取任務，可是面臨處理不了的狀況時，經常會對外招募幫手。理由就出在評鑑制度上，戰團每年接取的委託越多，得到的評價就會越高。我們此次接受的討伐下級吸血鬼委託，就是來自戰團手上的其中一件。

深淵相關任務的報酬都十分優渥，重點是這也和身為探索者的功績緊緊相連。所以像我們這種並非加入既有戰團的探索者們，都會從各戰團間尋找好賺的外包委託來賺取資金。我們就是藉此獲取資金跟功績，計畫有朝一日成立自己的戰團。

當然戰團也不會平白將委託交給別人負責，每次都會從中抽走一筆不少的仲介費。加上討伐的惡魔也歸戰團所有，因此沒有交涉就一口答應的話，只會被人敲竹槓。雖然交涉是很重要，但過度主張自己的權利與對方交惡，日後再也找不到好工作也是事實。

換言之，按照隊伍的成長度來考量，時機差不多成熟了。

「洛伊德，隊伍的資產目前有多少？」

「咦……我想想喔，加上這次的報酬是一千兩百八十萬菲爾。」

我們是由擔任隊長的洛伊德負責管理隊伍基金。一千兩百八十萬……這金額跟我印象中差不多。

「那麼，我們就用這筆錢成立戰團吧。」

「咦!?」

洛伊德顯得十分驚訝，另外兩人也發出驚呼。

「……諾艾爾，相信你應該很清楚，想成立戰團可是得先繳納兩千萬菲爾給國家喔？」

這筆錢並不是國家想壓榨探索者，而是戰團沒能在指定時間內完成委託時的強制保險費。

深淵是會隨著時間不斷擴大，因此必須盡早淨化，倘若任務失敗將導致危險度大幅提升。因為難度上升的緣故，交由下個戰團處理時自然得增加報酬，這部分就是採取由失敗方交付違約金來承擔的機制，才會要求各戰團在成立時必須先支付兩千萬菲爾，而且每半年都得支付一次強制保險費。

「我明白，但我們在這一年裡已經變強，也頗有知名度，老是像這樣接取外包委託根本沒賺頭。」

「我能理解你的心情……」

「所以剩下的七百二十萬菲爾先由我來墊。」

「咦!?」

三人再次嚇到，而且眼睛瞪得比剛才更大。畢竟我表示願意一個人來負擔這七百二十萬的大數目，會出現如此反應也是理所當然。其實這筆錢並非隨隨便便就掏得出來。就算我繼承外祖父的遺產，積蓄也已所剩無幾。

在那起事件之後，我分發撫恤金給倖存的幫傭們，再加上成為探索者前的各種開銷，綜合起來是一筆龐大的數字。而且我謹遵外祖父的教誨，裝備可是有特別挑選過。原因是裝備的好壞與生存率息息相關。

不光是魔槍，就連我身上這件黑色長大衣也是十分優秀的高級品。這套利用深度八惡魔・黑鎧龍（Black dragon）的心臟肌肉纖維打造而成的長大衣，具有優異的耐打力與各種抗性。此外我在從事探索者之前，還有購買能讓人學習技能的技能學習書（skill book）等各式高級品。

「當然戰團步上正軌後，這筆錢還是得還我。畢竟我沒那麼慷慨，為了將來做打算，老實說我是想盡可能節儉點。但是比起繼續接取外包任務，趕緊成立戰團反而更容易賺錢。」

況且賣人情給這三個人，日後當我毛遂自薦想成為團長時，他們也會更容易接受。即使手段有些卑劣，但這也是為了實現我的雄圖霸業。

「據點呢？想取得成立戰團的許可，必須將據點設置在帝都裡。帝都的地價相當昂貴，單單每月的房租就不是一筆小數目。」

「放心，我有便宜承租房子的門路。」

「真的嗎？不過……」

達妮雅似乎不忍心看洛伊德如此困擾，從旁插嘴說：

「諾艾爾，我知道你是認真想這麼做，可是做人不該操之過急。就算我們現在勉強成立戰團，我也不覺得戰團能好好運作下去。」

「此話怎說？」

「因為……我們還只是新人，既年輕又只有C階職能。我目前十七歲，洛伊德跟瓦爾達是十八歲，你則是十六歲。即便我們都已是成年人，但在世人眼中仍是孩子。無論我們多麼優秀，許多事情還是容易受阻。」

「此話怎說？」

「因為……」

面對打算繼續遊說的達妮雅，我伸出一隻手制止她。達妮雅這番話並沒有錯，但也算不上是正確，可說是平庸又凡俗的意見。像這種無關痛癢的意見，說再多也於事無補。

「那妳認為何時適合？要經過幾年妳才覺得我們能夠確實將戰團營運下去？妳想拿什麼來當作成功的擔保？只要尚未成立戰團，無論經過多久都改變不了我們是新手上路的事實喔？」

「這個嘛……」

「至少我從成為探索者起，就一直在學習關於戰團的事物。所需知識都已具備。但我不認為光靠這些就一定能成功，我們需要的是從實際營運中獲得的經驗。這是原地踏步永遠也得不到的。」

「唔、唔～……」

達妮雅想反駁卻被堵得啞口無言，於是透過眼神向洛伊德求救。真是一對感情要好的情侶。

「……諾艾爾言之有理。任何事情都是沒有實際參與過就得不到相關經驗。不過最賺錢的任務與深淵有關，而這是由國家管理，如果國家看不起我們這群年輕人，即使成立戰團也拿不到工作喔？這樣有辦法繳交每半年收一次的強制保險費嗎？就算現在勉強行事，等待我們的只有破產而已。」

「實際情況恰恰相反，洛伊德。就因為年輕才容易得到好工作。」

「為什麼？」

「關鍵在於我們非常年輕，又有一副好皮相。」

「我聽不懂你想表達的意思……」

洛伊德歪過頭去，另外兩人也是相同的反應，露出鴨子聽雷的模樣。我重新仔細觀察眼前的三人。

身為隊長的【劍士】洛伊德，是個特徵為一頭火紅髮色的型男。他那張帥氣的容貌，在充滿粗人的探索者之中特別醒目。他不僅身材高䠷，肌肉又鍛鍊得十分結實，一舉一動都散發出優雅的氣質。

【治療師】達妮雅擁有一頭秀麗的金色長髮，是個外表柔情似水的美女。她性情溫柔又親切，再加上職能是【治療師】，因此有不少支持者都把她當成聖母在崇拜。

【戰士】瓦爾達是一名虎背熊腰的壯漢。儘管他不太在意自己的外表，就連那頭黑色短髮都是自己亂剪出來的，不過他五官深邃，散發著一種野性的魅力。

至於身為【話術士】的我，由於完美繼承母親那公認為美女的外貌，因此長相還算不錯。雖說經常被人誤以為是女性，我對此是已經死心了。

「國家鼓勵人們成為探索者。」

三人仔細聽我把話說下去。

「換言之，就是希望更多人民從事探索者的工作。如果我們是夢想成為探索者的年輕人，會對何種類型的探索者產生憧憬？實力高強這項條件就先略過不提，接下來就是品行端正嗎？這部分原則上是沒錯，不過最關鍵的一點就是容貌出眾。」

「原來如此……是這個意思啊……」

洛伊德似乎已聽出我想表達的意思，摸著下巴露出苦笑。

「沒錯，就是看起來既年輕又有外貌。畢竟赫赫有名的探索者等同於偶像明星。除了具有實力以外，假如當事人很年輕又外表出眾，就更容易被國家當成活看板。」

「意思是只要年輕又有姿色，就能得到國家的偏袒嗎？」

狀似酒醒的瓦爾達提出疑問，我以點頭代替回答。

時至今日仍以不滅惡鬼這個稱號頗有名氣的外祖父，儘管長相凶悍，卻絕非是哪來的醜八怪。加上他對穿著頗有品味，現役時期似乎很受女性歡迎。

「當然想得到偏袒，實力仍是主要關鍵。不過實際上闖出名堂的戰團，往往都是面容出眾的成員更容易受惠。」

「我不否認探索者這個職業也會注重外表。像我立志成為探索者的契機，就是因為十分憧憬某位【治療師】，可是……我也不知該怎麼解釋……總之我並不喜歡這種賣弄姿色的做法……」

達妮雅表示可以理解，內心卻似乎難以接受。

「你們兩人也抱持相同意見嗎？」

「我贊成。」

對我表示支持的人竟然是瓦爾達。他雙手環胸，露出一張得意的笑容。

「其實我已經受夠這種別人轉手的工作。就讓我們趕緊成立戰團吧。只要能賺到比現在更多的錢，我就可以盡情暢飲美酒，並且跟更棒的美女上床。哈，簡直是百利而無一害。」

「唉唷，瓦爾達！討論這種正經事的時候別胡扯啦！」

達妮雅氣得柳眉倒豎，瓦爾達卻擺出一本正經的模樣說：

「我可是認真的，達妮雅。追求地位、名譽跟財富有何不對？即使妳重視這類事物的程度與我不太一樣，但終究是半斤八兩吧。」

「那、那個……」

「還是怎樣？妳願意成為我的女人嗎？既然如此——」

「瓦爾達！」

洛伊德神情憤怒地一掌拍向桌面。畢竟有人當面泡自己的女人，即便是品行敦厚的人也勢必會動怒。

「我說笑的啦，你別生氣嘛，隊長。」

看著變回平日那副輕浮樣的瓦爾達，洛伊德嘆了一口氣。

隊友之間果然不該談戀愛，因為只會像這樣成為引發糾紛的起因。達妮雅似乎覺得頗尷尬，整個人安分許多。話說回來，達妮雅對瓦爾達而言，是個令他情願拋下地位、名譽和財富也想得到的女人。看來他有別於粗獷的外表，是一名浪漫的痴心漢。

「不過，戰團一事我可是認真的喔？」

面對瓦爾達的意見，洛伊德跟達妮雅都沒有提出反對。

「這下子的票數是二比一了。洛伊德，說說你身為隊長的意見吧。」

「真令人傷腦筋……你無論如何都想立刻成立戰團嗎？」

「不好意思，唯獨此事我是不會退讓的。若是你無論如何都沒給出一個確切的時間繼續推拖下去，就把基金裡屬於我的那筆錢還來，我決定脫離隊伍。」

我把話說開後，不光是洛伊德，所有人都嚇得目瞪口呆。

「……諾艾爾，你不覺得自己的態度太強硬了嗎？」

「關於這點我不否認，但與其繼續原地踏步浪費時間，我情願背負罵名踏上另一條路。在組成隊伍當時我就有說過吧。我有一個夢想，就是成為一名比偉大的不滅惡鬼更厲害的探索者。」

「夢想……嗎……」

洛伊德暫時陷入思緒，接著緩緩開口說：

「我懂了，我們成立戰團吧。」

「洛伊德，你是認真的嗎!?」

達妮雅針對洛伊德的決定再次追問。看來她還是堅持反對意見。

「不管怎麼說，我們終有一天得成立戰團。」

「但、但是……」

洛伊德對抵死不從的達妮雅溫柔一笑……奇怪，雖說沒有確切的證據，不過他們的反應頗令人在意。

「諾艾爾。」

「嗯？」

「這就是我身為隊長的意見。這下子你總該沒意見了吧？」

「嗯，我很高興你能理解。那麼，具體細節何時討論？」

「……後天早上如何？等酒醉和疲勞完全消退後再討論吧。」

「好吧，那就訂在後天早上。地點就約在你們的租屋處。」

這場比以往更久的慶功宴，便在沉默中散會了。

而這也是蒼之天外最後一次的慶功宴。

†

我每天都起得很早。不論前一天多麼疲倦，或是當天得出任務，我一定都會在清晨五點起床，並且開始訓練。當然就連與洛伊德約好開會的這天也一樣，安排好的晨練不會有任何更動。

訓練內容是沿著帝都外圍城牆跑兩圈，距離約莫五十公里，身上還要背著重量約有三名成年男子的負重器具，限制在兩小時內跑完，等返回宿舍吃完早飯後，就進行單指伏地挺身、仰臥起坐、鍛鍊背肌以及使用槓鈴進行重量訓練，前後總計兩個小時。

外公的另一個教誨就是——身為輔助職能也要隨時鍛鍊身體。畢竟在陷入危機時，最後能仰賴的就是體力。

【話術士】的技能是話語本身有附帶效果，原則上不會消耗魔力，但連續使用仍會疲倦。更別提探索深淵或與惡魔對峙時，將遠比平常更容易陷入疲勞。

而且我的技能是只對隊友有效，無法對自己生效。換句話說，就是不能利用技能幫自己恢復。若在關鍵時刻不能施展技能，或是過度疲憊導致思緒變遲鈍，就會成為隊伍的拖油瓶。

雖說探索時都會攜帶恢復藥（potion），光是這樣卻仍然不足。因為攜帶太多會影響戰鬥，或是恢復藥被弄破也會無法使用，所以為了提升基礎體力，必須不斷鍛鍊身體。

白天的訓練已經結束，其他的等晚上再進行。我洗了個熱水澡沖掉汗水，從保冷箱取出一罐恢復藥一飲而盡。

「……真難喝。」

味道還是老樣子非常糟糕。嘗起來就跟同時將生魚與蘋果一起吃下。不過我得忍耐，理由是訓練後喝下恢復藥，可以讓肌肉超高速重新再生。多虧恢復藥，我才能夠連續訓練身體，不必安插休息日。

為了冷卻滾燙的身體，我赤裸著上半身做柔軟操，卻聽見走廊傳來吵雜的腳步聲。

「諾艾爾，不好啦!!」

隊友之一的瓦爾達連門也不敲地闖進房間裡。他此刻完全亂了方寸，雙眼充血、頭髮凌亂、滿頭大汗且肩膀隨著每次呼吸都會大幅擺動，模樣就像是世界末日即將來臨。

我輕咳一聲，用雙手遮住胸膛。

「哥哥真色！都說過進房間前要先敲門呀！」

「你這是哪門子的笑話啊!?簡直是噁心死了！」

挨罵了。虧我想幫忙緩和氣氛的說……不過我的話術技能‧《精神解法》有確實生效。心情終於平緩下來的瓦爾達做了一次深呼吸，比起進門時冷靜許多。

「……總之事情非常嚴重，你看看這個。」

瓦爾達將一封信遞給我。由於他原本握得太緊，信已被汗水染溼，為了避免弄破，我小心翼翼地將皺巴巴的信紙攤開。上頭用黑色墨水寫下的字跡十分熟悉，是隊伍的隊長‧洛伊德寫下的。因為上頭有署名，我也會鑑定筆跡，因此絕無可能是他人造假，這的的確確是洛伊德的親筆書信。

這封信文章冗長，總共多達四張，儘管多餘的部分占了不少，以主旨而言卻是簡單明瞭。

「嗯嗯，原來是這麼回事。說穿了就是洛伊德投資失敗，欠下一屁股債，私自把隊伍的資產一千兩百八十萬菲爾拿去還債。因為我忽然提議創立戰團，於是他搶在東窗事發之前帶著達妮雅逃離帝都。啊哈哈哈，這傢伙還真笨耶～」

信中以委婉的方式交代來龍去脈，並且大多內容都是在替自己狡辯以及毫無誠意的道歉，內容精簡後差不多就是這個意思。

那兩人在慶功宴上的態度之所以那麼詭異，原因就出在這裡。這件事愚蠢到令我只想發笑。瓦爾達見我捧腹大笑後，氣得怒吼說：

「這有啥好笑的!?他們可是背叛了我們喔！」

「所以我才笑啊。沒想到那位品行端正的洛伊德大爺，竟然私吞隊伍基金且連夜逃跑。哈哈哈，你也可以一起笑喔，瓦爾達！」

「這叫我如何笑得出來啊！混帳東西!!」

瓦爾達罵得口沫橫飛，雙手環胸將身體倚靠在牆上。

「……可惡！怎麼辦？這下該如何是好？」

「話說你是何時在哪拿到這封信的？」

「啥……？就在剛剛。其實我昨晚在酒吧裡得知了一件好工作。為了避免被其他人搶走，我打算趕緊去簽約，於是一大清早就去洛伊德的租屋處，結果宿舍老闆就把這封信交給我……」

「宿舍老闆有說洛伊德是何時離開嗎？」

「他說大約是昨晚八點前。」

帝都城門是晚上八點關閉，直到清晨五點才會開放。意思是洛伊德搶在城門關閉前連夜逃離帝都，當真是名副其實的漏夜逃跑。

「現在是早上九點半，距離他們逃走已過了半天時間。不過以時間點來說是無法前往車站搭乘馬車離去，再加上兩人為了避免被追蹤，也不能租用馬匹才對。就算連夜趕路，光憑兩條腿也走不了多遠。只要我們快馬加鞭追上去，勢必能在天黑前逮住兩人。」

「理、理論上是沒錯，但問題是天曉得他們會逃去哪啊？」

「只要向入市審查官打聽即可。只要查出他們是從哪個城門離去，就可以猜出目的地了。像這樣摸黑遠行，偏離主幹道是非常危險的。以半天的腳程來看，那兩人應當已抵達村莊，考量到他們的體力，目前一定在那邊休息。」

瓦爾達聽完我的分析後，彈了個響指說：

「沒錯！我們這就去找審查官！」

「站住站住，你去了是想幹麼？」

「啥？你傻了嗎？這方法是你剛才說的耶。我們這就去逮住洛伊德，然後把他痛揍一頓！要不然我嚥不下這口氣！」

這小子完全沒搞清楚狀況。其實逮住洛伊德他們的手段有百百種，我只是為了安撫他別著急，才解釋其中一種能追上他們的方法罷了。畢竟此方法有個決定性的破綻，就是無法解決最根本的問題。

「難道你打算把人痛揍一頓就和解嗎？還是洛伊德哭著道歉你就原諒他？這樣當真有辦法和好如初嗎？哈，也只有你這個住在花田裡的肌肉妖精才想得出這種結局。大腦的功用並非只是大家手牽手一起唱歌就好啦，你這個活在童話裡的笨蛋。」

「你、你說什麼!?」

「聽著，選擇逃跑的那兩人也一樣笨，但他們也是不得不出此下策。此事並非我們追上去就能夠善了的。別說是鬥毆，一個不小心還可能得以命相搏喔？」

要不然那兩人就不會決定棄我們而去。洛伊德私吞的一千兩百八十萬菲爾肯定已經沒了。照此情況看來，討伐下級吸血鬼的報酬恐怕也不保。儘管個人所得的報酬已分配完畢，不過隊伍共有的資產是由洛伊德在管理。

這筆錢總共是一千六百八十萬菲爾，因為其中有八百四十萬菲爾是我跟瓦爾達貢獻的，所以這就是他們私吞的錢。雖然金額不少，不過這對身為優秀探索者的洛伊德和達妮雅來說，是完全有能力償還才對，結果兩人卻選擇逃亡。

這可說是決定性的背叛行為，也是打算跟我們撕破臉。既然他們放棄道歉一途，表示已做好相應的覺悟。假如我們追上去，那兩人絕對會把我們視為敵人而非同伴。

「瓦爾達，你有把握打贏洛伊德嗎？」

瓦爾達與洛伊德都同為C階前鋒職能，但兩人單挑的話，洛伊德會獲勝。而且兩人的實力並非在伯仲之間，是有著明顯的差距。

「……假如有你的輔助，我一定能打贏他。」

這個說法過於樂觀。依照我的預測，我們聯手的勝率也只有六成而已。況且要贏就必須兵戎相向，雙方都會受到重創，再加上洛伊德並非孤軍奮戰，【治療師】達妮雅也和他是一夥的。

「你有辦法與達妮雅戰鬥嗎？對人戰的基礎可是率先撂倒敵方的【治療師】喔。」

瓦爾達把頭撇開，不發一語。看來他終於搞清楚狀況了。瓦爾達喜歡著達妮雅，也就無法對她動粗。只要有這個弱點，即使有我的支援也不可能戰勝洛伊德。

假如瓦爾達當真做好覺悟，比起我和瓦爾達聯手，洛伊德搭配達妮雅實際上反倒更強悍。以二對二來說，我方的勝率約莫兩成。高攻擊力的【劍士】配上能在戰鬥中幫忙治療的【治療師】，儘管很常見卻是真的很強。反觀【戰士】搭配【話術士】，除非雙方實力相差懸殊，要不然根本沒有勝算。

「萬一我們僥倖獲勝，錢同樣是討不回來，就這麼直接追上去也於事無補，只是白費力氣罷了。他們就是明白這點，才認為我們不太可能會追過去，而這也是兩人選擇逃走的理由。」

「混帳東西！那我們就只能忍氣吞聲嗎⁉」

「忍氣吞聲？你在說啥蠢話。」

我怎麼可能選擇忍氣吞聲。那兩人覺得漏夜逃走會更有利，自認為我們不會勉強追上去。恐怕還看出瓦爾達不會忍心傷害達妮雅。瓦爾達的純情老實說並不重要，唯獨他們看扁我一事，我是無論如何都不能忍受。

「我要讓那兩人親身體驗一下，我做人的原則是千倍奉還。」

在我如此宣布之際，忽然傳來一陣敲門聲。

「諾艾爾先森～！倫家要洗衣服了，請將髒衣物拿粗來吧～！」

這位說話有些大舌頭的人，是這間星雫館的招牌女郎瑪莉。房門打開後，一名身穿蕾絲邊女僕裝的小女孩拿著竹籃走進來。

「哇喔哇喔！諾艾爾先森還素老樣子雖然很瘦，卻有著健美的好森材呢！」

在見到瑪莉一臉羞紅後，我才想起自己的上半身是一絲不掛。

說起這個小女娃才剛滿十歲，就對男性的裸體很感興趣。按照老闆的說法，瑪莉會將自己看上的型男描繪下來，她的房間裡目前放滿了相關畫作。而且不是肖像畫，是多名男性激烈糾纏在一起的構圖。

明明只是個小鬼頭，卻有著如此過人的癖好。

「髒衣物嗎？我這就拿出來——」

「啊哇哇哇！難道你們在忙嗎!?」

「啥？」

瑪莉來回看了看我跟瓦爾達，雙眼發亮說：

「上半身刺裸的王子型帥哥，與渾身肌肉的大哥型帥哥共處一寺……素絕對不可能沒發生論何素情的……」

「小瑪莉，妳在胡說什麼？記得妳是來收髒衣物的吧？」

「啊～～！真素太高貴了～～!!」

瑪莉無視我的提問，徹底沉浸在自己的腦補世界裡，發出怪叫聲快步跑掉。

「靈感來啦～～～～!!」

關於瑪莉冒出怎樣的靈感，我是一點都不想知道，總之她似乎一腳跌入幸福的夢中世界。我打從心底祝福她能一直住在那裡，永遠別再回來了。

「那、那小鬼在搞啥啊？」

這世上無人能幫瓦爾達解惑，因此我依照眼前的事實來回答他。

「如你所見就是個小怪胎。」

†

「你先回去帶齊裝備。我也準備一下。」

我對瓦爾達下達指示。匆忙趕來的他是一身輕裝，這副模樣根本無法好好戰鬥。

「我懂了，不過你打算怎麼做？」

「我自有想法。總之你快去拿自己的武器跟防具。」

再次催促後，瓦爾達一臉不滿地離開房間。

我也得做好戰鬥準備。於是我迅速穿好上衣，配戴裝有魔槍的槍套。儘管尚未補充子彈，但至少能拿來唬人。再來是將短刀等投擲武器與醫療包都裝進小腰包與綁腿袋裡。只要再穿上大衣，基本上就算是做好戰鬥準備了。

我全副武裝後前往一樓。星雫館的構造為二樓是客房，一樓是餐廳。此處從一早就能看見不少客人來此用餐。

「老闆，來五份厚切牛排三明治。錢就一如往常記在住宿費上。」

瑪莉的父親・賈斯頓是個外表嚴肅的光頭大叔，身為旅館老闆的他在聽見我的點餐後，一臉詫異地從櫃檯探出頭來說：

「現在距離午飯還太早吧。以點心而言又過於澎湃了。」

「因為我得出遠門辦事，想說多吃點免得餓了。」

「需要幫你準備便當嗎？」

「無妨，也不會去那麼久。」

「沒問題，我立刻幫你準備。話說你有看見我家女兒嗎？」

「她的老毛病又犯了。」

「又來了!?」

賈斯頓拍了拍自己的光頭。

「這個傻丫頭，明明今天從一早就很忙耶！」

「也只能怪獨力拉拔她長大的你太寵她了。」

「吵死啦！誰叫我也只有這麼一個寶貝女兒！」

自從老闆娘在兩年前因病過世後，星霏館原則上就只靠著賈斯頓與瑪莉這對父女在支撐。雖說有雇用職員，但他們只有特別忙碌的午餐跟晚餐時段才會上工。

我坐在櫃檯座位上等了一段時間，五人份的牛排三明治隨即送上桌。大盤子上能看見切好的牛排三明治，以及隨餐附贈的炸薯條。

我將三明治拿在手中一口咬下，美味的肉汁馬上在嘴裡宣洩而出。牛排本身是三分熟，烤成焦黃色的吐司上塗有特製芥末醬。這餐點美味到能感受出廚師的用心。

而且這餐點不僅好吃，職能為【調理師】的賈斯頓所製作的料理都有附加能力上升效果。就算不會給人帶來劇烈的變化，可是每吃下一口，就能感受到活力從體內湧現出來。

星雫館是間好旅館。由於老闆十分勤奮，服務周到且餐點美味，因此我才決定住在這裡。儘管價格偏高，不過對於身體就是資本的探索者而言，過著衛生又健康的生活也十分重要。畢竟弄壞身子就沒戲唱了。

當我吃下第三份牛排三明治時，整裝完畢的瓦爾達前來會合。他穿著一身威武的鎧甲，肩頭扛著能一刀斬下馬首的巨型戰斧。雖然這些武裝歷經日前的戰鬥受損嚴重，但至少能挺過今天才對。

「你先前那樣催促人，自己卻在這裡輕鬆用餐……」

「我可沒有催促你。另外考量到接下來的事情，趁現在吃飽點會比較好。你也來嘗點吧。」

我將盤子推到瓦爾達的面前，他神情困惑地拿起一塊三明治咬下去。

「……好吃。」

「對吧！」

賈斯頓從櫃檯探出頭來，露出一臉燦笑。瓦爾達似乎已經餓了，當場把剩下的三明治和薯條一掃而空。

「吃得真飽！接下來該怎麼做？去審查官那裡嗎？」

目前還不到上午十一點。算算時間也差不多了。

「沒那回事，現在要去的地方是豬鬼棍棒亭。」

我們沿著街道走向豬鬼棍棒亭。路上人滿為患，熱鬧非凡，一如往常朝氣蓬勃。人種也十分多元，不同髮色與膚色的人們共處於此。就連理當有著獨立社群的精靈、矮人、地侏、半身人和獸人等亞人族，出現在繁榮的帝都裡也不足為奇。各式人種與堆滿貨物的馬車，來往穿梭於整齊街道上的這片光景，熱鬧到有如發生暴動。

「為何要去酒吧啊……？簡直是莫名其妙……」

跟在後面的瓦爾達低聲抱怨。與他說明理由很簡單，但我故意不那麼做。原因是我們很可能會爆發口角，我不想平白浪費時間。

不過想要對方默默服從自己，還是稍微安撫一下會比較好。

「瓦爾達。」

我回頭看著瓦爾達。

「雖然你很笨，卻並非無能，你是一名優秀的【戰士】。」

「……你想表達什麼？」

「意思是你有你的工作，我有我的本分，動腦的事情交給我來處理就好。我這一年來在隊伍裡負責指揮作戰時，可曾有過一次誤判嗎？所以你要對我有信心。」

「……………啐，知道了啦！」

被迫接受上述說詞的瓦爾達啐了一聲，便加快腳步前行。這次反倒是我跟在他的後面。

一段時間後，道路前方能看見熟悉的豬鬼棍棒亭看板。

為了服務搭乘馬車從遠征回來的探索者們，這間探索者專用酒吧從一早就開始營業。營業時間是從上午十點至下午一點，再從晚上七點至午夜十二點。

時間還不到中午，店內已擠滿許多探索者。剛遠征回來的人們，因為工作結束而來此暢飲美酒。

「……你現在有何打算？」

瓦爾達小聲詢問。我無視問題，扯開嗓門說：

「我想對在場所有人發布委託！我們是蒼之天外的成員，洛伊德跟達妮雅私吞隊伍資金捲款潛逃！我想活捉這兩人！成功報酬是兩百萬菲爾！」

店內瞬間鴉雀無聲，接著馬上鬧成一團。有人還無法理解狀況，與隊友交頭接耳，有人則是搞清楚情況後，在一旁冷嘲熱諷。

現場隨著時間出現越來越多揶揄我們的聲音，但那些都無關緊要，反正這件事遲早會傳出去，差別只在於早些或晚點遭人取笑罷了。既然如此，我們只需坦然接受即可。

不過瓦爾達明顯慌了手腳。

「諾艾爾！你把這件事告訴大家是想幹麼!?」

以上反應都在我的預料之內。瓦爾達很重視尊嚴與榮耀，似乎難以承受眼前的狀況。他現在憤怒到頭爆青筋。

「就如同我剛才說的，我想拜託大家幫忙追捕洛伊德跟達妮雅。畢竟光靠我們兩人，實在是有心無力。」

「就算這樣，也不必大張旗鼓拜託啊！」

「要是不大張旗鼓的話，我們也就無法搞清楚該找誰啦。」

「這句話是啥意思!?你給我解釋清楚！」

「我晚點再告訴你，你先閉嘴。」

我將目光移向其他的探索者們，再次扯開嗓門提問：

「如何？有誰願意接受委託嗎？」

於是有一名【劍士】舉起手來。是個看起來相當幹練的褐髮青年。此人穿著皮革搭配金屬的鎧甲，肩膀上披著一條毛皮製的斗篷。從他背上的兩把劍來看，明顯是操使二刀流的高手。他就是紫電狼團（lightning bite）的隊長・沃爾夫。

由於C階探索者的人數最多且淘汰很快，即使出入同個酒吧也不值得花時間去記住對方的名字。不過沃爾夫率領的紫電狼團跟我們蒼之天外一樣，是備受期待且頗有名氣的新興隊伍。

「只要能活捉洛伊德跟達妮雅，你當真會支付兩百萬菲爾嗎？」

「我保證會現場付清。」

「那麼，這案子我們接了。你知道他們的下落嗎？」

「目前還不清楚，但他們昨晚趕在城門關閉前離開帝都。」

「意思是他們徒步離去……我懂了，那就立刻出發吧。」

沃爾夫一離開座位，他家隊員們也相繼起身。他大概抱持跟我一樣的想法，決定前往入市審查官那裡打聽昨晚的情況。

「還有人要接受委託嗎？先搶先贏！」

這次又有兩個人舉手。

「我也參加。」「我們也接受委託。」

隨即有兩支隊伍離開酒吧，不久後又有三支隊伍爭先恐後地奪門而出。原本人滿為患的酒吧裡，此刻瞬間少了一半。接下來就沒有人再舉手了。

接受委託的所有隊伍，都跟我們一樣是年輕有為的探索者們。可是，我想找的人並不在裡面。

當我以為自己錯估之際，一名【斥候】走了過來。

「……喂，關於這次的委託，我有事想商量一下。」

這位【斥候】滿臉鬍子，身材削瘦，年紀約莫三十五歲左右。他臉上掛著一張猥瑣的笑容，壓低音量跟我說話。此人看似是個毫無氣勢又不起眼的小癟三，但恐怕就是我想找的人。

「難道不能在這裡說嗎？」

「嘿嘿嘿，算是啦。方便去後巷談嗎？我保證不會讓你吃虧的。」

我用眼色提醒還在氣頭上的瓦爾達也一道過來，便隨著鬍子男來到酒吧後巷。為了避免遭人暗算，我是有提高警覺，不過事實證明我想多了。

鬍子男一來到後巷，便一臉得意說：

「我知道洛伊德跟達妮雅的下落。我在結束工作的半路上，有跟外表與那兩人十分相似的旅客擦肩而過。在聽你說完後有十足的把握，我是不會認錯人的。」

「真的嗎!?他們在哪!?你快說！」

瓦爾達瞪大雙眼逼問鬍子男。

這位鬍子男果真是我想找的人。原因是帝都處於城門開放期間，會有許多探索者進進出出。無論是踏上遠征的人，或是結束遠征回來的人。

因此我猜測回來的人之中，總會有誰在途中巧遇準備夜遁的兩人。只要能掌握洛伊德跟達妮雅的行蹤，接下來的問題便很容易擺平。他們就和砧板上的魚沒兩樣，無論如何都逃不了的。

「別急別急，如此重要的情報豈能免費給你們。」

鬍子男一個閃身，迅速與瓦爾達拉開距離。

「你答應活捉兩人的報酬是兩百萬菲爾吧？」

「沒錯，倘若你所言屬實，大可帶著同伴迅速前往。關於報酬，我是不會食言的。」

當我加重語氣點出關鍵後，鬍子男雙肩一聳。

「哎呀，你別那麼凶嘛。可以的話，我們也同樣想立刻動身，偏偏又有不方便的內情……」

「我就來猜猜這個內情吧。因為你所屬的隊伍打不贏洛伊德和達妮雅，就算知道兩人的下落，沒有勝算也無濟於事，所以你希望我們能幫忙對吧。」

鬍子男先是一臉慌張，但很快又換回那個輕薄的笑容。

「你說對了。誰叫他們那麼厲害。」

「你的隊伍有哪些人？」

「【劍士】、【魔法使】、【治療師】各一名，還有身為【斥候】的我。我們並沒有隸屬於任何戰團，一共就四個人。」

我重新觀察鬍子男，從他的外表來推估實力。此人頗有年紀，實力上在豬鬼棍棒亭裡屬於後段班。憑他們的水準，即使四人聯手也打不贏洛伊德和達妮雅，但只要加上我們兩人就有十足的勝算。

「把另外三人視為和你一樣的水準應該沒問題吧？」

「嗯，沒問題。如何？你們願意幫忙嗎？當然只要願意幫忙，報酬是可以少一點。我想想喔，就一百六十萬——」

「一百萬。既然需要我們的協助，報酬只能砍半為一百萬菲爾。」

「一、一百萬!?喂喂，砍半未免也太狠了吧！」

鬍子男急忙抗議。可是說來遺憾，我完全沒有讓步的意思。

「一百萬。」

「一、一百五十萬！」

「一百萬。」

「一百四十萬！」

「一百萬。」

「喂，你別鬧喔！再怎麼說也需要我們的力量吧！」

面對抓狂到面紅耳赤的鬍子男，我嗤之以鼻說：

「的確需要，但並非絕對。接受委託的其他隊伍都非常優秀，就算我翹起二郎腿靜靜等著，那兩人終究會被押送至我的面前。」

「不、不過他們是捲款潛逃吧？那就得盡早逮到人啊！不管那些人再優秀，毫無線索仍會很花時間！」

「是啊，但那又怎樣？唯獨這點我是沒有一絲退讓的打算。假如你對報酬不滿意，大可當作沒這回事。如何？你不接受的話，我們就先走了。這樣總行了吧？」

鬍子男懊惱地咬緊牙根，最終還是搖搖頭說：

「……好吧，報酬就一百萬。」

談判結束。其實我打從一開始就明白，對於成天缺錢的探索者而言，只要我方不肯讓步，對方一定會妥協。面對這類談判，出資方永遠比收錢方有利許多。所謂的談判手腕就是該如何讓對方在此前提之上，同意接受己方開出的條件，但我沒有義務去指導這男人該怎麼做。

「你是在哪裡遇見那兩人的？」

「南門外，我是在巴雷路與他們擦身而過。依照經過的時間來看，那兩人很可能在卡爾諾村或歐連村。」

「明白了。你先去召集自己的隊友，到南門那裡等我們。瓦爾達，你跟他一起去。我去處理一些事情會晚點到。」

「什麼事情？」

看著歪過頭的瓦爾達，我盡可能在臉上擠出爽朗的笑容。

「之後再告訴你。」

†

當我抵達集合地點南門時，瓦爾達與鬍子男的隊友們都已等在那裡，並且從馬場租好馬匹，可說是準備萬全。

「……諾艾爾，你能跟洛伊德他們戰鬥嗎？」

瓦爾達神色凝重地詢問著前來會合的我。

明明事已至此，他還是很迷惘嗎？算了，我也不是無法理解他的感受。一年的時間說長不長，說短也不短，我們蒼之天外是一路共患難走過來的。

不過那又怎樣？叛徒終究是叛徒，倘若我們不強行取回這筆錢，就只能忍氣吞聲乖乖認栽。這麼一來，曾經遭背叛的怨恨將如影隨形地糾纏著自己。

既然如此，即使面對昔日的同伴，還是得加以制裁才對。我們該做的事就是制裁兩人，等解決問題之後，跨出全新的一步勇往直前。

「我會戰鬥，而且絕不放水。」

「……就算打死人也無所謂嗎？」

「那是當然。如果他們決定下重手，我會毫不留情地擊潰兩人。」

這不是片面之詞。若有必要，我對誰都是殺無赦。說到底，探索者的其中一項工作就是奪取他人性命。不論是惡魔或懸賞目標，我至今已取走許多生命。事到如今豈會因為對方是昔日同伴就心生猶豫。

「難道你都不講人情嗎？」

聽完瓦爾達這句脫線的發言，我不由得噴笑出聲。

「瓦爾達，我隨時隨地都做好了被同伴背叛的心理準備。理由是人很容易誤入歧途。因此當我得知被洛伊德和達妮雅背叛時，我一點都不訝異。單純覺得這個時刻已經到來罷了。」

「我們可是同伴喔⁉你就不信賴同伴嗎⁉」

「所謂的信賴不是盲信，質疑也是不可或缺的。以此為前提選擇是否相互扶持，才是身為同伴的必要條件吧。」

而且是那兩人決定背叛我們。整件事就是這麼單純。

瓦爾達似乎還想講什麼，但他已無意繼續開口。我將目光移開，跨上從馬場租來的馬匹。

「如果你無法跟那兩人戰鬥，想在這裡等著也可以，我會幫你把錢討回來的。」

少了瓦爾達的確將導致戰力大減，不過解決方法多得是，沒有戰鬥意願的【戰士】只會礙事。

「……你少瞧不起人，我可沒有這麼軟弱。」

瓦爾達騎上馬匹後，一馬當先通過城門。至於與我們保持一段距離的鬍子男和其隊友們則尾隨在後。

「天真，太天真了。」

我忍不住喃喃自語。

「那種半吊子的覺悟，只會令自己更痛苦而已。」

追蹤洛伊德和達妮雅開始至今已過了三小時，發現兩人的地點正是鬍子男提到的卡爾諾村。這座閒適的農村，就位在距離帝都徒步半天時間會抵達的地方。在確認兩人從餐廳走出來的同時，我們也立刻展開圍捕行動。

話雖如此，我並沒有採取任何特別的計畫。即使遠遠觀察，也能看出兩人毫無警覺。

「嗨，你們是來這樣的農村約會嗎？還真有閒情逸致呢。」

當我從背後喊住兩人，他們嚇得立即轉過身來。

「諾、諾艾爾！」

洛伊德錯愕得眉頭大皺，而且如我所料伸手摸向腰間的佩劍。

但已經太遲了。

「不許動!!」

話術技能【狼之咆哮(stan)】。

兩人一陷入停止狀態，躲於暗處的鬍子男立刻襲擊達妮雅，把她壓制在地。當洛伊德聽見達妮雅的尖叫而分心之際，這次是同樣潛伏在一旁的瓦爾達與其他幫手，衝出來將兩人團團包圍。

兩人停頓的時間只有短短兩秒，不過他們發現自己在轉瞬間就被徹底壓制後，臉上明顯布滿絕望。

假如對手只有鬍子男與其隊友們，脫困的方法是多不勝數。比如洛伊德用藏於袖子的投擲短刀扔向鬍子男的額頭，等達妮雅脫困後就施展技能【閃光】剝奪敵人的視力，洛伊德再趁此空檔殺死所有敵人。儘管此戰術相當講究瞬間的判斷力，不過憑兩人的能耐完全能夠實現。

但是加上我和瓦爾達，這些破綻就不存在了。洛伊德在看出敵我戰力的差距後，明白眼下已無計可施，於是乖乖地棄械投降。

被五花大綁的兩人，就這麼低著頭坐在我的腳邊。

「洛伊德!!」

瓦爾達抓住洛伊德的衣領大吼：

「為什麼!?為何你要背叛我們!?」

「……抱歉。」

「別只是跟我道歉!!」

眼看瓦爾達即將動粗，我抓住他的手制止說：

「洛伊德，我已從你留下的信中明白事情始末。不過兩天前的下級吸血鬼報酬在哪？另外隊伍基金又怎麼了？」

「……抱歉，全都花掉了。」

「一樣是投資嗎？」

「……不是，是拿去還債。」

他們不惜背叛同伴連夜逃跑，卻很守規矩地把錢拿去還債，說來還真是可笑。如此一來，答案就只有一個。

「你說投資失敗只是幌子，其實是拿錢去賭博吧。打牌？賭骰子？玩輪盤？還是競技場下注？這些都不重要，總之你去跟惹不起的人借錢，才私自挪用隊伍基金吧。」

雖說投資跟賭博差不了多少，但只要擁有正確的知識，投資的確是能夠賺大錢，所以一步登天的投資客是大有人在。反觀賭博，賺錢的最終是莊家。換句話說，賭客就只是一棵棵搖錢樹。拿錢去賭博，就跟把錢丟進水溝裡毫無分別。

「回答我，洛伊德，你把我交給你的錢拿去賭博是嗎？」

「……抱歉。」

「是給我在開啥玩笑啊！你這個混帳東西!!」

瓦爾達破口大罵，伸手把洛伊德從地上拎起來。

「那筆錢可是我們用命去換來的!!結果你給我拿去賭博，到底是在想啥啊!?」

「唔！那是因為你們不懂身為隊長的壓力!!」

這真叫人意外。被逼急的洛伊德居然惱羞成怒想反咬人一口。

「我又不是真心想亂用隊伍基金！而是等我回神時已債臺高築，根本籌不出錢來……你們想怎樣責備我都行，可是你們真有這個資格嗎？你們把隊長的責任推到我身上，唯有需要時才主張自己的權……噗呼！」

我卯足全力一腳踢向洛伊德的心窩，他整個人從瓦爾達的手中飛出去滾倒在地。

當他還在地上痛苦掙扎時，我又對準他的側腹部補上一腳。

「呃啊！」

「你說資格？我們當然有啊。況且當初是你自己堅持要擔任隊長……對吧！」

第三腳踢向他的背部，而且是瞄準腎臟的位置。

「嗚呃！」

我無視洛伊德的慘叫，不斷使勁用腳踹他。

「身為隊長的壓力？你以為拿這個當擋箭牌就可以為所欲為嗎？少給我說那種天真話。你之所以會賭錢賭到輸了一屁股債，純粹因為你是個無能的廢物……而已！」

「咳呃！咳喔、嘔嘔嘔……」

這一腳似乎踢得太準，洛伊德的嘔吐物裡混雜著鮮血。

「……對、對不起，拜、拜託你……別再踢了……」

洛伊德不斷求饒，臉上沾滿泥巴、淚水、鼻涕以及嘔吐物，模樣慘不忍睹。

「求求你……我真的快要……撐不住……噗呃！」

哎呀，不小心踢中臉了。都怪他當初惱羞成怒，現在又給我拚命求饒，害我一腳踢得失去準頭。

但是這點程度也不礙事。我是體能幾乎沒有任何加成的【話術士】，反觀洛伊德是前鋒能力加成與【戰士】並列第一的【劍士】，憑我根本踹不死他，所以完全不要緊。

「假如你想得到原諒，就讓我再踹一千腳，到時我是可以聽聽你的說詞。」

「咿、咿————！」

在我準備繼續踹嚇壞的洛伊德之際，瓦爾達抓住我的肩膀。

「教訓到這裡也夠了啦……」

「為什麼？」

「你居然還問我……」

「我、我也求求你！拜託你饒了洛伊德吧！」

達妮雅看準時機跑出來強出頭。這女人想袒護人是可以，但她有搞清楚自己的立場嗎？我看她肯定一知半解。

「既然如此，妳願意替他受罰嗎？我是秉持男女平等主義，就算妳是女人，我也絕不會心軟。」

「咦……？等、等一下，我不是這個意思！」

「瞧妳似乎還沒認清自己的立場，那我就坦白告訴妳吧。達妮雅，妳也是同罪。我看妳是跟洛伊德一起拿隊伍基金去賭博吧？要不然根本不必一起逃亡。」

「不、不對！我是不忍心讓洛伊德獨自承受……」

她還死不承認嗎……？真是個笨蛋。

「我再問妳一次，妳也有一起賭博對吧？給我老實說出來。」

「對呀，不過都怪洛伊德太笨了。明明只要借我更多錢，我就一定能贏回來。就是因為他總愛自己蠻幹，才落得這步田地。」

達妮雅一口氣自白之後，回神時便氣得面紅耳赤。

「諾艾爾！你對我使用技能對吧！」

「是啊，所以呢？」

這是話術技能【真實喝破（confess）】，能讓目標吐露真相的技能。由於影響他人精神的技能容易給社會造成混亂與危害，因此不僅限於【真實喝破】，只要是為了私慾使用這類技能的話，一經發現就會立刻法辦。

「你明白自己在做什麼嗎!?這種行為是不被法律允許的！」

「一般來說是這樣，但妳是私吞隊伍基金的犯罪者。根據帝國法，是同意讓人透過精神干涉系技能來迫使犯罪者承認罪行。換言之，我不會被問罪。」

「不、不會吧……」

達妮雅嚇得花容失色。看來她還沒有身為犯罪者的自覺。

「侵占罪將被處以十年的強制勞動。恭喜啊！你們兩人是不折不扣的犯罪者！身為昔日同伴的我真為你們驕傲！」

我鼓掌出言諷刺後，兩人臉色蒼白地不發一語。

兩人似乎明白何謂侵占罪，可是直到被人點出之前，都沒弄清楚自己就是當事者。人總是一時糊塗才會犯下罪行，至於糊塗人對於自己的糊塗事都是毫無自覺。

「你們應該聊完了吧。」

原先待在一旁的鬍子男，像是瞧不起人似地嗤之以鼻說：

「真是一齣有趣的鬧劇。謝啦，我已經看夠了。現在趕緊支付報酬吧。相信你沒忘記當初說好會給我們一百萬菲爾吧？」

「我說到做到，你就乖乖等著吧。」

「不要，我們也很忙，沒空等你浪費時間，快把錢交出來。」

真正的大忙人，怎麼可能會落魄到像你這副德行。

「又不是要你們等到隔天，純粹是稍等片刻罷了，我很快就會付錢給你們。」

「聽你在放屁，沒錢就拿那東西來墊！」

鬍子男迅速伸手抓向我的魔槍。理由是魔槍非常昂貴，即便是二手貨也價值高達三百萬菲爾，所以我早就料到鬍子男的意圖與行動，將那隻想搶奪魔槍的手抓住後當場扣住。

「別用你的髒手碰我。」

「臭、臭小子……你竟敢騙我……」

「少含血噴人，我已答應過會支付報酬——你們都別動，就算同隊的【斥候】死了也無所謂嗎？」

我拔出短刀抵住鬍子男的頸部，藉此牽制住準備上前救人的其他同夥。我展現出只要有誰膽敢輕舉妄動，我就一定會殺了這傢伙的氣勢。

「你瞧我是後衛職能，就自認為能從正面強搶我的東西嗎？可惜啊，就算我綜合戰力不如人，不過說起對人格鬥術的技巧，我可是在瓦爾達跟洛伊德之上喔。」

「唔……」

鬍子男原先想找機會脫困，但在明白實力不如我之後就放棄掙扎。儘管很麻煩，眼下也只能繼續維持這個姿勢。還沒搞清楚狀況的瓦爾達，也一臉緊張地握著斧頭與鬍子男的同夥對峙。

一段時間後——忽然傳來一陣馬匹的嘶鳴聲。

「來了。」

我將束縛住的鬍子男一腳踹開。

一輛亮紫色的奢華馬車疾駛而來，在我們的面前停下後，從中走出一名身材高䠷纖瘦的男子。

此人年約三十多歲，穿著如貴族般的華麗服裝，整體配色與馬車一樣皆為讓人不敢恭維的紫色。有著一頭灰色的中分頭。儘管容貌英俊到近乎絕美，卻塗了一臉大濃妝。

男子抽出一條紫色花邊手帕遮著嘴巴，皺起眉頭說：

「討厭！鄉下的灰塵真多！真要說來全都是馬糞的臭味！」

依照他那滑稽的語調跟舉止，根本是個不折不扣的人妖。

不過現場氣氛卻因為眾人對這位人妖的恐懼而徹底凝結。其中一人以顫抖的嗓音說出男子的名字。

「那是奴隸商人……菲諾裘・巴爾基尼……」

†

有光必有影，繁榮的帝都也不例外，真要說來反倒是有更為深邃的黑暗蔓延於其中。換言之就是非法組織——黑幫的存在。

帝都裡規模最大的黑幫是路基亞諾幫。在其他各國都有分部的這個黑幫，別說是賣春、毒品、恐嚇、殺人等非法勾當，甚至對司法社會也有著巨大的影響力。原因是該組織與皇室勾結，說他們是帝都檯面下的王族也不為過。

菲諾袞・巴爾基尼是路基亞諾幫少帥的其中一名副手，擔任旗下組織巴爾基尼幫的幫主。主要是掌管奴隸買賣與妓院經營。因為帝都的奴隸買賣全由巴爾基尼幫一手把持，所以帝都的奴隸商人指的就是菲諾袞。基於上述原因，他在帝都是眾所周知的大人物。

此男子為人瀟灑卻癖好低劣，個性開朗卻手段殘酷，出手開闊卻生性狡猾，秉持非暴力主義卻是個徹頭徹尾的虐待狂。他會踏上人妖之路便是其中一環，人生是以極度矛盾的方式構成，因此又被人稱為瘋狂小丑（mad pierrot）。

「哎呀～小艾艾！讓你久等了～！」

菲諾袞輕輕揮動兩隻手，以內八的姿勢走了過來，其身後能看見兩名剽悍的護衛。

「太慢了吧，我還以為你會更早到咧。」

「唉唷！你別挖苦我嘛！我可是快馬加鞭趕來這裡喔！還不是為了小艾艾你才特地趕過來的！」

菲諾袞鼓起雙頰，不停扭動身體鬧脾氣。當事人似乎認為那副樣子很可愛，但在我眼裡只像是一條擱淺的鰻魚。

我跟這名人妖是在半年前左右認識的。當時我有一份兼差，恰巧與他搭上線。在那之後，我們就為了利用彼此而結下不解之緣。

首次得知此事實的其他人，都露出一副丈二金剛摸不著頭腦的表情。

「那我們就趕緊來談生意吧～我能當作是你已徵求過兩人的同意了吧？」

「嗯，沒問題，我把洛伊德和達妮雅賣給你當奴隸。」

周遭的人在聽完我的回答後，全都發出驚呼聲。

「諾艾爾，難道你當時說要處理的事情是……」

面對一臉難以置信的瓦爾達，我點頭肯定說：

「正如你所見。因為我早就料到洛伊德和達妮雅已身無分文，為了取回失去的錢，我麻煩菲諾袞來當仲介人。畢竟那時已掌握這兩人的行蹤，我便答應說只要來到現場，就把兩人交給他。」

我之所以把瓦爾達支開，就是去安排這件事。

老實說我沒料到菲諾袞會親自前來，不過能買下蒼之天外的兩名成員，似乎令他興奮到不願把此事交給部下處理。

「別開這種惡劣的玩笑喔！」

洛伊德哭著大叫：

「為啥我們非得淪為奴隸不可!?」

「對啊！我們可沒有答應喔！」

達妮雅也跟著抗議，嗓音卻因為恐懼而微微顫抖。

「你們不願當奴隸嗎？」

面對我的提問，兩人不加思索立刻回答。

「那還用說！」

「當然是不願意呀！」

「那我就只能將你們扭送給憲兵了。我剛才也說過，侵占罪將被處以十年的強制勞動。像那種三餐不繼，被迫在環境惡劣的礦山裡做苦工的囚犯生活，你們知道存活率是多少嗎？僅只有百分之二。」

洛伊德和達妮雅聽見後，都嚇得臉色大變。

「比起那種生活，我個人認為當個或許會被善良主人看上的奴隸，應該會活得比較好。畢竟你們既年輕又有姿色，就算會被人占便宜，至少對方還願意珍惜你們。」

兩人說不出任何話來，但此反應就形同默認。以存活率而言，成為奴隸是遠遠高出許多。老實說，他們打從一開始就沒得選擇。

「總之就是這樣。菲諾衾，麻煩你幫他們找個好買主。」

「交給我吧～！那我就開始檢查囉！」

兩人就像是被蛇盯上的青蛙般不敢輕舉妄動，菲諾衾搭配觸摸將他們全身上下仔細打量過一遍。雖然他在面對達妮雅時是三兩下就結束，不過觸摸洛伊德時就拖得特別久。當然我是不會針對此事多嘴吐槽。

帝都內的奴隸平均價格為五百萬元菲爾，依此行情來替洛伊德和達妮雅估價的話，兩人加起來至少也有三千萬菲爾才對。當然這是菲諾裘轉賣出去的價碼。假如按照慣例來計算，也就是三分之一——一千萬菲爾。這樣也就能取回被侵占的八百四十萬菲爾，即使支付完鬍子男的報酬，多少還有一些賺頭。

可是把隊伍缺人的損失也納入考量，總和上絕對不能算是有賺到錢。倘若可行的話，我是想盡可能抬高價碼。畢竟根據這筆錢的多寡，我今後能採取的行動也會相差甚遠……

「嗯！想必你也非常清楚，這兩人都有著出色的身體！既強壯又沒有任何畸形。相信應該能活得很久。只是小洛洛受了一點傷。」

「我們在逮人時稍微出了點狀況。只能說是不可抗力。」

「不可抗力？我瞧那傷口是在無法抵抗的情況下造成的……算了，關於收購的價碼，這樣你覺得如何呢？」

菲諾裘從懷裡取出來自東洋的計算工具・算盤。這是在一個木製框架裡裝有好幾串木珠，藉由上下推動珠子來進行計算的工具。

「……這是怎麼回事？」

我看過算盤上的數字後，不禁皺眉反問：

「一共是六百萬菲爾？為何價碼會這麼低？」

收購價遠低於我的預期，這樣根本無法回收損失的金額。

「不好意思喔～但這是有原因的。雖然尚未正式頒布，不過聖導十字架教會提出教令說要節儉。說穿了就是假若有錢亂花，倒不如拿來捐給教會。由於貴族與富豪都不敢忤逆教會，也就只能在花錢上有所節制了。」

聖導十字架教會是崇拜創造神埃米司的宗教團體。這是存在於帝國內諸多信仰之中擁有最多信徒的宗教，就連歷代皇帝和諸侯也都是信徒。若是惹怒教會，等同於背叛祖宗否定自我，所以沒有信徒敢忤逆教會。就某種層面上而言，他們是比黑幫更可怕的組織。

「如果有人在這段期間花大錢購買奴隸，天曉得到時會被教會如何算帳不是嗎？基於這個理由，我跟買家都得裝出一副窮酸樣，把自己的荷包關緊一點。可是我們不賣奴隸也等於是丟了飯碗，在百般無奈之下，只得大幅調降買賣價格。」

「所以說收購價會異常低廉，就是受到這個教條的影響啊。」

「正是如此～只能說你賣得不是時候。等教令期限一到，就會調回適當的價位，但眼下我也愛莫能助。」

菲諾袞不像是在撒謊。就算想撒謊，也不會編這種三兩下就會穿幫的謊言。換句話說，這是任誰都無法顛覆的既定事實。

「我懂了，只能說大家在這年頭都不好過。」

「謝謝你這麼明理喔～小艾艾，最愛你了！親！」

「所以我決定開價一千一百萬菲爾。」

「謝謝惠顧，既然你答應一千一百萬菲爾成交的話，我們就馬上……咦⁉一千一百萬菲爾⁉為啥你硬是提高五百萬菲爾⁉」

面對嚇得雙眼圓睜的菲諾袞，我淡然地繼續說：

「我現在決定提高至一千兩百萬菲爾。」

「啥～～～～⁉你究竟在胡說——」

「一千三百萬菲爾。」

「暫、暫停暫停暫停！」

「一千四百萬菲爾。」

「喂，諾艾爾！」

「我還是決定開價一千五百萬菲爾。」

「你這個死小鬼夠了喔！是給我在那邊放啥屁話！難道你是在耍我嗎？說‼若是你這麼想成為豬飼料，我這就立刻讓你變成一坨肉醬‼」

菲諾袞抓狂到摘下小丑面具，展現出如同野獸般的凶暴本性。看來差不多是極限了。我接近菲諾袞壓低音量說：

「假如你願意出價一千五百萬菲爾，我就對外宣布說你是以兩倍價三千萬菲爾買下兩人的。」

「……意思是你打算謊報賣價，藉此來哄抬商品的價值嗎？」

不愧是菲諾袞，腦筋動得真快。瞬間恢復理智的他對我露出微笑。

所謂的市價，一般而言是根據供給與需求決定的。但有時也會按照金額來決定商品的價值。意思是商品越昂貴，在買家眼中的稀有價值就會越高，進而刺激購買慾。

奴隸商人菲諾裘不惜無視節儉的教令，也願意出價三千萬菲爾買下的奴隸，絕對會提升商品的價值。既然收購價是三千萬菲爾，賣出時的總金額就會是九千萬菲爾。憑洛伊德跟達妮雅的條件，就算當真哄抬到這樣的價碼，終究還是有其說服力。

「只要節儉教令一頒布，絕大多數的富豪都會盡量減少多餘的開銷。不過人是越叫他忍耐，就會越想放縱慾望的生物吧？再加上這是講求先搶先贏的稀有商品，肯定會有人不惜代價也要購買。像這種有價值的商品，就該哄抬價格而非削價出售。」

「……老實說，小艾艾你若是願意配合我，我自然是舉雙手贊成。畢竟對外宣稱以三千萬菲爾成交，就會如你所言大幅拉高商品的稀有價值。但是穿幫的話，你跟我都會吃不完兜著走喔？」

「這點風險根本是小菜一疊吧？有什麼問題嗎？」

菲諾裘見我如此反問，單手拍向自己的額頭仰天長嘆。

「唉~……我從以前就覺得你這個人腦袋有洞，現在證明你根本是個瘋子。就算找遍整座帝都，也只有你一人敢占我便宜。如何？要不要加入我的組織？我願意以幹部待遇收你進來。」

「這我就心領了，因為我天生就適合當個探索者。那你的答覆是？」

「好啦好啦，我完全明白了……就一千五百萬菲爾成交吧！但我相信你應該很清楚，這種事下不為例！唉唷！笨蛋笨蛋！」

交易結束。這都多虧菲諾裘很有商業頭腦，此事才得以完美落幕。如此一來，就可以彌補隊伍在重組期間的損失。

「不會吧……鼎鼎大名的瘋狂小丑居然在談判中失利……」

鬍子男呆若木雞地自言自語。菲諾裘聽見後，指著鬍子男說：

「站在那邊的鬍碴大叔！」

「小、小的在！請、請請請請、請問您有何吩咐？」

「倘若你把今天的事情傳出去，不光只有你一人，而是連你的家人、愛人以及所有朋友都會變成豬寶寶的晚餐喔！聽懂了嗎？」

「小、小的明白！小的絕對不會告訴任何人！」

「其他人也一樣！都聽明白了嗎？」

「好、好的！我們知道了！」

「很好！啊、小艾艾，這是說好的訂金一百萬菲爾。剩下的錢會在明天之內匯入你的銀行戶頭。」

我把菲諾裘遞來的錢袋拋給鬍子男。

「這是說好的報酬。」

「唔、嗯……」

該取回的已經取回，該付清的也已經付清，沒必要繼續待在這裡了。現在就馬上返回帝都，為今後做打算吧。

「瓦爾達，我們走。」

「等、等一下！諾艾爾！」

原以為已放棄掙扎的達妮雅，央求似地大叫說：

「你、你當真要賣掉我嗎？拜託救救我……我們是同伴吧？」

「私自拿別人的錢去賭博的傢伙，算不上是同伴吧。」

「對不起！只要肯給我機會，我一定會加倍奉還！」

「不行，我再也無法相信妳。拜拜，永別啦。」

曾背叛過人的傢伙，日後也會不斷背叛。把這種毫無信用的傢伙留在身邊，根本是百害而無一利。我一口拒絕後，達妮雅將目標改成瓦爾達。

「瓦爾達！拜託你救救我！」

「……我幫不了妳。」

在瓦爾達尷尬地把眼神撇開之後，達妮雅以從未有過的態度厲聲尖叫。

「這是在開啥玩笑！你不是喜歡我嗎⁉那就該設法救我啊！在關鍵時刻派不上用場，你是哪來的死處男⁉難道你的腦袋裡塞滿小鬼(goblin)的鼻屎嗎⁉去死啦！給我死死算了！你這個沒用的肌肉不倒翁人渣！就算是一條瀕死的老狗都比你有用！」

達妮雅如潰堤般破口大罵，瓦爾達則是低著頭沒有回嘴。洛伊德此時已失魂落魄，一副像是不願面對現實的樣子。

這裡是哪來的地獄嗎？

「菲諾裘，快把人帶走吧，我已經受夠了。」

「哎呀，我倒是樂在其中喔？這場表演真不錯呢。」

我瞪了他一眼之後，菲諾裘將雙肩一聳。

「好啦好啦，我知道了。那麼，小汪汪們，我們該走囉。」

在菲諾裘一聲令下，強壯的護衛們便把洛伊德和達妮雅扛在肩上，然後塞進馬車裡。即使在這段期間，達妮雅仍以多樣的措辭繼續咒罵著。

「小艾艾，再會囉～！拜拜～！親～～！」

菲諾裘離去前拋了一個飛吻，我見狀連忙躲開。目送菲諾裘搭乘的馬車離去後，我重重地嘆了一口氣。

「唉～……這次是真的要打道回府啦，瓦爾達。」

「……嗯。」

鬍子男此時暗自抱怨的內容，並沒有逃過我過人的耳朵。

「只不過是最弱的輔助職能，不要因為認識黑幫就給我太囂張……」

真是一段了無新意的咒罵，希望他能向達妮雅看齊。

「沒錯，我是沒有同伴就無法戰鬥的最弱輔助職能。但這樣的我都有辦法賺大錢，你們這些擁有出色職能的傢伙可要好好努力喔？」

我露出燦笑如此挑釁後，鬍子男與其同黨懊惱地咬牙切齒。對於實力不如人，唯獨自尊心不斷膨脹的廢物，這類嘲諷最為有效。

「那麼，祝你們可以出人頭地啊。」

我轉身離去之際，鬍子男不甘心地辱罵說：

「可惡，你這個把同伴賣去當奴隸的惡魔！」

虧我還以為他要罵什麼，結果不過是惡魔罷了。

對於狩獵惡魔的探索者而言，最忌諱的就是把人形容成惡魔……雖然最弱卻也最狂是嗎？有意思。

「那我就用這個被人貼上的標籤，設法成為世界最強。」

✝

「來，這是你的錢。」

諾艾爾將裝有七十枚金幣——一共是七百萬菲爾的皮革袋放在桌上。

賣掉洛伊德和達妮雅的餘款，諾艾爾表示在今早已匯入他的戶頭。諾艾爾為了把瓦爾達應得的錢交給他，便約在一般民眾也會光顧的酒吧碰面。瓦爾達低頭注視著眼前的皮革袋。

確實順利討回失去的錢，可是瓦爾達根本開心不起來。無論基於何種理由，這都是賣掉同伴換來的錢。話雖如此，他也沒有瀟灑到能夠拒收這筆錢。瓦爾達默默把皮革袋收進包包裡，並將帝都著名的加冰威士忌一飲而盡。

瓦爾達此刻只想藉酒澆愁，但無論喝下多少就是醉不了。其實在被諾艾爾找來之前，他就已在家裡不停灌酒，偏偏意識仍十分清醒。就連最愛喝的這杯威士忌，他也品嘗不出其中的味道。

「……你今後有何打算？」

面對瓦爾達的發問，諾艾爾淡淡地回答道：

「首先是再找兩個人彌補隊伍的空缺，然後透過訓練與新隊友培養默契，假如都很順利就一如既往地接取任務。」

「你當真覺得有辦法彌補空缺嗎？」

「我相信這絕非易事。畢竟出色的人才都已擁有自己的同伴。就算想挖角，也不會有人想加入我們這種半毀的隊伍，所以只能耐著性子繼續招募人才。直到空缺填上之前，我們都無法進入深淵，只能找些兩個人可以搞定的工作——」

「我不是在問你這個！」

瓦爾達大吼出聲，起身一腳踢開椅子。

「這世上沒有人能取代洛伊德跟達妮雅！我們四人才是蒼之天外！再怎麼優秀的人也無法頂替他們！難道不是這樣嗎!?諾艾爾！回答我!!」

「當然不是。」

諾艾爾面不改色地開口否定。

「洛伊德和達妮雅的確是很優秀，卻並非無人能頂替他們。就算兩人再有才能，終究也只是C級職能，在這座帝都裡是隨處可見。」

「就說我不是這個意思——」

「說穿了就是這個意思。探索者這工作並非兒戲，任憑情緒與感傷來判斷事情是再愚蠢不過的。」

「……唔！」

瓦爾達被堵得啞口無言，他也明白自己無法做出冷靜的判斷。話雖如此，難道自己真的錯了嗎？

「哼，簡直是蠢斃了。」

諾艾爾冷哼一聲，臉上浮現出冷笑。

「到頭來你只是被達妮雅的本性傷透了心。奉勸你別太多愁善感，她其實就是這種女人。」

「……你這傢伙。」

「喔、生氣啦？明明被人罵得狗血淋頭卻還喜歡對方，簡直就是哪來的忠狗。那你就去買下達妮雅啊。這麼一來，她將永遠是你的達妮雅大人。可喜可賀。」

「諾艾爾！你……!!」

瓦爾達揪住諾艾爾的領口，並且舉起自己的拳頭。

但他最終還是沒有一拳揮下去。

「為什麼……為何你……」

諾艾爾似乎並不在意被瓦爾達毆打，臉上維持一貫達觀的表情。簡直就像是故意想挨揍。

如果能讓你心情舒坦點，我是可以給你揍一拳——瓦爾達無法忽略諾艾爾並未說出口的真正用意。

瓦爾達鬆手後，渾身癱軟地坐在椅子上。

「……我們不可能有辦法找到新同伴，畢竟這世上有哪個笨蛋會想跟曾經把同伴賣去當奴隸的傢伙為伍。」

瓦爾達像在發洩脾氣地低聲抱怨後，諾艾爾搖搖頭說：

「確實孬種是會排斥，不過真正的人才勢必能明白我們的苦衷，甚至或許會對我們沒有忍氣吞聲，選擇制裁隊伍內部腐敗的態度予以肯定。」

「問題是多數人都對我們抱持反感……畢竟大家還是比較怕事。」

「那些烏合之眾根本無須在意。真正可怕的是四處樹敵而不去結交朋友。為了能結交朋友，我們必須明確傳達出自己的原則——年少氣盛的惡棍是嗎？哼，聽起來也不壞，至少能讓人明白我們有別於隨處可見的烏合之眾。」

諾艾爾充滿信心地誇下海口。這番說詞的確有其道理。畢竟探索者的本性就是好鬥，不會有人願意跟軟腳蝦為伍。

「……你真堅強耶。」

如今想想，諾艾爾打從結識當初就是這種個性。不論何時都是冷靜應對，絕不會做出錯誤的判斷。瓦爾達已不再對他心生嫉妒，而是由衷地佩服他。

「哪像我……我就很軟弱……」

此話一出，瓦爾達莫名感到一陣釋懷。能感受到自己至今堅守的尊嚴，如融冰般漸漸化去，心情變得一片祥和。或許是基於這個原因，他終於明白自己該怎麼做了。

「你決定辭去探索者的工作嗎？」

瓦爾達被人點出心事，一時之間不知該如何開口，只見諾艾爾繼續說下去。

「你的心志確實比較脆弱，不過至今有多場戰鬥都是如果沒有你，我們就無法生還。無論你怎麼說，我還是知道你的堅強之處，而且比誰都清楚。」

「……諾艾爾。」

「瓦爾達，更換隊友並不是什麼罕見的事情。就讓我們一起重振蒼之天外，我是真的很需要你。」

老實說，瓦爾達對此感到十分高興。雖然他有時會跟諾艾爾翻臉，也說過一些言不由衷的氣話，但他非常清楚諾艾爾是個出色的探索者。

輔助職能普遍都很弱，就算輔助效果再強大，但當事人幾乎算不上是戰力。如此一來，就必須隨時有人守在身邊，導致隊伍行動受限。這樣倒不如找其他職能頂替輔助職能的位置，如此一來不僅能讓戰術變得更彈性，勝率也會隨之提升。以上就是大眾對輔助職能的普遍評價。

但是諾艾爾不一樣。

身為【話術士】的諾艾爾，戰鬥能力確實不出色，可是瓦爾達從來不覺得諾艾爾派不上用場。即使他的戰鬥能力偏低，但在任何情況下都有辦法自保，甚至很懂得化解敵方攻勢，可以放心把背後交給他。

儘管原因之一是諾艾爾曾在生前是英雄的外祖父底下接受過英才教育，不過更重要的一點，是他從不懈怠地努力精進。

諾艾爾每天都會進行嚴苛的訓練。瓦爾達同樣沒有怠於訓練，卻沒有自信在從事探索者工作的同時，仍能每日接受相同程度的訓練。

包含瓦爾達在內的諸多探索者們之所以會特別關注諾艾爾，最大的原因就在於他那不屈不撓的意志。被如此出色的探索者需要，怎麼可能會不開心。瓦爾達含淚說出心中的決定。

「抱歉，我還是決定辭去探索者的工作……真的是……非常抱歉……」

瓦爾達退掉租屋處，將銀行的錢全部領出來，並把裝備和道具全數變賣。儘管他決定辭去工作回到故鄉，接下來卻沒有任何打算。

不知洛伊德跟達妮雅怎樣了？只懂得服從命令的自己，當真有辦法找到好工作嗎？腦袋裡盡是些如何思考都想不出答案的問題。瓦爾達鬱悶地在車站裡等候馬車時——

「嗨。」

循著聲音看去，站在眼前的人竟是諾艾爾。

「怎麼？是來幫我踐行嗎？」

「是啊，至少我是這麼打算。」

「喲～不好意思啊。」

瓦爾達覺得有些意外，他沒想到諾艾爾居然這麼有人情味。

「這是餞別禮，收下吧。」

從諾艾爾手中收下的禮物，是瓦爾達愛喝的帝都名產威士忌。

「這是要送我的？」

「畢竟你返回故鄉後，就沒什麼機會再喝到吧？」

「啊、嗯，也是啦……」

「該說的也說完了，你保重啊，瓦爾達。」

諾艾爾一如他所言，頭也不回地離開了。瓦爾達腦袋放空地目送那道背影，接著仔細端詳手中的威士忌。

「真是個難懂的傢伙，也不知他是重情義還是冷血無情。」

雖然心中納悶，卻不會感到不舒服。先前那股陰鬱的情緒一掃而空，現在的他莫名有種想笑的感覺。

「……你知道嗎？其實達妮雅真正喜歡的人是你喔。」

可是達妮雅沒辦法陪伴在諾艾爾的身邊。因為諾艾爾追求的不是伴侶，而是既強悍又優秀的工作夥伴，就算主動告白也擺明會被拒絕，於是在她與洛伊德傾訴煩惱的期間，兩人便結為情侶。

假如達妮雅商量的對象是瓦爾達而非洛伊德，她就會選擇瓦爾達嗎？縱使瓦爾達當真一償宿願，最終也只是諾艾爾的替代品罷了。

「諾艾爾，事實的確如你所說，能取代我們的人多不勝數。可是唯獨你不一樣，只有你是最特別的。」

單論戰力，洛伊德、達妮雅以及瓦爾達都在諾艾爾之上，不過就算這起事件沒發生過，最終能登上探索者頂點的人，毫無疑問絕對是諾艾爾。

「你是我們根本配不上的優秀指揮官。」

瓦爾達扭開威士忌的瓶蓋，豪邁地喝了一口。

「加油啊，諾艾爾，你絕對能成為最強的探索者……你也是我這輩子最棒的戰友。」

感受著威士忌那不變的美妙滋味，瓦爾達的臉頰漸漸溼了。

「看來一切得從頭來過。」

瓦爾達退隊之後，蒼之天外已名存實亡。即使能利用昔日打下的知名度，但現在也已經失去原來的價值。

可是無須焦慮，畢竟打造出蒼之天外的人是我。當初是我邀請其他三人組成隊伍，所以只需再做相同的事情即可。

當然也需要懂得活用前車之鑑。

果然不該交由別人來擔任隊長。

這次的敗筆，就是一開始不該妥協將此職位交由洛伊德負責。

若是由我當隊長就絕對不會出現如此低級的問題，甚至可以防患於未然。

下次非得妥善處理。如果再犯下相同的錯誤，就真的叫人看不下去。

「那麼──」

我拐進一條人煙稀少的巷子，隨即停下腳步。

「你們也差不多該滾出來了吧？」

四名男子隨著這句話從暗處走出來。來者都是熟面孔──鬍子男與其同夥。一路尾隨我的這幾個人，在現身的同時便拔出武器。

「明明你們都已收到報酬，又來找我是有何貴幹啊？」

對於我的質問，鬍子男露出猥褻的笑容。

「就連瓦爾達也棄你而去。活該，你現在是完全落單了。」

說穿了就是這群人認為現在有辦法對我之前害他們出糗一事進行報復。

真蠢，而且蠢到我完全笑不出來。

他們的低能程度看得我很是反胃。

「我只想問一件事。」

「啥？」

「為何你不多帶點人手過來？相信你除了隊友以外還有其他熟人吧？」

「就你一個人，我們四人自然是綽綽有餘。管你是否認識黑幫，我要把你那張漂亮的臉蛋打得鼻青臉腫，並且扔進臭水溝裡。」

夥同四人就覺得綽綽有餘，反過來說就是他明白單挑根本打不贏我。明明數落我是最弱職能，卻只敢成群結隊來挑戰我，這樣的尊嚴真叫人欽佩呢。可惜的是他徹底錯估我的實力。

「就憑你們的身手，得再找來十倍的人手才有勝算。」

「區區【話術士】也敢說大話。就讓你後悔自己這麼疏於防備。」

鬍子男得意洋洋地咧嘴一笑，不過大意的人是你們才對。

恐怕他們認為我會施展《狼之咆哮》，因此事前有請身為【魔法使】的隊友附加抵抗異常狀態的技能才對。

單單從鬍子男的態度不難看出，他自認為只要擋住《狼之咆哮》就萬無一失了。

一群飯桶，就讓你們親身體驗一下，真正該後悔的人究竟是誰。

「哼哼哼，你們少在那邊逞強，其實你們也知道自己根本打不贏我對吧？所以我就給你們一點優惠，我會閉上眼睛對付你們。」

「你說什麼⁉」

「怎麼啦？一群雜碎，快點放馬過來啊。」

我一如宣言閉上眼睛，對鬍子男與其同黨挑釁地招了招手之後，他們異口同聲地發出怒吼。

「竟敢瞧不起人！看我殺了你！」

當這群人被激得失去判斷力之際，我從長大衣內取出閃光彈往前一拋。

「咦!?哇啊!!」

在這陣強光下，除了閉上眼睛的我以外無人倖免。我睜開眼睛後，卯足全力對準所有人的胸口各賞一記右直拳。

「唔……!?呃！」

儘管只是各給一拳，但他們都昏倒在地。原因是對準胸口重擊會導致心臟痙攣，令人暫時休克。

「畢竟這裡是市區，我不會奪人性命，取而代之——」

我拔出短刀，趁這群人清醒前削下他們的右耳。

「就用你們的耳朵來幫我宣傳，對我動手會面臨怎樣的下場。」

讓鬍子男與其同黨都變得更有男子氣概之後，我便朝著小巷的出口走去。

卻在途中發現一個罕見的東西。

「蛇皮。」

先不提郊外，這東西在市區裡可是非常罕見。

大概是被抓去當寵物或食物，在陰錯陽差之下逃出生天，就住在下水道裡吧。

「……蛻皮是進化的必經之路嗎……」

蛇為了獲得更堅韌的鱗片，不得不褪去從前的鱗片。

蒼之天外也一樣，如今已擺脫舊鱗片，接下來將換上更強韌的全新鱗片。

「從今天起，蒼之天外將脫胎換骨。」

【話術士】
1
著 Jaki
繪 fame
聽我號令

最狂輔助職
世界最強戰

招募成員最有效的方法，就是在中央廣場的告示板上張貼徵才啟事。另外還有委託報社幫忙刊登廣告。想加入隊伍的探索者們，將根據招募的情報、條件以及待遇來決定是否應徵。

我指定的面試地點為豬鬼棍棒亭，時間是上午十一點。雖說這時段會有不少客人上門，卻不會吵雜到影響面試。接下來就等應徵者上門——

「肯定不會有人來的啦。」

在一旁如此潑冷水的人，正是紫電狼團的沃爾夫。

「你從剛才就很吵喔。少來妨礙我面試。」

「面試～？就跟你說不會有人來的啦。有能力走進這間酒吧的探索者，全都已經加入隊伍或戰團了。」

「那是就你所知的範圍內吧？」

「就算還有鮮為人知的人才存在也並非絕無可能，但問題是機率太低。即使有這號人物，恐怕來歷也大有問題。有實力卻不跟人組隊的傢伙，絕大多數都是這種人。你以為跟那種人有辦法組成一支像樣的隊伍嗎？」

「這點用不著你來操心。總之你快滾遠點。」

「你別那麼冷淡咩，相信你一個人還是會感到寂寞吧？」

沃爾夫自來熟地對我勾肩搭背，並親切一笑說：

「所以你就加入我們吧。我們可是非常歡迎你喔？」

「……唉～～」

這是我第幾次的嘆息了？簡言之，沃爾夫在這裡妨礙面試，就是想拉攏我加入紫電狼團。他自從我走進店裡就一直是這種態度，無論我拒絕多少次仍死命糾纏，搞得我快磨光耐性了。

「你就適可而止吧，沃爾夫。別給諾艾爾添麻煩啦。」

一道無奈的勸阻聲從隔壁桌傳過來。此人是一名女精靈，主要特徵是擁有符合其種族的美貌與綁了雙馬尾的金色秀髮，是沃爾夫的隊友之一。一身輕裝的她穿著無袖襯衫搭配短裙，防具就只有皮革胸甲。她就是【弓箭手】麗莎，也是豬鬼棍棒亭裡赫赫有名的探索者。

隨即又傳來好幾道贊同麗莎的聲音。

「當初瞧你一副胸有成竹的模樣才將此事交給你，但你這樣根本是騷擾而非遊說。照你這種做法是不會有人同意入隊的。」

「誰叫沃爾夫就是個腦殘，除了硬上以外想不出其他策略。」

「諾艾爾真可憐～沃爾夫真噁心～」

「你就是因為這副德行，才會被花店妹給甩了。」

出聲者全都是紫電狼團的成員。他們一直坐在隔壁座位見證事情始末，並且認定繼續任由沃爾夫胡來也只是浪費時間。

「你們很吵喔！還有別順便洩漏我被甩的事情啦！我接下來才要發揮自己的交涉功力喔！」

他居然還不放棄？拜託饒了我吧……

「……沃爾夫。」

「喔、怎樣？你答應加入我們了嗎？」

「我的確改變心意了。只要你們肯接受這個條件，我就同意加入你們。」

「喔～真的嗎!?大家都聽見了吧！這就是本大爺的交涉功力！」

沃爾夫興奮地從座位上起身，卻被麗莎一腳踹倒在地。

「好痛！妳幹麼啦!?」

「你別插嘴，給我趴在那裡。」

麗莎冷漠地把沃爾夫趕到一旁，正眼直視我說：

「是怎樣的條件呢？我們是真心希望你加入，所以會盡可能滿足你的要求。畢竟以現有成員再加上一位優秀的指揮官，我們將會所向披靡。」

「這條件並不複雜，真要說來是非常簡單。」

「是什麼是什麼？你儘管說別客氣。」

麗莎彎下腰來將臉湊至我的面前。為何她要把臉靠上來？難道這是精靈族特有的交流方式？話說她靠得太近了吧，喂。別說是能感受到她的呼吸，甚至可以數出她有幾根眼睫毛。

「……我的條件只有一個。」

「嗯嗯。」

「由我來擔任紫電狼團的隊長。」

「咦，可以呀。大家都沒問題吧？」

面對麗莎的詢問，其他成員也接連點頭同意。

「我無所謂。」

「我也是。」

「我也一樣～」

「我也沒意見。」

沃爾夫目睹眾人毫不猶豫地答應要求後，連忙從地上跳起來。

「為啥你們回答得這麼乾脆!?都不徵求一下我的意見!?紫電狼團的隊長可是我耶!!不許你們擅作主張！」

「因為諾艾爾比你聰明多了，而且我們也不在意由誰擔任隊長，如此一來不就皆大歡喜嗎？」

沃爾夫聽完麗莎的分析後，也跟著點頭說：

「經妳這麼一提……好像也沒錯耶……才怪！根本是大有問題！我才是隊長！因為成立紫電狼團的人是我！」

在場眾人被這個裝傻吐槽給逗笑了。沃爾夫見狀後又繼續搞笑。

其實這群人並非真心瞧不起沃爾夫，反倒是因為十分信賴他才上演這齣鬧劇，沒人真心想換個人來擔任隊長。

不過這個條件對我來說並非是玩笑話，而是發自內心。

相信沃爾夫應該有感受到我不願居於人下的意思。其中的證據就是沃爾夫沒有再來糾纏我，而是跑去跟同伴們打鬧飲酒了。

「真可惜，我是真心想跟你一起冒險的說。」

麗莎沒有回到原來的座位上，反而嘟著嘴用手托住下巴。

「話說你沒能招募到隊友的話，有打算怎麼辦嗎？」

「到時就只能從招募改成拉攏了。」

「你已經看上誰了嗎？」

「是可以這麼說。」

儘管拉攏前有著非解決不可的問題，但只要成功的話，我將能獲得強而有力的生力軍。理由是此人擁有凌駕於蒼之天外全盛時期的力量，以非比尋常來形容也不為過。他就是【傀儡師】修格·柯貝流斯。無論今後如何發展，我說什麼都想得到他。

「喔~對方是什麼人？我認識嗎？」

「這是商業機密。」

「咦~！什麼嘛！稍微透露一下又沒關係，小氣鬼！」

雖說這女人還不到沃爾夫那種程度，但也同樣老愛來糾纏我……

在我思考如何趕跑麗莎的時候，忽然從旁傳來一股細微的說話聲。

「你就是諾艾爾．修特廉嗎？」

「唔喔！」「呀！」

由於這聲音出現得十分唐突，嚇得我跟麗莎都從座位上跳起來。我完全沒能提前察覺此人的氣息。一名披著長袍、身材嬌小的人，彷彿隨著聲音出現在我的面前。不光是我，就連擅長偵查周圍動靜的【弓箭手】麗莎也沒有發現此人，令我不禁懷疑來者是憑空冒了出來。

「……我就是諾艾爾。請問你是……？」

「我是——」

對方摘下長袍的帽兜，從中露出帶有淺紫色的銀髮。

此人是一名年輕的女性，擁有一頭及肩的銀色秀髮，以及被陽光晒出來的小麥色肌膚。她的容貌如陶瓷人偶般標致，有著左眼為藍寶石色，右眼為紫水晶色的異色瞳。儘管身高沒矮到半身人那種程度，不過乍看下就像是哪來的小女孩。但是仔細端詳，就能感受到她身為成年女性的魅力。無論是那張瓜子臉與小巧的鼻子，都是未成年孩童所沒有的特徵。

「亞兒瑪，在中央廣場看見公告才決定來應徵。」

果真是應徵者。她是一名女性……基於前一起事件，我對此有些排斥。是否該在公告裡加入限定男性這項條件呢？由於女性探索者在總比例上占得不多，因此我才認為即使沒加上這條件也不太容易出現此情況，看來是我錯估了。算了，既然對方找上門來也沒辦法，如今只因為對方是女性就把人趕走將會引發問題。倘若雙方能達成共識，就算是女性也該將她接納為新同伴。

而且沒有添加限定男性的條件或許更為正確。儘管還無法肯定，不過按照這位女性方才神出鬼沒的登場方式與站姿，她都散發出一股身為強者的風範。

「亞兒瑪，歡迎妳來參加面試，請坐。」

「好的。」

在我的邀請下，亞兒瑪坐在我面前的椅子上。

「咦，面試要開始了嗎？」

麗莎偏著頭與我交頭接耳。

「這孩子是未成年吧？這樣可不能成為探索者吧？」

「妳誤會了，她──」

「妳說錯了，我不是小孩子，而是一名成年人。」

亞兒瑪似乎有聽見麗莎壓低音量的說話聲，搖搖頭開口否定，接著右手豎起兩根指頭，左手豎起一根指頭。

「我今年二十一歲，是個貨真價實的成年人。」

「居然還大我五歲……」

我的確有看出她是成年人，卻沒料到還年長我五歲。該怎麼說呢？真是一名出人意表的女性。

「方便請教妳幾個問題嗎？」

「沒問題。」

「首先是——」

「妳喜歡吃的食物是什麼？」

「草莓。」

「沃爾夫！你別忽然插話啦！」

這傢伙真叫人大意不得。原先待在隔壁座位的沃爾夫已經跑了回來，而且不知為何開始問問題。

「你是其他隊伍的隊長吧，為何是由你來發問？況且打聽對方喜歡的食物又有何意義？」

「別氣別氣，你不要那麼死板咩。沒想到會來個這麼有趣的應徵者。」

「這可不是兒戲喔!!」

「妳喜歡看什麼書？」

「伊莉莎白・葛雷傑所寫的《讓硬漢變成女孩子的一百種技巧》。」

在我拚了命趕跑沃爾夫之際，這次是換成麗莎提問。不僅如此，紫電狼團的其他成員也全都擠過來。

「興趣是？」

「散步。」

「有存錢的習慣嗎？」

「還算可以。」

「三圍呢？」

「九十、五十三、八十二。」

為啥都是些無關緊要的問題……事到如今我也懶得攔阻，就順勢問點什麼吧。

「職能與階級是？」

「C階【斥候】。」

【斥候】嗎？還不錯嘛。在深淵探索中，擅長危機察覺能力的【斥候】與【弓箭手】能幫上大忙。之前老是尋覓不到的人才，直到現在才找上門來，想想還真是諷刺。

「對梳妝打扮有興趣嗎？」

「與常人差不多。」

「之前都在做什麼？可曾加入過其他隊伍？」

「沒有，我是剛剛才完成探索者的登記。直到不久前都在山裡接受爺爺的修行。」

她竟然完全沒有從事探索者的經驗？一點經驗都沒有的話會很令人傷腦筋。不過有一點頗令人在意，就是她之前都在接受修行。持續至二十一歲的修行究竟是什麼？

「座右銘是？」

「能留待明天的事情就明天再做。」

「最後一個問題，妳立志成為探索者的理由是什麼？」

「我對探索者不感興趣，我感興趣的——」

亞兒瑪伸手指著我。

「只有你一人，不滅惡鬼的外孫。」

「……妳認識我的外祖父嗎？」

儘管外祖父是個赫赫有名的英雄，可是一名並非探索者，而且至今都窩在深山裡的人竟然也聽說過，感覺上就有點微妙。如此一來，想必是亞兒瑪本人或血親與外祖父有所淵源才對。

「我不認識，是爺爺說他從前跟不滅惡鬼交手過。」

「喔～……」

「爺爺之所以沒了右手，就是被不滅惡鬼切下的。」

為了避免被亞兒瑪發現，我不動聲色地摸向魔槍。

「難不成妳真正的目的是來尋仇？」

「不對，我不做那種沒有益處的事情。單純很好奇這位英雄的外孫是個怎樣的探索者。」

「這、這樣啊……那我代替外祖父向妳道歉。不好意思，因為外祖父已經過世，希望妳能把這句道歉當作是外祖父的賠罪。」

「我爺爺在上個月往生了，所以無人對此心懷怨恨。過去的事已經過去，你不必道歉。」

亞兒瑪的語氣聽似當真沒將此事放在心上。

與不滅惡鬼交手過的男性……人數多到我實在猜不出是哪位。誰叫外公年輕時是個火爆浪子。

「附帶一問，令先祖父的名字是？」

「亞爾戈．尤迪卡雷。」

我在聽見這個名字的瞬間，渾身起滿雞皮疙瘩。待在周圍的紫電狼團成員們也震驚得目瞪口呆。

亞爾戈．尤迪卡雷，這名字等於是絕對恐懼的代名詞。

在最大勢力為黑幫的黑社會裡，還存在著另一種地下組織，那就是暗殺者教團。此組織一如其名以暗殺為業，而且他們心狠手辣到只要有人上門委託，即便是嬰兒也照殺不誤，是一群遠比黑幫更加無恥又邪惡的存在，任誰都不敢與之為敵。

創立此組織的初代教團長，就是傳說中的殺手亞爾戈．尤迪卡雷。

當年有一人接受聖導十字架教會教皇的委託，獨力殲滅這支敵對宗教勢力一事，可說是有名到無人不知。記得那時的死亡人數少說有上千人……由於此事在太多方面都算是禁忌，一般人甚至不敢公開討論。亞兒瑪卻表示自己是這位殺手的孫女。如果此話當真，她將是不可多得的人才，說什麼都想拉她加入。

沒想到外公居然還跑去跟暗殺者教團大打出手。這件事我還是第一次聽說。他到底在想什麼？而且還砍下亞爾戈的手臂，未免也太誇張了吧……糟糕，因為這意料外的訊息過於有趣，害我稍微分神了。

在我為了統合思緒而閉目凝神之際——

「妳自稱是亞爾戈的孫女嗎？這樣的笑話一點都不好笑喔。」

隨著這股渾厚的嗓音傳來，坐在另一桌的平頭巨漢從座位上站了起來。

†

此人是拳王會的隊長·【格鬥士】洛岡。赤裸的上半身只穿著一件皮夾克，粗如樹幹的雙臂上配戴護手。他也是出入豬鬼棍棒亭裡頗有潛力的探索者，但因為素行不良，經常惹事生非。

「哼，少給我在那邊鬼扯。我是不懂花街那邊的情況怎樣，不過這種謊話在此處可是不管用喔，母豬。」

洛岡低頭看著這邊，並且挑釁地用舌頭舔了一下嘴脣。

「喂，這件事與你無關，給我滾一邊去。」

沃爾夫逼近洛岡與之對峙。兩人站在一起，能看出身高差了兩個頭。明明沃爾夫已算是長得人高馬大，相較於洛岡卻恍若哪來的孩童，但是沃爾夫的鬥氣不減反增。其實兩人從以前就關係很差，不過洛岡這次要找的人並非沃爾夫，而是亞兒瑪。

「你也一樣是局外人吧，現場該滾蛋的是哪位啊？」

「唔，那、那個，這個……呃……」

沃爾夫無法反駁，模樣狼狽地將兩手的食指互相攪弄著。

「當然我也同樣是局外人。老實說我跟這匹笨狼不一樣，並不會跑來干涉其他隊伍的面試。」

「唔唔唔唔……」

「不過根據我聽到的消息，這頭母豬根本是沒資格出入豬鬼棍棒亭的客人，而且還扯這種漫天大謊，那我可就不能坐視不管了吧？諾艾爾，我有說錯嗎？」

面對洛岡的提問，我回以淺笑。

「先不說她是否撒謊，但單就有無資格出入此酒吧一事，的確是如你所說。」

話雖如此，但亞兒瑪恐怕聽不懂這句話的意思，必須跟她解釋一下。

「亞兒瑪妳可能不知道，其實探索者專用酒吧都有出入的資格限制。假如沒有遵守，依照慣例是會被經常出入該處的探索者們圍毆。」

「這我是第一次聽說。」

「畢竟這是大家默認的潛規則，並且適用在所有人身上，就連面試者也不例外。我之所以指定這間酒吧為面試地點，就是想尋找水準相同的探索者。」

「但你還是邀請我入座了。」

「純粹是我跟紫電狼團沒有先提出警告。普遍來說，洛岡的做法才是正確的。」

亞兒瑪聽完我的解釋後，很感興趣地點頭說：

「原來如此，我明白了。」

「聽明白就快點滾出這裡。這次看在諾艾爾的面子上放妳一馬，但假如妳又做出相同的事情，我可不會輕饒妳，母豬。」

洛岡瞧不起人似地冷笑一聲，用下巴指了指酒吧的出口。亞兒瑪對此視若無睹，直直舉起自己的右手。

「諾艾爾，我有問題。」

「什麼問題？」

「探索者的資格是如何決定的？」

「首先是職能階級，再來是功績。換句話說，就是端看身為探索者的名聲達到何種程度。」

「原來如此，功績。我明白了。那麼——」

亞兒瑪從椅子上跳起來，對著洛岡握拳擺出架勢。

「只要我好好教訓這隻囂張的猴子即可。」

答對了。我知道自己默許亞兒瑪這麼做，就會有其他探索者來譴責她。唯一能讓眾人閉嘴的方法，就是亞兒瑪證明自己的實力。而且對我來說相當好運的一點，就是對手為豬鬼棍棒亭裡對人戰最強的洛岡。用他來測試亞兒瑪是否當真為亞爾戈的孫女，可說是絕佳的人選（白老鼠）。

「妳說誰是猴子啊——！」

洛岡被亞兒瑪的挑釁激得怒髮衝冠。

「喂，諾艾爾！我還是先跟你確認一下！就算我殺死這頭母豬，你也不會有任何怨言吧!?因為我無法拿捏好分寸，沒把握只把人揍到半死不活！」

雙方已同意切磋，換言之就是決鬥。

「無妨，反正她還不是我的隊友，隨你處置。」

店內顧客在聽見我的允諾後，紛紛離開座位跑來當觀眾。

「讚喔，打啊打啊～！」

「洛岡，讓她瞧瞧前輩的厲害！」

「另一邊的小姐也別輕易輸掉囉！」

「喂，你賭誰贏？我賭洛岡一萬菲爾！」

「笨蛋，這根本開不成賭盤！」

觀眾一面倒地相信洛岡必勝無疑。無論是體格差距、【格鬥士】和【斥候】在對人戰鬥方面的能力差距，其中最主要的理由就是功績，上述一切都保證洛岡能取得勝利。

場上的洛岡此刻卻看起來相當謹慎，甚至還緊張到滿頭大汗。想來是在對峙後才終於隱約看出亞兒瑪的實力，並對此大感困惑。

反觀亞兒瑪露出冷若冰霜的表情，渾身放鬆地維持著戰鬥架勢。

「……獲勝的肯定是亞兒瑪。」

站在我身旁的麗莎如此低語。

「唔喔喔————！」

率先發動攻勢的是洛岡，他發出怒吼，卯足全力朝著亞兒瑪的臉部揮出一記犀利的右直拳。如果直接挨到這拳，亞兒瑪的腦袋就會被當場轟飛出去。

不過——

「太慢了。」

拳頭只擊中亞兒瑪的殘影。她以肉眼跟不上的速度躲過攻擊，切入洛岡的懷裡輕輕跳起，對準他的頸部揮出一記手刀。

「唔呼！」

洛岡被猛烈的手刀擊中要害後，全身一軟當場吐血。接著他兩腿一跪，上半身微微向前傾，模樣猶如等著被人斬首的死刑犯。

「嗯，結束。」

不過揮向洛岡頸部的並非斷頭刀，而是亞兒瑪的腳跟攻擊。猛烈的一擊對延髓造成重創，一舉奪去洛岡的意識。

這場戰鬥前後不到三秒就分出勝負了。

真厲害，一名【斥候】輕鬆戰勝實力蠻橫的洛岡……就連接受過外祖父的鍛鍊，對體術頗有研究的我也能看出來，亞兒瑪的戰鬥力高得嚇人。而且亞兒瑪明顯有手下留情，要不然早在一開始的手刀就把洛岡當場打死。真可謂秒殺。

當觀眾因為決鬥的結果陷入騷動之際，我對著亞兒瑪大喊：

「妳錄取了！」

「哼哼哼～♪」

結束決鬥離開豬鬼棍棒亭的我，身旁跟著彷彿什麼事都沒發生過，正開心哼著歌的亞兒瑪。

「方才的戰鬥真是精采，看來妳確實是亞爾戈的孫女。」

「你也一樣不相信我嗎？諾艾爾。」

亞兒瑪略顯不滿地鼓起雙頰。

「畢竟忽然有人自稱是傳說級殺手的孫女，這也是在所難免。像我當初表示自己是不滅惡鬼的孫子時，也沒人相信我。」

「但我馬上就相信了。」

「喔～為何妳會相信？」

「你的眼神不同於旁人，是一雙為求勝利不擇手段的眼神。爺爺曾告誡過我絕對不

要與不滅惡鬼為敵。還說不滅惡鬼總會做出超乎常人預料的舉動，一般打法是絕無勝算。我在看見諾艾爾你的眼神時，不禁回想起這段叮囑。」

對此我只能苦笑以對。意思是我的眼神會令人想起外祖父，聽起來倒也不壞。不過簡單說來，這等於在暗指我是個脫離常理的狂人。

「一如先前所言，我的確希望妳能加入蒼之天外，但妳說了自己對探索者這份工作不感興趣吧？假如妳當真成為我的隊友，會給妳帶來不便嗎？」

「不會，反正我很閒。」

「很閒啊。我承認妳非常厲害，不過要是太小看探索者的工作，很快就會丟掉小命。畢竟惡魔都是不好惹的。」

「戰鬥講求的並非心態，而是實力。雖說我沒什麼幹勁，但至少會拿出成果，所以你儘管放心。強悍是無可動搖的絕對正義，相信此道理也能套用在探索者身上。」

說得這麼斬釘截鐵。乍聽下是相當傲慢，觀念上卻並無不妥。

「諾艾爾。」

我聽見呼喚聲後，隨即轉過身去，只見亞兒瑪摸著自己的腹部。

「我肚子餓了。其實我從早上就什麼都沒吃。」

「那妳想吃什麼嗎？」

經她這麼一提，我也同樣肚子餓了。於是我們前往餐飲大街尋找餐廳，但是評價不錯的店家皆大排長龍，想進去用餐都得等上一段時間。

「妳不介意要排隊吧？」

「我不想等太久——乾脆吃那個就好。」

亞兒瑪指著一間專賣炸包子的攤販。該處同樣擠滿了人，不過供餐速度十分迅速，應該不必等太久就能買到餐點。十分鐘後，我跟亞兒瑪手中都拿著一顆熱騰騰的炸包子。我的是肉包，亞兒瑪吃的是卡士達奶油包。兩種包子都很大顆，看起來十分美味。

「唔!?真好吃！」

亞兒瑪一口咬下炸包子後，滿意到心花怒放。

我也咬一口自己的肉包。的確是很美味。外皮的表面十分酥脆，內層卻很有嚼勁，甚至有鮮甜的肉汁從中流出。裡頭還加入大量蔬菜，藉由蔬菜的甘甜將肉味突顯出來。

「諾艾爾，你的也借我咬一口。」

「啥……？真是個貪吃的傢伙。吃吧。」

我將炸肉包遞過去，亞兒瑪便用她的櫻桃小嘴吃了一口。

「嗯，你的也很好吃。我還是第一次嘗到這麼可口的食物。」

亞兒瑪一手捧著自己的臉頰，狀似十分陶醉地瞇起眼睛。起先我覺得她的反應有些誇大，不過隨即想起她之前一直窩在山裡。

「這是妳第一次下山嗎？」

「沒錯。」

「可是看妳沒有表現得特別興奮。」

「爺爺教過我如何融入人群裡。」

「原來如此——話說有件事我挺在意的。」

既然都打開話匣子了，我就順勢繼續發問吧。

「妳在山裡接受修行，是想成為【暗殺者】嗎？」

「是啊，從【斥候】進階為【暗殺者】，並且——透過修練達到更高的境界。即使我還沒升為B階，但已在修行期間達成所需條件了。」

起先還想說她以C階而言過於強悍，原來是早就達到已經滿足升階條件的水準了。想升階就得再去找【鑑定士】幫忙，意思是她沒那麼做，一直維持原樣。

「可是妳沒有加入暗殺者教團。相信令先祖父是為了這件事才鍛鍊妳吧？」

「是啊，我也抱持這個打算，最終卻沒能加入。暗殺者教團說我不適合，就把我趕走了。」

「不適合？我不認為妳的實力沒有達標耶……」

「實力是有達標，但他們說我個性不合。」

「此話怎說？」

我繼續追問後，亞兒瑪輕輕地搖了搖頭。

「抱歉，細節不太方便說出來。」

「……這樣啊。該道歉的是我。謝謝妳告訴我這麼多。」

任誰都有一、兩個不願說出口的祕密。既然亞兒瑪不肯透露，我也沒打算深究下去。

「他們表示想讓組織煥然一新，所以不收過時的【暗殺者】。」

「妳不是不想說嗎⁉」

才沒幾秒就改變主意。這個笨女人是在想什麼啊？

「暗殺者教團一直以來都是獨立的地下組織，現任教團長說近期內會加入帝國麾下。」

「什麼？意思是今後會全面服從皇帝嗎？」

「大概吧。他還說比起殺人，活動內容將會以諜報為主。雖然還是會幫忙殺人，不過組織的運作方式將會大幅改變。」

「我說妳啊……這可是極度機密的情報喔……根本不是嘴裡塞滿包子時能說的內容。事實上是根本不該講出來！」

「啊、組織有交代這些祕密不許透露出去……怎麼辦？」

「妳還問我咧……」

這情況當真不要緊嗎？難不成我會因為知曉這些機密，到時將有大量的【暗殺者】找上門來吧？我的人生該不會就這麼斷送了？

「放心，諾艾爾。」

「……放心啥？」

「若是真有萬一，大姊姊我會保護你的，所以你不必擔心。」

「妳說誰是誰的大姊姊啊？」

別苗頭一不對就擺出身為長輩的嘴臉。也不想想是誰害我得知這些危險的情報。

假如真有萬一，我就讓這個笨女人去當誘餌，自行溜之大吉。

†

「妳對輔助職能了解多少？」

我們離開帝都，來到附近的森林裡。這座充滿針葉樹的森林裡住著各種野生動物，對獵人來說是絕佳的打獵場所。

我沿著羊腸小徑邊走邊發問，亞兒瑪聽完歪著頭回答：

「老實說不太了解。我只知道此職能的個人戰力低落，取而代之具有優越的輔助能力，可以為隊友帶來幫助。」

「籠統說來是這樣沒錯，但我們的工作不光是從旁輔助。」

「除此之外還有什麼？」

「其實輔助技能皆有不同的效果。比方說我身為【話術士】的技能有一招叫做《連環計》，效果強大到足以在轉眼間與敵人分出勝負，但是副作用也非常嚴重，一個不小心將導致隊伍全滅。」

「這還真是可怕。」

「沒錯，可說是非常危險，所以我們輔助職業在提供增益前，一定要先正確綜觀全局。透過指揮掌控戰局，設法讓輔助技能發揮出最大效果，這才是輔助職能真正的職責所在。」

亞兒瑪聽完我的說明後，一臉欽佩地點頭說：

「真有趣，這真是太有意思了。可是聽起來好複雜，不光是指揮作戰，倘若無法預測後續的狀況，就無法實現這種戰鬥方式。」

「因此能上戰場的輔助職能是寥寥無幾。首先是因為欠缺自保手段，單單想保住性命都非常困難，接下來還要掌握戰況引領隊伍取勝，實行起來可說是比登天還難。」

「不過，諾艾爾你可以做到這點吧？」

「要是辦不到的話，我早就沒命了——好，就這裡吧。」

我們來到森林深處的一片空地，此處中央有一座充滿神祕感的湛藍色湖泊。依照現場的動物糞便和足跡，想來這裡是野生動物們的飲水處。

「亞兒瑪，麻煩妳現在去抓個變異種（monster）過來。」

所謂的變異種，就是受深淵影響變異之動植物的總稱。即使戰力不及惡魔，卻仍是十分危險的存在，因此獵殺它們也是探索者的工作之一。

「就是頭上長出鐵角的兔型變異種‧鐵角兔（killer rabbit）。」

說起兔子，就會讓人聯想到全身毛茸茸的可愛生物，不過這個變異種是身上長有足以刺死人的尖角。它們生性好戰，只要有獵物經過巢穴附近，就會忽然衝出來把目標刺穿。

「為何要抓鐵角兔呢？難道要烤來吃？」

「不是，而是對妳的測驗。」

「測驗？」

「妳不僅僅是去抓它，還要在我的輔助下完成這件事。」

「只不過是抓個鐵角兔，我不需要你的輔助。」

亞兒瑪似乎以為我瞧不起她，氣呼呼地鼓起臉頰。

「的確依妳的實力，即便鐵角兔再危險，想必妳也能輕鬆逮住它。那妳在得到我提供的增益又會怎樣呢？」

「輕鬆的事情變得更輕鬆。」

「妳確定？輔助技能確實可以幫人提升能力，但是能否活用這股力量，就得取決於當事人喔。」

「啊……原來如此。」

亞兒瑪似乎明白我想表達的意思了。

「記得【斥候】有一招技能是《速度提升》對吧？」

「是啊，此技能可以提升速度。在疊加施展之下，我可以提升五倍的速度。」

竟然能提升五倍，不愧是亞兒瑪。以一般的C階探索者來說，最高只能達到三倍。

「此技能有辦法一開始就駕馭自如嗎？」

「不可能，因為瞬間加快速度，得經過漫長的訓練讓身體習慣，要不然會造成肌肉拉傷或骨折。」

「自身的技能都會出現這種情形，反觀在他人的輔助下提升能力，就會更不容易去駕馭，為此需要透過訓練來適應。」

換句話說，這場測驗是確認亞兒瑪需要多少時間來適應我的輔助。今後的安排將會根據此結果進行調整。

以探索者來說都相當優秀的舊隊友們，也花了半個月的時間才終於習慣我的輔助。反觀亞兒瑪會怎樣呢？雖說她的個人戰力非常出色，不過能否盡早適應又是另一回事。有時就因為本人過於優秀，在獲得輔助後變化太大，反倒得花更多時間去適應。比方說從前的三名隊友，反而是整體能力最優秀的洛伊德花費最多時間才終於適應。

「妳能確認這附近有幾隻鐵角兔嗎？」

亞兒瑪聽見我的問題後，閉上眼睛側耳聆聽。

「半徑兩百公尺內有十三隻。」

「這樣應該足夠來做實驗了。妳在抓鐵角兔時記得使用《速度提升》，我還會再幫妳附加兩種輔助技能，妳要維持此狀態在十秒內抓到一隻以上。測試三次應該就足夠了。我能根據結果看出妳適應輔助技能所需的練習量。」

「我知道了。」

「那麼，測驗開始。」

話術技能《士氣高昂》隨著我的宣言發動效果，令亞兒瑪的身體得到活性化。

「感覺如何？」

「好奇妙的感覺。總覺得體內湧現出源源不絕的活力。」

「這是名為《士氣高昂》的技能。妳現在的體力和魔力恢復速度都提升了百分之二十五。」

「意思是不容易疲憊囉？」

「沒錯。接下來的技能才是重點，這招就是話術技能《戰術展開》。功用是只要妳遵循我下達的指令，所有行動都能提升百分之二十五的效果。這些細節妳聽聽即可，把這招當成是整體能力都提升百分之二十五就好。」

為了讓亞兒瑪易於出手，我從她身邊退開一段距離。

「妳先將《速度提升》疊加至極限。單就字面上來計算，原來的五倍會增加至六倍以上。當我說出『去抓鐵角兔』就開始行動。這個指示會帶有《戰術展開》的效力。」

「收到——不過稍等一下。」

亞兒瑪迅速脫掉長袍，露出底下的白色緊身皮衣，而且款式性感到胸口大開，再加上她綁了一條束腰帶，更是突顯出她那豐滿的胸部。

綁在束腰帶上的收納袋裡裝著大尺寸的短刀，除此之外還有小型道具袋、裝有投擲用銀針的小盒子。裝扮乍看下是既暴露又誇張，但實際上十分符合【斥候】的風格，是以迅速從暗處解決敵人為前提。

「這下子就方便行動多了。放馬過來吧。」

我捲起左手的袖子，啟動手錶的馬表功能。

「妳若是準備好了就使用《速度提升》。」

「收到──《速度提升》──五倍（quintuple）！」

亞兒瑪將速度提升至五倍的同時，我也大喊。

「下達指示！去抓住鐵角兔！」

下個瞬間，現場捲起一陣強風，亞兒瑪隨之銷聲匿跡。

這是附加《戰術展開》後的增益效果，產生突破極限的超高速移動。即使我原先已牢牢將目光鎖定在亞兒瑪身上，她的速度仍快到讓人有種當場消失的錯覺。馬表的指針以毫秒為單位持續計時。經過兩秒，經過三秒、四秒、五秒、六秒、七秒、八秒──

「我回來了。」

在聽見亞兒瑪說話的剎那間，我也立刻停止計時。

「來，你要的鐵角兔。」

伴隨一陣強風出現在我背後的亞兒瑪，將捧在懷裡的鐵角兔放至地面。

「一共是十三隻，我只是讓它們昏過去。」

「……十三隻？難道妳把它們全抓來了？」

「沒錯。咦？難道規則是只抓一隻？」

「沒那回事，是一隻以上，所以妳沒有違反規則。」

「太好了。我花費多久時間呢？」

「八秒六。」

「意思是在時限內囉，太好了。雖然全抓完了，測驗還要繼續嗎？」

亞兒瑪偏著頭發問，我回以苦笑說：

「不必了，測驗至此結束。依結果來看，妳根本不必接受訓練。」

真是個不得了的傢伙，竟然首次就輕而易舉適應我的輔助。反倒是特地安排這個測驗的我像個笨蛋一樣。這就是繼承傳說之名的人嗎……真叫人嫉妒……

「既然妳不必接受訓練，原定計畫都空了下來，因此我決定以隊伍的名義去接取委託。」

「喔~第一次上工。這是我第一次進入深淵。」

「很遺憾委託內容與深淵無關。就算妳再厲害，在沒有肉盾職能的陪同下，進入深淵依舊太過危險。我們此次接取的委託是這個。」

我從懷裡拿出一封信交給亞兒瑪。這是今早由貓頭鷹快遞從遠方捎來的急件。

「嗯~？那個，諾艾爾・修特廉先生您好，我們所在的敏茲村附近出現了盜賊團，懇請您幫忙剿匪。敏茲村村長敬上。」

亞兒瑪唸完信件後，困惑地抬起頭來。

「盜賊團？」

「沒錯，我們的第一份工作就是討伐盜賊團。」

探索者的工作不光是獵殺惡魔，還有尋寶、探索祕境、獵捕變異種以及追捕罪犯。前兩項委託相當罕見，後兩項委託就非常普遍。雖說報酬相較於深淵相關任務並不多，但既然有錢賺就是很好的生財管道。與前任隊友合作時，一開始的工作也不是進入深淵，而是完成這類簡單的任務來賺錢，同時提升熟練度。

這類委託都會直接張貼在中央廣場的告示板上。委託人形形色色，絕大多數是來自於地方鄉下。畢竟領主處理保護民眾的事情總是缺乏效率，要是一直痴痴等待領主的救助，當地有可能早已受到重創，甚至是直接滅村，因此他們只能聘雇探索者，設法靠自己去解決問題。

我之所以會結識敏茲村村長，就是曾經接取過對方的委託。當時的任務是討伐變異種。事成後，與村長說好日後若有任何問題都願意前去幫忙的人，就是如今已淪為奴隸的洛伊德。

還記得這個約定的敏茲村村長，認為想盡快解決問題，最好的方式就是直接委託我們。我原本打算寫信婉拒，眼看亞兒瑪根本不需要接受訓練，也就有餘力接取工作了。

事實上我對報酬是不抱期待，但以此委託來測試新生隊伍的能力是再適合不過。對於那些欺負善良村民的壞人，就讓他們為此付出代價。

†

接駁馬車高速奔馳在街道上。從帝都前往敏茲村的車程約莫十小時。由於中途需要轉車，因此我們會在中繼站住一宿，預計明日一早出發，最晚能在明天中午抵達敏茲村。

「屁股好痛……我不喜歡搭馬車……」

馬車抵達中繼站尤德拉鎮。亞兒瑪一跳下馬車，就揉著自己的臀部唉聲嘆氣。此刻已是夕陽西下，天上換成一片璀璨的星空。拜搭乘長達七小時的馬車所賜，我也同樣屁股發疼，而且因為暈車想吐，渾身上下都不舒服，現在只想洗個澡早點休息。

我們拖著身體在入夜的鎮上尋找旅館。

「抱歉啊，這位小哥，本店只剩下一個空房間。」

由於尤德拉鎮是交通要衝，各家旅館幾乎都客滿。好不容易才找到一處能過夜的旅館，偏偏就只剩下一個房間。像這樣男女同住一個房間，對於追求健全風氣的我而言實屬不妥。

「亞兒瑪，房間給妳住，我去睡倉庫。」

「咦，一起住不就好了？」

「男女睡在同個房間總是不太好。」

「你想太多了，難不成是在害羞嗎？真可愛。」

「那個，我並不是害羞……」

或許真如亞兒瑪所言，既然彼此是隊友，卻以性別為理由特別關照，就算是為對方著想，依舊是一種失禮的行為。探索者正確的相處之道，就是即使男女同床共枕也無須過度在意，好好休息即可。

恐怕是因為前任隊友之間曾有過男女問題，導致我在不知不覺間思想偏頗。眼下就按照亞兒瑪說的，不必介意和她同住一間房吧。

完成入住手續收下房間鑰匙後，我們首先來到餐廳。老實說身體再疲倦，肚子還是會餓。為了養精蓄銳以備明日的工作，就來品嘗當地美食犒賞一下自己。

不過此處的餐點口味極差。因為許久沒嘗到那麼難吃的東西，甚至害我隱約有些頭痛。就連不久前才擺脫山中生活的亞兒瑪，也被這些難以下嚥的飯菜搞得抱頭苦惱。

我們默默將料理吞進胃裡後，便回到房間裡。

「雖然伙食很差，房間倒還不錯。」

亞兒瑪觀察一下房間，安心地鬆了一口氣。室內十分整潔，牆壁與地板也一塵不染。高檔的床鋪看起來十分鬆軟。家具擺設都頗有水準，而且還點有焚香。

「我起先還擔心就連房間都很糟的話該怎麼辦，這下子可以好好休息了。」

「嗯。如果你想先洗澡就快去吧。」

於是我接受亞兒瑪的好意，朝著盥洗室走去，將裝備和衣服脫下後就進入浴室。浴室內部很寬敞，還有一個大浴缸。雖說泡澡是個不錯的選擇，不過明天一早就得起床，還是忍著點淋浴就好。

我扭開水龍頭開始沖熱水澡，身體隨之一口氣放鬆下來。因為水量很大，光是任由水從頭頂沖下來就趕跑了整日的疲倦。我仔細清洗身體，結束後便換上衣服回到房間裡。

只見亞兒瑪在房間內做伸展操。她的身體非常柔軟，不僅是劈腿的姿勢十分標準，甚至可以令上半身平貼在地。

「諾艾爾，你洗好了？」

「嗯，這裡的浴室很不錯，妳也快去洗吧。」

「就這麼辦。」

亞兒瑪雙手一撐，使出前滾翻從地上站起來。

「在你脫下長大衣後，能清楚看出你有鍛鍊身體。」

亞兒瑪目不轉睛盯著我那只穿一件襯衫的上半身。

「太出色了。真讚。簡直有如哪來的野獸。全身的肌肉勻稱到沒有一絲多餘。」

「這、這樣啊。謝謝誇獎。」

「我可以摸摸看嗎？」

「一下下是無妨啦……」

我同意後，亞兒瑪便開始觸摸我的身體。她摸起來是毫不客氣，一下用揉的，一下又用指尖滑過，癢得我快忍不住笑出來了。

「妳這根本不是一下下。再摸我可要生氣囉。」

「說得也是，就先到這裡為止。」

亞兒瑪一臉惋惜地把手從我身上收回去。

「真是個很棒的體驗，謝謝。」

「不必客氣……」

「你的體格當真非常出色……所以挺可惜的。」

「此話怎說？」

「想鍛鍊出好的體格，是需要不屈不撓的努力。尋常的鍛鍊方式根本達不到你的水準。可是無論你如何鍛鍊，終究比不上真正的前鋒職能。說穿了就是沒有天分，光靠努力得來的成果，所以我才會說很可惜。假如你的職能和不滅惡鬼一樣都是【戰士】，肯定能成為最強的探索者。」

面對這番毫不避諱的評語，我瞬間傻住了。

「……亞兒瑪。」

「什麼事？」

「妳閉上眼睛。」

亞兒瑪依照指示闔起雙眼，我便朝著那張毫無防備的臉龐賞了一記彈額頭。

「好痛！為何打我!?」

「因為妳太多嘴了。」

我啐了一聲躺在床上，然後指著盥洗室說：

「我先睡了，妳快去洗澡吧。」

「唔～……好啦……」

等亞兒瑪走進盥洗室後，我不由得發出嘆息。

「那種事情，我自己最清楚……」

我缺乏名為職能的才能，可說是再清楚不過。就算如此，我唯一能做的事就是不放棄希望堅持下去。為了守住與外祖父的約定，為了不放棄追求自己的夢想……即使有可能無法如願以償，我也沒有一絲停下腳步的打算。

我閉起眼睛思索明天的事情，卻從浴室傳來浴缸放水的聲音。看來亞兒瑪打算泡澡。

「那丫頭有辦法準時起床嗎……」

前往敏茲村的接駁馬車就只有上午八點與下午三點兩班，倘若沒趕上早班車，就不得不待在鎮上打發時間了。

位於浴室裡的亞兒瑪無視我的擔憂，還開心地唱起歌來。溫柔的旋律配上優雅的歌詞，是一首能讓人放鬆的歌曲。我躺在床上靜靜聆聽，能感受到意識隨著歌聲逐漸離我遠去。

「——你可要成為一名絕不會輸給任何人的探索者，當個不辱修特廉家之名的男子漢。這就是我最後的心願。」

夢裡傳來外公的聲音。自那天以來，我已夢過無數次這段往事。在一片狼藉的故鄉之中，眼睜睜看著外公在我懷裡嚥下最後一口氣。

「……我答應你，外公，我會成為最強的探索者。」

以及我對外公許下的承諾。

每次夢見這段往事，冰冷的哀傷與火焰般的幹勁就會同時從我心底湧現出來。猶如冷暖交界處掀起的狂風般，從中產生足以吞沒一切的堅定意志。

我發誓，我一定會成為最強的探索者。

耳邊隱約傳來鳥叫聲，提醒著早晨已經來臨。大概是因為這個夢我已看過無數次，所以意識一直非常清楚。夢境已宣告結束。我睜開雙眼，迎接嶄新的一天。

「…………嗯～……嗯？」

起先是覺得有些喘不過氣，接著是撲鼻而來的花香與包覆住臉龐的柔軟觸感。當我理解這股溫暖又稍稍溼潤的觸感是源自肌膚時，我立刻從床上跳起來。

「這個笨女人……」

睡在我身旁的亞兒瑪發出安穩的呼吸聲。這部分是無所謂，反正我們本來就打算兩人共擠一張床。問題在於亞兒瑪是裸睡。而且她身上就連一條浴巾都沒有，是一絲不掛地躺在床上。換句話說，方才夾住我臉龐的東西，就是亞兒瑪身上那一對大到很多餘的胸部。看來她是把我當成哪來的抱枕。

「雖說我不介意，但還是有所限度……」

我感到一陣頭昏，甚至還有些頭痛。至於原因並不是我剛睡醒的關係。

「嗯～……好多的……炸包子……嘿嘿嘿……」

在我抱頭苦惱之際，亞兒瑪竟然幸福地說著夢話。

「妳就給我被炸包子淹死吧！」

容忍度爆表的我，直接一巴掌往亞兒瑪的胸部拍下去。

「你居然直接用手抽女孩子的胸部，真叫人難以置信……」

「住口，這都要怪妳自己不好。」

「諾艾爾，難道你有那類癖好？大姊姊我有點害怕。」

「閉嘴，妳根本就不是我姊姊——喔、就是那座村子。」

我們順利趕上早班的接駁馬車。乘著老舊的馬車一路顛簸三個小時，終於抵達目的地敏茲村。

「蒼之天外的諸位貴人好久不見！感謝你們接受如此臨時的委託，千里迢迢趕來……這裡？」

一名髮量偏少的大叔——村長前來迎接，在看清楚我們之後便歪過頭去。

「那、那個，請問其他人呢？」

「那三人都退隊了，現在只有我們兩人。」

「咦……？這、這樣真的不要緊嗎？」

也難怪村長會操心。畢竟我方只有兩個人，感到不安也是人之常情。再加上我跟亞兒瑪在門外漢眼裡看起來都不強悍，更是會令人心生疑惑。

「請放心，村長，我會在一天之內殺光這群盜賊。」

村長被我偏激的措辭嚇得不輕。這種時候就該展現出身為探索者的霸氣，也能讓委託人感到心安。就像村長聽我說完後，臉上的不安已一掃而空。

「我、我知道了，這件事就全權交由你們處理。至於委託的詳細內容，請先到我家再向二位解釋。」

敏茲村是個非常平凡的窮鄉僻壤，當地沒有名產，再加上領主昏庸無能，村民的生活並不富裕。就連招待我們的村長家，也只是一棟稱不上豪華的木造房屋。

「請用粗茶。」

我們來到會客室就座後，村長夫人立刻端出茶來招待我們。夫人身後跟著他們的女兒。記得今年已滿十歲。綁著兩條麻花辮的她，臉上長有些許雀斑。儘管是個標準的鄉下女孩，容貌卻長得不差，等她長大學會化妝之後，相信會成為村民之間的夢中情人。

記得她的名字是雀兒喜。我想起一年前曾陪她玩耍，於是懷念地望向她，但她似乎覺得非常害臊，快步跑出會客室。

「不好意思喔，小女正值青春期……其實她很期待蒼之天外的各位能再度光臨寒舍。」

村長內疚地低頭道歉，我回以苦笑說：

「說來慚愧，昔日隊上最受歡迎的前任隊長已經離去，想必她應該很失望吧。」

「哪裡的話，其實小女經常提起的是……哎呀，這件事先暫且不提，請讓我來向兩位說明關於盜賊團的情報。」

根據村長解釋，盜賊團是五日前出現於附近。鄰近村落已蒙受其害，死傷無數，錢財糧草皆慘遭洗劫一空。對方的人數約莫二十人。因為都是些生面孔，恐怕是恰好流落至此。儘管還無法確定他們的根據地在哪，但有村民目擊他們消失在東邊的森林裡。

「我明白了。光是這些情報就足夠了。」

倘若實際情況一如村長所言，我們肯定能輕鬆殲滅對手。

居然僅憑二十多人這點人數就能夠蹂躪鄰近村莊，表示他們有數名足以打倒村中護衛的練家子。話雖如此，這仍是一門輕鬆的工作。畢竟他們是只會欺負弱小的盜賊團，戰力遠不及專業的探索者。

當然我不會因此得意忘形。身為探索者應有的風範，就是必須卯足全力完成委託。

「接下來是關於報酬部分。殲滅規模達二十人的盜賊團，訂金是二十萬菲爾，事成後會再收三十萬菲爾，總計為五十萬菲爾。」

「五十萬菲爾……價格有點高耶……」

「殺二十人只收五十萬菲爾，我個人認為已是相當廉價。畢竟一條人命只值二萬五千菲爾。還是你想省下這筆錢，到時面臨與鄰近村落一樣的下場嗎？」

「我、我並不是這個意思！報、報酬部分沒問題！我這就去拿錢！」

村長快步離開會客室，隨後拿了一個骯髒的皮革袋過來。

「裡頭有二十萬菲爾，請確認……」

我開始清點皮革袋裡的硬幣。袋內沒有一枚金幣，就只有銀幣與銅幣，而且都沾著泥巴或汙垢。看樣子，他們的生活比表面上更辛苦。

「這裡的確有二十萬菲爾，餘款等事成後再付清。對了，麻煩村長記得去召集村中的青年團。」

「青年團？這是為什麼呢？」

「等我們殲滅盜賊團後，需要統整他們留下的東西。只不過是二十人規模的盜賊團，拿他們的裝備去變賣也換不了多少錢，但對方才剛打劫完其他村子沒多久，應當保有一定的財物，相信好歹能貼補村中的支出吧？」

「我、我知道了！我這就去號召人手！」

村長一得知或許有錢能賺，那張油光滿面的臉龐變得更加容光煥發了。

關於如何處理討伐對象的持有物，原則上是因人而異。大多情況是歸討伐者所有，不會轉讓給委託人。帝國法律也有規定，若是事前簽訂的契約裡沒有註明物品歸屬，歸屬權將由討伐者擁有。

就我個人來說，錢能多賺一點是一點，不過從屍體回收物品相當費工，所以這次就把機會讓給這裡的村民吧。

「那我們這就出發。各位只需放寬心等待好消息即可。」

我們離開村長家，朝著目擊情報所指的東側森林前進。

「那個老禿驢，一直盯著我的胸部看。」

「咦，這是真的嗎？」

亞兒瑪邊走邊皺眉說：

「真的。明明都有老婆跟女兒了，真叫人作嘔。」

對了，記得達妮雅也說過類似的話。至此我才依稀回想起來，達妮雅曾抱怨說村長的視線既下流又噁心。雖說任誰遇見容貌出眾的女性都會想多看幾眼，但是一如亞兒瑪所言，既然身為一家之主，總得稍微自重點。

「諾艾爾先生！」

面對這突如其來的呼喚聲，我扭頭一看，只見雀兒喜氣喘吁吁地跑了過來。

「呼～呼～……請、請問你們已經要去討伐盜賊團了嗎？」

「是的，相信很快就會結束，妳儘管放心。」

「那、那個……加、加油！我會為你們聲援的！」

「咦？啊～謝謝。」

因為這番話說得十分唐突，令我有些不知所措，但這感覺並不壞。面對一名孩子發自內心的好意，儘管有些不自在，卻還是令人開心。

「還記得我一年前有教妳如何製作竹蜻蜓嗎？」

「嗯！當然記得！而且所有人之中，就屬我做的竹蜻蜓飛得最高喔！咻～～地飛上天去！」

「那還真是厲害呢。看來當時的指導也算是值得了。」

雀兒喜見我露出笑容後，先是臉頰染上一抹微暈，接著她就從裙子口袋裡拿出一個竹蜻蜓。那個竹蜻蜓似乎已用過一段時間，看起來略顯老舊。

「這是諾艾爾先生做給我的竹蜻蜓。自從那天以來，我就一直非常珍惜……那個……這個……也、也是我的寶物！所以我會等你回來！和媽媽一起做大餐等你回來！」

最後一段話說得十分倉促，語畢她便沿著原路跑走了。我目送雀兒喜離去後，眼角餘光發現亞兒瑪對我露出一個別有深意的笑容。

「……妳那張笑容是什麼意思？」

「諾艾爾真是不可小覷，竟然完全擄獲天真小姑娘的芳心。瞧你長得那麼可愛卻很有手段，大姊姊我好吃驚呢。」

「閉嘴，妳這個大奶笨蛋女。」

「你居然罵我大奶笨蛋女⁉」

「總之別再聊這種沒營養的事情，快去搜尋盜賊團吧。」

「站住，諾艾爾！剛才你說的那句話，大姊姊我可不能裝作沒聽見喔。」

我先一步往前走去，亞兒瑪氣呼呼地緊追在後。因為嫌麻煩，我實在懶得理她。在踏入眼前這片陰暗的森林之際，我莫名有種似曾相識的感覺。

因為在準備動手殺人之前，我的內心就跟這片森林一樣黯淡無光——

†

「那個該死的好色老禿驢，這哪裡只有二十人啊……」

當日落西山之際，我們在盆地狀的岩石區發現盜賊團的根據地。為了從高處進行偵查，我們爬到距離根據地三百公尺遠的大樹上。因為背光的關係，對方無法發現我們的行蹤。

我利用單眼望遠鏡觀察敵人的根據地，儘管對方沒有利用木樁或柵欄建設圍牆，但假如有遠距離攻擊手登上周圍岩壁對我們展開攻勢，戰況會相當嚴峻。明明光是地形就已經夠棘手，敵方的人數還不只二十名，乍看下少說六十人，足足有三倍之多。

「人數多到這種地步，恐怕不是一般的遊民……」

我繼續使用望遠鏡偵查根據地的情況。

「有了，那就是盜賊團的頭目。」

該名壯漢右臉上有著部落樣式的刺青。他的裝備明顯優於其他人，還有像是部下的女性在幫他盛酒。雖說似乎已經喝醉，不過他目光犀利，一看就知道是個高手。我根據對方的長相，與記憶中的通緝犯名單進行比對。

「我想起來了。盜賊團的頭目就叫做剃刀哥爾德。」

剃刀哥爾德——職能是B階【斥候】系的【亂波（bandit）】。他率領的盜賊團都會冠上自己的名字，是一名橫行帝國西部的頭號通緝犯。

「印象中這支盜賊團已被其他探索者剿滅，看來身為頭目的哥爾德沒被殺死。這傢伙命大到跟蟑螂沒兩樣。」

憑剃刀哥爾德的實力，確實是有辦法找來六十名部下。他大概打算在這個鄉下紮穩根基，日後再設法壯大吧。

「亞兒瑪，妳有把握打贏B階的【亂波】嗎？」

「小菜一盤。」

坐在一旁的亞兒瑪沒有使用望遠鏡，只用兩指捻成一個圓圈抵在眼睛上。

「就算他是B階職能，那種程度的貨色對我來說根本不值一提。」

C階職能對上B階職能，自然是B階職能比較厲害。不過這只是單就表面上來看，如果C階探索者的技巧與經驗都占上風，同樣有辦法打贏B階探索者。亞兒瑪之所以敢一派輕鬆地如此斷言，並非想誇大其辭，而是闡述事實罷了。

「不過我指的是單挑，若是加上那一大群小弟們就沒辦法了。」

「我知道，所以他們就交給我吧。」

「你也要參戰嗎？不過繼續接近的話，將會進入【波亂】的偵測範圍。我是擁有消除蹤跡的技能，但你應該沒有吧？」

首先是讓亞兒瑪施展斥候技能《氣息遮斷(stealth)》，接近至哥爾德偵測範圍的最近距離。等她抵達準備位置就緒之際，我就發動話術技能《狼之咆哮》。就算敵我相距三百公尺，仍在【話術士】的音量範圍之內。這樣就能一舉封住其部下們的行動。

這招對於比我強的哥爾德無法生效，但我的目標從一開始就只有那些部下們。不管怎麼說，哥爾德都會被迫先去掌握狀況，暫時無法行動。此時亞兒瑪便趁隙繞到背後收拾他。等餘下敵人的停止狀態解除後，亞兒瑪就邊擾亂邊除掉對手。當然她在這段期間無須勉強減少敵方數量，只需專心擾敵即可。

這幫賊寇一旦失去頭目就只是烏合之眾。在失去指揮官的狀態下，人數上的優勢反而會成為弊端。在遭受擾亂後會更加手足無措，到時他們別說是應戰，就連逃亡都辦不到。趁對手陷入混亂時，我就從後方包夾，利用魔槍的大範圍攻擊截斷退路，進一步削減敵方人數。之後只需別讓對手逃跑進行全面掃蕩，就可以順利完成任務了。

「——以上就是作戰計畫，妳有其他意見或疑問嗎？」

「沒有，太完美了，就這麼辦。」

「ＯＫ，接下來就透過《思考共有》來交談。」

話術技能《思考共有》是可以讓同伴共享思緒的念話系技能。只要使用這個技能，就算離得再遠也能夠互相聯絡。

『準備好了嗎？』

我發送念話後，腦中響起亞兒瑪的聲音。

『隨時都能夠動手。』

『那就按照計畫執行。』

我使出話術技能《士氣高昂》。亞兒瑪在得到我的輔助後，隨即施展斥候技能《氣息遮斷》。這是能夠消除氣息不容易被人發現行蹤的技能，亞兒瑪宛如化成隱形人般變得毫無存在感。她一躍而下，在森林裡飛奔疾走，幾秒後便傳來訊息。

『已到達指定位置，距離目標約十公尺。只要你下達指示，我就能立刻收拾目標。』

『收到——那我這就發動《狼之咆哮》。』

我讓肺吸滿空氣，扯開嗓門大吼。

「站住!!」

我利用望遠鏡觀察，確認盜賊團都被《狼之咆哮》阻止行動。唯獨不受影響的哥爾德驚覺異狀，連忙起身。

『指令！殺了哥爾德！』

發動話術技能《戰術展開》。透過增益令全能力提升百分之二十五的亞兒瑪，更進一步使出《速度提升》，以迅雷不及掩耳的速度衝向哥爾德。

接著她施展斥候技能《偷襲》與《隼之一擊》。

隔著望遠鏡，只見哥爾德吐血倒地。亞兒瑪使出只要偷襲成功就可以讓傷害提升三倍的技能，以及根據自身速度提升傷害的技能，她的短刀從背後刺穿哥爾德，在哥爾德的胸口上開出一個大洞。那是講求確實了結對手，遠超過致命傷的過度傷害。

『目標已確認死亡！下個指示！直到我抵達前持續擾亂敵人！』

我透過《思考共有》下達指示的同時，也從樹梢上縱身落地。在充滿障礙物的森林裡全速奔馳三百公尺，費時約莫三十二秒。

『——擊殺兩人。擊殺三人。擊殺四人。擊殺五人。』

在我飛奔之際，亞兒瑪不停傳來打倒多少盜賊的報告。此聲音不曾中斷過，人數很快就超過十名。

那丫頭想殺人是可以，但她有明白我為何要下令進行擾亂嗎？

倘若能徹底殲滅對手是無所謂，不過一旦造成的恐懼超越混亂時，就會有大量敵人開始逃亡。如此一來，造成漏網之魚的我們將會被究責。因此在剿匪時，剷除殆盡是不二法則。

我這時終於抵達盜賊團的根據地——空曠的岩石區，只見亞兒瑪毫不手下留情地屠殺盜賊們。

「哼哼哼哼哼，啊哈哈哈哈哈哈哈哈哈!!」

此刻正值逢魔時分，一名白色死神發出狂笑，不停揮舞散發著寒光的利刃。可悲的獵物們在轉眼間便血肉橫飛，死無全屍。但是死神身上沒有沾染到一滴血，仍是那麼地潔白無瑕……

「這、這是哪來的怪物啊!?別、別過來！不要過來——！」

該名盜賊已陷入恐慌，發出近乎慘叫的聲音。下個瞬間，他的腦袋已滾落在地。見到這一幕的大半盜賊們都心生恐懼，爭先恐後地四處逃竄。

果然演變成這種情況……而且亞兒瑪已陶醉在鮮血之中，就連身為同伴的我，也覺得她發狂到不像是人類。

算了，反正我已抵達現場，基本上是沒問題了。

「你們休想逃跑！全都給我死在這裡!!」

我突如其來的一聲大吼，瞬間吸住在場眾人的目光。

『亞兒瑪，妳清醒點！我要使用閃光彈了！』

『唔!?我、我知道了！抱歉！』

我透過《思考共有》下達新指示，並且發動能夠令人精神恢復正常的話術技能《精神解法》。我確認亞兒瑪已用手遮住眼睛後，也跟著閉上雙眼，並從長大衣內取出一顆閃光彈扔向空中。

「哇啊啊啊啊啊！」

當我再次睜開雙眼時，發現盜賊們都摀著眼睛在地上打滾。原本想逃跑的人，也因為雙眼暫時被閃瞎而無法行動。我毫不猶豫地拔出魔槍，朝著人數最多的位置發射火炎彈（flame bullet）。

「好燙！好燙啊啊啊啊——!!嗚哇啊啊啊啊啊——!!」

從魔彈釋放出來的火炎，把盜賊們化成一個個火人。失去視力的盜賊們在搞不清楚的狀況下亂竄，令火炎彈範圍外的人們也跟著遭殃。在這片宛若阿鼻地獄的光景中，我繼續對亞兒瑪下達指示。

『亞兒瑪，中央的敵人交給我！妳去殺掉跑遠的其他人！』

『收到！』

亞兒瑪從綁在大腿上的袋子裡抽出銀針，以大幅度的動作一口氣投擲出去。乍看之下像是亂扔的飛針，竟然都精準地射中目標。

這是斥候技能《投擲必中（perfect throw）》，投擲出去的武器會自動追蹤，並且必定擊中目標。這麼做，即可攔下失去視力也想逃跑的盜賊們。這片岩石地帶就形同沒有柵欄的鳥籠。至於剩下的同黨，我們也無須心急，只要慢慢料理即可。

在夕陽下，我握著發出寒光的短刀，慢慢走向眼前的盜賊們。

最終統計是這幫盜賊團一共有六十四人。亞兒瑪殺死三十八人，我了結二十六人，沒有任何漏網之魚，所有敵人都化成冰冷的屍體。

我對此毫無罪惡感。畢竟他們是罪該萬死的惡棍。說起哥爾德盜賊團，更是以殘虐無道著稱。哥爾德在襲擊村莊時，總愛命令當地的孩子們手持小型剃刀去割自己雙親的身體，直到雙親死前都不准停手，這些惡行惡狀出名到就連在帝都也廣為人知，因此他才被冠上剃刀這個稱號。

在一片令人作嘔的血肉味之中，我斬下剃刀哥爾德的頭顱，裝進在現場取得的麻布袋裡。將頭顱交給都市的憲兵隊，可以獲得一筆獎金。記得剃刀哥爾德的懸賞金是兩百萬菲爾。雖說拿著一顆首級四處走動很噁心，但眼下也只能忍耐。

「找到了。確實如同諾艾爾你說的有不少錢，總共剛好是一百萬菲爾。」

亞兒瑪拿著皮革袋走過來。當我在處理哥爾德的頭顱之際，已拜託亞兒瑪去清點盜賊團的財物。一如我所料，身為大盜賊的哥爾德果真存了一大筆錢。

「那筆錢就由妳收著，當作是此次任務的個人所得。因為這是妳的第一筆報酬，就特別多分妳一點。至於這次委託的報酬和逮捕哥爾德的獎金就交由我來管理，妳應該不介意吧？」

「ＯＫ。嘿嘿嘿，一百萬菲爾！可以買很多炸包子來吃了！」

關於當初說好將盜賊團的財物全讓給村子的約定，是在村長所言完全屬實的情況下才有效。畢竟實際來到現場一看，盜賊團的人數整整多出三倍，而且頭目還是赫赫有名的通緝犯剃刀哥爾德。關於中間的差額，從哥爾德那裡抄來的財產就歸我們所有。而這也是我們應有的權利。

村長恐怕早就握有這項情報。原因是他在向我們發出委託之前，肯定目睹過鄰近村子遭盜賊團毀滅後的慘狀。就算是外行人，也應當能看出這支盜賊團的手段十分異常。

不過村長並沒有提前告知。那個該死的好色老禿驢，竟然為了壓低委託的報酬知情不報。

「唉～所以我才受不了膚淺又貧窮的委託人……」

「但最終還是賺了不少錢，這次的剿匪委託還算不賴。」

「那是就結果來看。繼續接取這類委託將會欠缺穩定性，重點是一點都不有趣。畢竟我還是不喜歡殺人。」

「咦，你不是殺得很起勁嗎？」

「少把我說得像是個殺人狂一樣。單純是在戰鬥時才迫使自己士氣高昂罷了。像這樣手刃同族哪可能會不以為意……唉。」

人說嘆氣會導致幸福溜走，問題是憋在心裡又太悶。至少再一人就好，只要來個擔任前鋒的隊友，就可以繼續進出深淵……

抬頭望去，恰好有一艘大船橫切過逐漸染為靛青色的天空。

「喔喔～是飛空船！」

同樣望向天際的亞兒瑪，興奮地大喊著。

飛空船是魔工文明最偉大的發明，是個搭載以惡魔為材料製成的特殊飛行裝置，是能夠航行於天空中的大型船隻。也是使用者以王公貴族為主的高級交通工具。但就算不是王公貴族，也有少部分人可以利用。

那艘飛空船上畫有黑色山羊的圖案。

「依那個標誌來看，是七星（regalia）的三等星・黑山羊晚餐會（goat dinner）擁有的戰團船。」

亞兒瑪聽見我的低語後，納悶地歪過頭去。

「七星？那是什麼？」

「所謂的七星，簡單說來就是實力獲得皇帝認同的戰團。」

戰團是隊伍的高階版本。其中立下各種豐功偉業的戰團，將會由皇帝親自頒發勳章。

七星就是閃耀於帝都裡的七顆星星。

獲頒的勳章並非裝飾，而是能獲得與大貴族同等的權力。理當除了王公貴族以外不得私有的飛空船，就是其特權之一。

「七星的席次一共有七個，而且七星之間並非同階，階級由下往上分別是三等星階四席，二等星階兩席，一等星階只有一席。剛才的戰團船就是由三等星黑山羊晚餐會所有。瞧它朝著帝都飛去，想來是剛結束遠征回來了。」

「喔~真厲害耶。意思是船上有許多強大的探索者嗎？」

「那群頂級探索者不僅是實力強大，還得兼具智慧、經驗、財力以及勇氣。隨處可見的探索者根本無法與之相提並論。」

只見黑山羊晚餐會的戰團船逐漸消失於暮色天空的另一端。我下意識地朝著該處伸出自己的手。現在還距離如此遙遠。對於展翅高飛的那群人而言，我現在只不過是一隻爬行於地面的蟲子。

不過有朝一日——

不對，我的目標不可以這麼籠統。

「……一年。」

「咦，什麼？」

「我要在一年後擁有飛空船。」

如此抱負簡直是有勇無謀。不過想要立於探索者的頂點，就需要有這樣的覺悟。

「蒼之天外將在一年內成為七星之一。」

†

「幸好二位平安歸來！討伐盜賊團真是辛苦你們了！」

我們完成剿匪任務回到敏茲村後，村長和村民們熱情地前來迎接。村長究竟是接受過怎樣的教育，為人才能夠如此不要臉呢？也不知該說他是厚顏無恥還是不懂世事的鄉下土包子……起先我想針對隱瞞盜賊團的情報一事找他抱怨，但與這種人一般見識實在太蠢，於是便作罷了。

「村長，我們已完成委託。盜賊團的根據地就在東側森林深處的岩石區，一干人等都橫死在那裡。這是盜賊頭子的首級。」

我將麻布袋裡的東西給村長過目。

「我、我已經確認了……明天早上會派遣青年團前往根據地。那、那個，現場的東西都交由我們處置當真沒問題嗎？」

「……無妨。」

「謝謝二位！這真是幫了個大忙！」

「道謝就不必了。比起這個，麻煩付清剩下的報酬。」

「好的好的，這是自然！請二位光臨寒舍！我家老婆和女兒已準備好豐盛的晚餐！請你們先好好休息一下！」

老實說，我是很想盡早離開這座村子，但是搭乘接駁馬車的時間已過。姑且不提村長，若真與少女不告而別，實在會令我良心不安。

今天就在敏茲村待上一晚，等明日一早就返回帝都。

「諾艾爾先生，我也能成為探索者嗎？」

我們在村長家作客時，雀兒喜忽然提出這個問題。

「不好意思，小女經鑑定後發現擁有戰鬥系職能……」

聽完村長的補充說明後，我便釋懷了。

「妳也想成為探索者嗎？」

「是的！我想成為跟諾艾爾先生一樣出色的探索者！」

少女眼睛發亮地說出答案。村長與妻子露出苦笑。看兩人的樣子，似乎認為這只是孩子小時候的夢想。

「只要長大成人，任誰都可以成為探索者。畢竟只需前往相關單位登記即可。一般來說會再去就讀帝都的養成學校，接受講師的培訓。根據規定，前鋒職能的訓練是為期兩年，後衛則是一年。原因是與敵人直接交戰的前鋒，需要學習的技巧會比較花時間。」

「我的職能是【劍士】，所以得花費兩年囉……」

「從養成學校畢業後，原則上可以與人組隊或加入戰團從事相關活動。獨自一人闖蕩並非明智之舉，我不太推薦。」

「……那個，要上養成學校會很花錢嗎？」

「因為國家鼓勵人民成為探索者，所以學費全免。學校是由國家出資經營，完全不收學費或授課費。」

「這樣啊！」

雀兒喜顯得十分欣喜，彷彿通往夢想的大門已為她敞開。

「但是並不會資助學生的生活，生活費得要自行打理。帝都的物價和地價都很高，光靠放學後的閒暇之餘打工賺錢，沒多久肯定會吃不消，因此在入學前必須多存點錢。」

「是、是嗎……」

面對名為錢的現實，她的語調瞬間變得十分沮喪。

「既、既然如此，去帝都以外的養成學校不就好了？比方說這附近的尤德拉鎮同樣也有養成學校對吧？」

「很遺憾，國家經營的養成學校只設於帝都，其他地方的學校都會收取高額的學費跟授課費，而且課程水準也遠不及帝都。」

「這樣的話，可以不上養成學校就成為探索者嗎？」

「是可以，但我實在不推薦。在缺乏相關知識與經驗的情況下和惡魔交手，簡直形同自殺。甚至就連變異種或罪犯都打不贏，只會白白丟了性命。」

除非有實力高超的親人擔任講師，要不然都應該去就讀養成學校。單論生存率就已是天差地遠。

「雖然這麼說有點嚴厲，不過探索者是需要賭上性命的工作，也是獵殺其他生命的行業。無論是獵人或獵物都會拚死求生。若是抱持天真的想法參與其中，就只會死於非命。」

「怎麼這樣……」

雀兒喜聽完我的解釋後，哀傷地斂下眼簾。我的確不忍心讓追求夢想的孩子如此大失所望，可是不負責任地在一旁鼓吹，最終導致對方喪命也會有罪惡感。話雖如此，只是講完大道理就結束話題，未免也太敷衍了。

「假使妳無論如何都想成為探索者，可以先從支援者(supporter)做起。」

「支援……者？」

「就是幫忙搬運行李或帶路，從旁協助探索者的工作。這項職業是由支援者協會全權管理，登記後不僅能工作賺錢，還有機會在現場觀察專業探索者的戰鬥。儘管仍有生命危險，但因為並非戰鬥人員，所以生存率高出許多。再加上協會也會傳授各種生存技巧。只要在那裡工作累積知識與經驗，即使不就讀養成學校，也可以達到身為探索者應有的最低門檻。」

雀兒喜先是睜大雙眼，接著發出開心的歡呼聲。

「原來還有這個方法！謝謝你告訴我這些！」

「思緒要柔軟，並懂得收集情報，如此必能開拓出一條生路。」

「我知道了！我自己也會好好收集相關情報！」

「嗯，這樣最好。妳加油喔。」

「……若是我成為一名厲害的探索者，我也能加入蒼之天外嗎？」

面對那雙祈求的眼神，我回以苦笑說：

「當然可以。如果妳當真成為厲害的探索者，而我也仍是一名並未令妳失望的探索者，到時就一起闖蕩吧。」

「咦，這是真的嗎!?我好開心，真是太令人感動了！我絕對會成為厲害的探索者！

就這麼一言為定喔！」

雖然輕易與人許下承諾是不妥，不過這點小事應當無所謂。畢竟一切都很難說。倘若這孩子當真變成優秀的探索者，讓她加入可是一點問題也沒有。

但是身為父母的村長與妻子，臉色就不太好看了。恐怕他們也有自己的安排和內情。想來是看我在場才不便插嘴，等我離去之後，一定會為了讓雀兒喜打消念頭而對她說教。

算了，畢竟是別人的家務事，與我無關。究竟抱持夢想的少女是否會屈服於現實，相信在不久的將來就會得出答案了。

「謝謝招待，真是一頓豐盛的晚餐。」

這頓晚餐至此告一段落，我把盤裡的食物吃得一乾二淨。

老實說，料理本身並沒有特別可口。理由是調味關鍵的鹽巴與去除腥味的辛香料都嚴重不足，但這是生活拮据之人特地款待，即使勉強也該全數吃完才符合禮數。況且這麼年幼的少女也有幫忙做菜，就更是得這麼做。

坐在一旁的亞兒瑪似乎也抱持相同想法，將端來的餐點吃得乾乾淨淨。現在正努力對抗睡意，拚命睜開快闔上的雙眼。

「能合二位的胃口真是太好了。」

「該道謝的是我們才對。因為我們也累了，想說在此之前先收到尾款。基於職業習慣，若是不盡早結清報酬，內心總會不踏實。」

「我知道了，我馬上把錢拿過來。不過在此之前，我們有為兩位準備一個小東西，請你們務必嘗嘗看。」

妻子在感受到村長的視線後，便拿了一瓶紅酒過來。

「這是一瓶上等紅酒。是我們從前作物豐收之際，手頭比較寬裕時買的，當時要價就高達十萬菲爾。經過多年的熟成，相信價格更是不菲。」

「喔～請我們喝這麼高檔的紅酒當真沒關係嗎？」

「是啊，畢竟我們受到蒼之天外那麼多的照顧。只要變賣盜賊團的財物，相信經濟上會更寬裕。若是這種時候還不夠乾脆，就不配身為男人了。」

村長拔掉紅酒的軟木塞，幫我跟亞兒瑪各倒了一杯酒。

「來，別客氣快喝吧！」

在盛情難卻之下，我將酒杯拿在手上，卻沒有立刻喝下，而是稍微聞了聞氣味就放回桌上。

「這確實是上好的紅酒。光從顏色與香氣來看，就能明白是高級品。」

「那是自然！這紅酒在帝都裡也是相當罕見喔！」

「我想也是。不過這麼高級的紅酒，承蒙招待的我們怎麼好意思先喝，就請身為主人的村長你先喝吧。」

「……咦？我、我嗎？」

村長顯得十分動搖，簡直像是喝了紅酒會非常不妙的反應。

「我也認為應該由村長先喝。請。」

村長見亞兒瑪把酒杯擺在他的面前時，整張臉瞬間刷白。面對模樣狼狽到近乎可笑的村長，我露出微笑說：

「怎麼啦？你不喝嗎？」

「那、那個，因為我……不太習慣喝酒……」

「這就奇怪了，不習慣喝酒的人會願意花十萬菲爾買一瓶紅酒嗎？」

「這、這個，因為……那個……呃……」

反應滑稽到這種地步就讓人笑不出來了。是時候該結束這場鬧劇了。

「我問你，你這瓶紅酒裡有下毒對吧？」

村長聽完我說的話，雙眼圓睜地從座位上起身。

「下、下下下、下毒!?為、為啥我要那麼做!?」

「這還用問？自然是為了殺人越貨啊。」

「胡說八道！含血噴人也該有所限度！你憑什麼汙衊我在裡面下毒!?」

「證據一。」

首先我豎起食指。

「像你這種謊報盜賊團成員數量來刪減報酬的傢伙，哪有可能會拿十萬菲爾的酒來請人喝。你當初說盜賊團一共有二十人，但實際上的人數多達整整三倍。換言之，你是故意欺騙我。」

「那、那種事我怎麼知道！我根本不清楚對方有多少人！」

「證據二。」

接著我豎起中指。

「這瓶紅酒沒那麼貴，只是便宜貨。當然有可能是你被賣家騙了，不過那些與此事無關。重點在於此紅酒劣質到一聞就知道是便宜貨。意思是此紅酒早就被開過，而且已擱置一段時間。你就是那時在裡面下毒，然後再將軟木塞塞回去。你原先想透過在我面前開瓶來讓我放下戒心，結果卻適得其反。」

「那、那個……」

「哼，你瞧我們是遠比你年輕的小鬼頭，就認為我們不可能懂得辨識紅酒的風味嗎？蠢蛋，稍微用點大腦就會明白，在帝都住了一段時間的我，至少對美食都頗有研究。」

「唔……一、一定是老婆拿成我的睡前酒了！沒錯！我現在才發現標籤根本不對！老婆，就提醒過妳要小心別拿錯酒啊！」

「真、真是非常對不起！」

他還想繼續演這齣鬧劇嗎？害我有點想動手殺人了。

「證據三。」

我豎起無名指。

「你跟夫人聊起這瓶紅酒時，渾身散發出強烈的殺氣，甚至處心積慮到我完全能感受出來。我能理解你無論如何都想毒殺我們，但你竟厚顏無恥到還堅稱這是哪來的上等美酒。或許你想營造出這是有別於尋常紅酒的第一印象，藉此混淆摻入毒藥所產生的怪味，不過這種膚淺的手段對我們豈會管用。」

「諾艾爾說得對。你在紅酒裡下的毒帶有某種怪味，為了避免讓我們察覺裡頭有加料，就需要找點藉口合理化。可是憑你那種拙劣的演技，除了蠢到某種程度的笨蛋之外根本騙不了任何人。更何況就算我真的上當，身為【斥候】都具備抗毒能力，此舉是一點意義也沒有。」

亞兒瑪對此嗤之以鼻。村長與其妻子都懊惱地皺起眉頭。

「住、住口！你們說的這些話又沒有證據！」

「證據就擺在你的面前。如果你認為我們在撒謊，就立刻喝下那杯紅酒。」

「吵死啦吵死啦吵死啦!!沒人會聽你們的說詞！滾！快給我滾出這座村子!!」

這個禿驢居然給我翻臉不認帳。要我滾是可以，但你還沒把剩下的報酬交出來。而且在被人瞧扁的狀況下摸摸鼻子走人，我是絕對辦不到。

「我再問你一次，你在酒裡下毒了吧？給我從實招來。」

「是的，我在酒裡下毒了。因為我打算在愚蠢的探索者們打倒盜賊團之後，為了奪走錢財與裝備動手殺人。反正就只是一群只懂得戰鬥的小鬼頭，肯定三兩下就會上當，所以我才決定殺人。」

這是話術技能《真實喝破》。招供的村長連忙摀住自己的嘴巴。

「……爸爸，你說的那些都是真話嗎？」

仍無法接受事實傻在原地的雀兒喜，露出一雙彷彿看見未知怪物的眼神凝視著親生父親。

「唔～……真、真的非常對不起——!!」

終於認罪的村長，對我們鞠躬道歉。

「我、我知道自己做了不可原諒的事情！但、但我們真的有苦衷……」

「苦衷？」

「其實我們欠了一大筆錢……在發生饑荒時，我為了拯救村人跑去借錢……現在需要錢來還債……假如沒能及時還清，事情將會一發不可收拾……老、老實說我根本不想這麼做！可是為了村子的未來著想，非得有人弄髒自己的手不可！」

「你在撒謊。」

我如此斷言後，村長拚死搖頭否認。

「我、我沒騙人！這些都是真話！」

「你有欠債應當是事實，不過原因並非始於饑荒。大概是你看我年輕，認為這麼說能讓我上當，事實上這附近發生饑荒最近的一次是在三十年前。如果這麼久遠的債務仍沒能還清，這座村子早就不存在了。」

「你、你怎麼……」

「你以前有委託過我們來討伐變異種吧？當時打倒的變異種，是會隨著地質改變強度的類型。因此我在接受委託前，有到帝都圖書館調查過這附近的作物種類與收成狀況，再依此推測這裡的地質。我就是在當時掌握到關於饑荒的情報。」

謊話再度被拆穿的村長，啞口無言地愣在那裡。

「事到如今還想繼續騙人，你到底想做什麼？」

「那、那個，這個……其實……」

「你欠債的理由，十之八九是被惡質商人給騙了吧。比方說特地賣你一隻會下金蛋的魔法幼鵝。然後你就傻乎乎地上當，所以才欠下大筆債務。」

「你、你怎麼連這個都知道……」

喂喂，竟然還被我料中了，我也只不過是隨口說說……

「你這個人不僅愚昧、愚鈍又下流，還非常卑鄙，簡直是人性黑暗面的聚合體。你就連活在世上都是一種不知羞恥的行為。」

「唔、唔～～……」

「……夠了，我已經懶得理你了。快把剩下的報酬交出來。像你這種人渣，就連為自己的行為付出代價都不配。」

「你、你也沒必要說得這麼難聽吧！更何況哪有什麼剩下的報酬！你都已經取下哥爾德的首級！拿去換取獎金不就好了!?」

惱羞成怒的村長在一口氣罵完之後，因為察覺自己的失言顯得相當狼狽。

「那、那個，剛才那些話……只是我一時激動才回嘴……」

「喲～所以並非出自真心囉。」

「這、這這這、這、這是自然！就只是開個玩笑啦……哈哈哈。」

「開玩笑啊～這還真是有意思耶。哈哈哈！」

「謝、謝謝您的誇獎！啊哈哈哈。」

「哈哈哈哈哈哈！」

我原先還在考慮要如何為此事做出了斷，這下子答案已經出來了。

「——首先是右眼。」

「咦？右、右眼？」

我一腳踢開椅子迅速起身，抓住村長的衣領把他的頭按在桌上，然後一如我的宣告，將拇指戳進他那骯髒的右眼裡。

†

「咿呃啊啊啊啊——!!」

「哈哈哈，真是難聽的叫聲。被一個遠比自己年輕的男性插進體內深處的感受，可不是平常能體驗到的。給我發出順耳點的叫聲來聽聽。」

「好痛啊啊啊——!!我的眼睛！我的眼睛啊啊啊——!!」

村長持續發出慘叫，渾身上下就連一根指頭都動不了。原因是我正用拇指不停攪弄他的眼窩深處。

目睹村長被人戳瞎右眼後，夫人嚇得雙腿發軟當場失禁，女兒也如石化般佇立在原地。至於村長本人則是漸漸沒力氣發出慘叫，看似已奄奄一息。

我在他的耳邊低語說：

「別以為光是右眼就結束了。接下來是左眼，然後再削下你的鼻子跟耳朵，最終打斷你所有的牙齒並且拔掉舌頭，把你變成人渣應有的外表。」

「咿、咿～～饒、饒饒、饒命啊～！你、你要錢的話，我、我我我、我馬上付清！我這就立刻交出三十萬菲爾！」

「三十萬？你想笑死誰啊。事情都鬧到這步田地，你以為那點錢就能了事嗎？假如想活命，就把家中的錢全部交出來。」

「不、不會吧！這怎麼成！求求您高抬貴手啊！」

「既然如此，我就當作是談判破局囉。」

我伸展空著的那隻手發出喀啦聲，然後摸向村長的左臉頰，並將拇指對準他的左眼。閉上眼睛也沒用，我絕對會戳瞎你的左眼。

「這是你最後能用眼睛看見的光景。奉勸你可要謹記在腦海裡。」

「不、不要啊！求求你饒命啊！我欠錢的對象是岡畢諾幫！若是沒能準時還錢，我一定會沒命的！」

「那種事與我無關。」

他以為搬出黑幫的名號，我就會心生膽怯嗎？這傢伙是蠢到何種地步。像那種會害怕區區黑幫的軟腳蝦，哪有辦法成為探索者。

在我準備一口氣用拇指戳瞎村長的左眼之際——

「請等一下!!」

聲音來源是方才傻在原地的雀兒喜。儘管她淚眼汪汪，甚至因為恐懼而牙齒發顫，但她還是來到我的面前，並將手中的皮革袋交給我。

「這是家中所有的積蓄！一共是八十二萬菲爾！我家現在是就連一枚銅幣都沒有了！這些錢全部給你，求求你放過爸爸吧！」

看來女兒知道家裡的錢藏在哪裡，並私自決定在父親受到更多傷害之前把錢交出來。可是村長對於女兒的判斷氣得破口大罵。

「混帳東西！妳怎麼會這麼做!?如果把那筆錢交出去，我就完蛋了！」

「但是爸爸現在不付錢的話，不僅會失去雙眼，今後也無法再向探索者發出委託喔!?若是到時又出現盜賊團或變異種該怎麼辦!?」

「那、那個……不過……唔～……」

我對女兒的這番話心生佩服。起先以為她只是想拯救自己的父親，原來此舉也是替村子的未來著想。

雖然沒有明文規定，不過探索者有共享情報的義務。類似這種委託人刻意隱瞞情報，而且打算殺害探索者的案件，為了避免再有人受害，非得將此消息傳達給其他同行不可。負責傳遞訊息的就是各大酒吧的老闆們。他們會負責將惡質的委託人記載成冊，同時通知常客與其他酒吧。

換言之，此事一旦曝光，情況將如同雀兒喜所言，從今以後不會再有探索者接受敏茲村發布的委託。就算他們遭受盜賊團或變異種的侵擾，也只能坐以待斃。

我放開村長收下皮革袋，確認裡面的金額。

「這裡面確實一共是八十二萬菲爾。你全部的積蓄當真只有這些嗎？」

「是、是真的！我沒有撒謊！」

「是嗎？那我就姑且相信你。今日一事，我就看在這筆錢的份上不與你計較──村長，相信你沒意見吧？」

「好、好的……我知道了……」

村長摀著被戳瞎的右眼，不甘不願地點頭同意。

「假如你膽敢再欺瞞探索者，到時可要做好覺悟喔？即便與我無關，我也會來奪走你擁有的一切。」

我發出殺氣怒眼一瞪，村長被嚇得尿失禁，同時點頭如搗蒜。

「很好──亞兒瑪，我們走。」

「收到。」

在我們即將離開屋子之際，一股悲痛欲絕的喊叫聲從背後刺穿我的胸口。

「像你們這種探索者……我最討厭了!!」

「沒想到探索者這行業也挺辛苦的。」

當我們走在皎潔月光籠罩的道路上，跟在一旁的亞兒瑪以百感交集的語氣如此低語，惹得我不禁露出苦笑。

「怎麼？難道妳不想幹了？」

「是沒有不想幹啦。」

「那就好。」

亞兒瑪擋在我的面前，歪著頭說：

「倒是諾艾爾你不要緊嗎？」

「我沒事。」

「是嗎？不過讓一名原本憧憬自己的女孩子感到失望，我覺得不管理由為何，還是會很難過的。」

「若是害怕讓人失望，乾脆窩在無人島上生活算了。」

「難過時就不要勉強，可以儘管跟大姊姊我撒嬌喔？我會給你抱抱的。」

亞兒瑪張開雙臂，以莫名嫵媚的語調如此說著。我見狀後嗤之以鼻。

「妳這個大奶笨蛋女，給我去抱仙人掌啦。」

「你又罵我大奶笨蛋女！不許你再這麼說！」

「那妳就別當我是小鬼頭。」

「唔～……這有點困難……都怪你長得太可愛了。」

「這是哪門子的歪理啊……」

兩人獨處時也就罷了，倘若亞兒瑪在新同伴加入後對我仍是這種態度，將會影響我身為隊長的形象。因為我們交情尚淺，眼下是還可以當作開玩笑，但要是這情況遲遲沒改善的話，就有必要嚴厲叮嚀她了。

不過她基於好意這麼做也是事實，我還是應該坦率向她道謝。

「……那個，謝謝妳擔心我。」

「原來諾艾爾你挺傲嬌的？」

「妳去死吧。」

「真可愛，我好想緊緊把你抱在懷裡。」

「若是妳膽敢碰我一根汗毛，我就以隊長權限取消妳下一筆的報酬。」

「這也太狠了吧！」

我們邊笑鬧邊走在入夜的街道上。由於這個時間已沒有接駁馬車，因此只能徒步返回尤德拉鎮。

拜每日訓練所賜，我對自己的體力很有信心，但是長時間走在視野不佳的漆黑道路上，令我不由得失去耐心。話雖如此，在野外紮營待上一晚也很麻煩。這麼一來，徹夜趕回尤德拉鎮，從那裡搭乘早班馬車返回帝都還比較好。

「亞兒瑪，妳最終還是沒有成為【暗殺者】嗎？」

亞兒瑪曾說過暗殺者教團將她拒於門外，不過這與職能的升階是兩回事。由於亞兒瑪表示自己已達成升階條件，因此她有心的話，隨時都能成為【暗殺者】。

「我還不確定——你想要我成為【暗殺者】嗎？」

「這倒是未必。雖然妳的戰力肯定會得到提升，可是考慮到今後加入的隊友，我個人是比較希望妳維持現狀。」

在【斥候】的升階職能之中，【暗殺者】的攻擊力最為突出，以前鋒攻擊手而言是非常優秀的職能。但在職能人口比例裡是前鋒居多，假如沒有優先考慮後衛，之後很容易發生隊伍裡全是前鋒職能的情況。

基於上述原因，若以隊伍職能的平衡來考量，比起前鋒攻擊手的【暗殺者】，倒不如升階成後衛攻擊手會更合適。在【斥候】系裡，【追擊者(chaser)】和【亂波】都是B階後衛攻擊手。

當然日後的事情都很難說，也有可能發生後衛太多的情況，因此目前最好的做法就是保留選項。

「我懂了，那我就先繼續維持這樣。」

「拜託妳了。等時機到來之際，我們再行討論。畢竟我也差不多可以升階了。」

「那還真叫人期待。對了，你知道如何辨別可以升階的狀態嗎？」

「嗯，就是身上某處會出現圖案吧？」

「沒錯，就像這樣。」

亞兒瑪將雙手伸進自己的乳溝，把她的巨乳稍微撥開，在胸口中間有一個短劍狀的圖案。

「可以升階時，身上會出現這類圖案。聽說大多都會出現在胸口或手背。我是希望諾艾爾你出現在屁股上，那樣一定很可愛。」

「妳就饒了我吧……」

圖案出現在屁股上，簡直是遜斃了。到時無論我成就怎樣的偉業，這個事實都會變成我的負擔。光是在腦中想像就令我感到一陣胃痛。

「諾艾爾。」

「嗯？」

亞兒瑪以有些嚴肅的嗓音呼喚我。

「雖然發生了很多事，但我今天還是過得很愉快。因為我從前一直在山裡跟著爺爺修行，像這樣與人並肩作戰的感覺，想想也挺不錯的。」

「值得慶幸的一點是付出終有回報。而且老實說還賺了不少。人只要有錢，心胸就會變開闊，我能理解妳的心情。」

「那個，我指的不是錢……」

亞兒瑪先是困擾地深鎖柳眉，但隨即微微一笑說：

「我漸漸摸清楚諾艾爾你的個性了。」

「啥……？妳冷不防在說些什麼？」

「就是說你非常可愛，所以——」

亞兒瑪瞬間接近我，並且仰頭對我露出一張如鮮花綻放般的甜美笑容。

「我會一直和你並肩作戰的。」

✝

亞兒瑪是在遇見諾艾爾的三天前，造訪暗殺者教團的祕密基地。

此處是位於帝都一角，乏人問津的教會地下墓室。祖父亞爾戈說過，教團總部就位在那扇暗門的另一頭。事前已請介紹人代為告知她將會來訪。

「歡迎妳，亞爾戈的孫女亞兒瑪啊。請隨我來。」

一名身穿白色長袍的男子前來迎接，並且為亞兒瑪帶路。

大概是聯絡信上印有亞爾戈的印章，對方完全沒有針對血緣一事提出質疑。不對，他們應該還是抱有疑慮，目前只是暫時把亞兒瑪當作是亞爾戈的孫女。反正想加入教團必須先通過試煉。以教團的立場，恐怕也想透過測驗來判斷真偽。

放眼望去，暗殺者教團的祕密基地內部幾乎是空無一物，完全沒有擺放任何家具，只見泥土外露的牆壁上燃燒著以動物脂肪製成的蠟燭。

前行一段距離，引路人在巨大的鐵門前停下腳步。

「亞兒瑪‧尤迪卡雷，我再確認一次，妳是真心渴望成為我等教團的同胞嗎？」

「我是這麼認為。」

「很好，那妳就穿過這扇門。在妳克服試煉之時，我等崇拜的冥府之神必會保佑妳。去吧。」

在引路人的催促下，亞兒瑪伸手推動門扉，隨即傳來重物移動的聲響。理當需要多名一般成年男子才有辦法移動的鐵門，亞兒瑪僅憑她那纖細的雙手便輕鬆推開。

門的對側有個狀似修練場的空間，場中站著一名男子。這位身穿東洋和服的長髮男子，雙手都有配戴鉤爪。

「聽說妳就是亞爾戈的孫女，但我實在看不出來。」

面對男子像在鄙視人般斜眼看人的態度，亞兒瑪忍不住發出嘆息。

「這種三流貨色也能加入教團……？真叫人失望。」

「妳說什麼⁉」

「你是測驗官吧？那就趕快開始吧。」

「只不過是C階的小鬼，少給我太囂張！讓妳瞧瞧【暗殺者】真正的實力！」

男子展現出身輕如燕的速度衝向亞兒瑪。換作是C階的一般人，恐怕轉眼間就已被撕成碎肉。看來此人的確是【暗殺者】。

不過站在這裡的人並非等閒之輩，而是傳說級殺手亞爾戈名副其實的繼承人亞兒瑪‧尤迪卡雷。

「……怎、怎麼可能!?」

兩人錯身而過的下個瞬間，渾身噴血倒地的人是鉤爪男。

「果然是三流貨色。未免也太不像話了。」

亞兒瑪緩緩走向倒地的男子身邊。這次輪到男子被對手鄙視。面對這難以置信的結果，男子徹底慌了手腳。

「豈有此理！妳那身力量是怎麼回事!?」

「你是笨蛋嗎？暗殺者教團傳授的戰鬥技巧全是源自於我爺爺，對我當然是不管用。」

「妳……妳當真是亞爾戈的孫女嗎？」

「這點小事，在剛才對峙的瞬間就該看出來。看來你除了實力三流以外，還是個無藥可救的笨蛋。不過你放心，你今後無須再為自己的無能苦惱了。」

亞兒瑪面露微笑，高高舉起手中的短刀。

「且、且慢！試煉已經結束了！是我輸了！」

「不對，試驗尚未結束。得等我殺了你才算結束。」

「住手——！」

亞兒瑪無視男子的慘叫，揮下手中的短刀。

不過——

「到此為止，收起妳的武器。」

亞兒瑪的短刀沒能殺死男子，反倒被無聲無息出現在兩人之間的闖入者，僅憑兩根指頭就擋下了。

能明顯看出對方是非比尋常的強者。亞兒瑪為了重整態勢，大幅度地向後一跳，拉開距離。闖入者膚色黝黑，身穿一件立領的白色祭司服。從容貌上能看出此人已邁向中年，可是隔著衣服依舊可以清楚看見他那結實的體魄。那副千錘百鍊的身軀加上泛白的小平頭髮型，此人比起僧侶更像是僧兵。

「……你是誰？」

「教團長賽門・格雷高里。」

男子嗓音渾厚地表明自己的身分。

「……原來如此。既然是教團長，怪不得會有如此身手。」

亞兒瑪將短刀收入鞘中，納悶地歪過頭去。

「那我就不懂了。你為何要阻止我？」

「我反倒想問妳，妳為何非要置他於死地不可？」

「爺爺說過試煉就是這樣。唯有強者能活下來，弱者的職責就是將性命獻給冥府之神。」

「那都是過去式了。在我的領導下，不許再遵守那種為人忌憚的古老教義。」

教團長以不由分說的語氣斷言後，使了個眼色命長髮男出去。祖父亞爾戈辭去暗殺者教團的教團長一職已過了幾十年，看來組織的運作方式不同於以往。不過，亞兒瑪對於這個事實並沒有任何異議。

「我明白了。那我算是合格了？」

「是合格了……但只有戰鬥技巧方面。」

「意思是還有其他試煉嗎？」

「我會問妳幾個簡單的問題，妳只需照實回答就好。」

教團長露出彷彿能看穿人心的眼神凝視著亞兒瑪。

「殺死亞爾戈的人是妳嗎？」

「沒錯。」

亞兒瑪不加思索立刻回答。畢竟信中提到亞爾戈已經染病，既然對方清楚此事，也就無須隱瞞。亞爾戈並非死於疾病，而是被亞兒瑪親手殺死。

「即使強如EX階，老了同樣不中用。我輕而易舉就殺了他。」

「我姑且還是問妳一下原因。」

「這種事有必要問嗎？」

「……也對，的確沒必要，這是個蠢問題。」

亞兒瑪自懂事以來，就對亞爾戈抱持殺意。一直以來，亞兒瑪不曾從那個男人身上感受到任何親情。亞爾戈只有賦予她身為【暗殺者】所需的知識，以及日復一日超乎常規的鍛鍊。亞兒瑪被迫過著身心不斷遭到消磨的生活。若是想抗拒等待在盡頭的死亡，除了殺死亞爾戈獲得自由以外別無他法。

「亞爾戈是力量的修道者。其精神與其說是人類，反倒更貼近死神，是個只會散布死亡的存在。」

教團長露出緬懷過去的眼神，緩緩道出自己的回憶。

「我打從心底十分畏懼亞爾戈。即使我已接掌教團，職能也升上ＥＸ階，恐怕還是打不贏全盛時期的他。他不是人類，而是披著人皮的死神。」

「但他終究輸給不滅惡鬼。」

「沒錯，他輸了。正所謂人上有人。就算是死亡的化身，依舊無法戰勝不滅惡鬼。其實仔細思索一下，這也不無道理。從那時開始，亞爾戈就失去理智了。」

忽然間，教團長眼中布上憐憫的神色。

「亞兒瑪，其實妳並非亞爾戈的孫女，而是他的女兒吧？」

看來此人已將所有情報都調查得一清二楚了。

「沒錯，我是亞爾戈的女兒，並非他的孫女。我是那男人從某村子擄來的女性之中，強迫懷胎生下的其中一名孩子。」

亞爾戈在敗給不滅惡鬼後就徹底發瘋了。對於力量的修道者而言，自身實力是不容動搖的存在價值（raison d'être）。因為這一點被人徹底拔除，導致他從此失去自身的存在意義。

失去正常判斷力的亞爾戈，就此淪為狂信徒，並且產生扭曲的妄想——既然自己在不該輸的戰鬥中落敗，只要生下不會敗北的自己，戰敗的過去就等於不存在。以上就是亞爾戈的想法。

「那男人並非想要繼承人，而是只想生下跟自己一樣的存在。他打從心底深信這麼做，就可以消除過去的汙點。」

「……這就是傳說的末路嗎？真是可悲。」

「不對，真正可悲的是那些受此男人牽連的被害者。無論是被他從村子擄走強迫懷孕生子的女性們，以及我那些因為亞爾戈的異常執著而被害死的兄弟姊妹們。」

許多無辜的生命受亞爾戈的異常執著所累而死去。一想到他們的悔恨，弒父之名根本算不了什麼。至少亞兒瑪是這麼認為。

「對那男人來說，我是最成功的實驗品。但他仍不斷告誡我說千萬別對不滅惡鬼下手。看來就算是失去理智，他也忘不了落敗當時的恐懼。儘管那男人已被我親手殺死，我還是非常厭惡他，不過想到這件事就能稍微消氣。明明不滅惡鬼也早就成了老爺爺，真是個笨蛋。」

「事實上，不滅惡鬼已在數年前過世了。」

「咦？」

「根據消息指出，他所住的城鎮發生深淵化，他本人則是與身為核心的魔王同歸於盡。」

「……這樣啊，原來不滅惡鬼也早就死了。」

唯一活下來的只有亞兒瑪。儘管這消息令她感到豁然開朗，卻又莫名有種失去寄託的感覺。

「亞兒瑪，我就老實告訴妳，妳並不適合加入教團。」

亞兒瑪在聽見教團長這出乎意料的宣布後，大受打擊到彷彿大腦狠狠挨了一拳。雖說是遭受強迫，但她打從懂事以來就為此不斷接受修行，如今當然無法輕易相信自己並不適合加入暗殺者教團。

「為什麼⁉你應當已見識到我的力量吧！」

「確實妳的力量非常出色，甚至能看出妳終有一天會升上ＥＸ階級。不過這跟妳是否適合加入教團卻是兩回事。」

「簡直是莫名其妙！你給我解釋清楚！」

面對亞兒瑪的質問，教團長狀似傷腦筋地摸了摸自己的鬍鬚。

「……接下來的內容切勿外傳，妳能答應我嗎？」

「我知道了，我答應你……」

「暗殺者教團的運作方式預計將於近日煥然一新。在那之後，我們就不是獨立的祕密組織，而是隸屬於帝國麾下的單位。活動以諜報為主，要為國家效力，這就是新生暗殺者教團的存在方式。」

「……意思是你們不再殺人了？」

「很遺憾無法完全如此，可是相較於以往把殺人視為目標，今後則是當成一種手段。乍聽之下是很相似，不過兩者所代表的意思卻是南轅北轍。至少後者擁有未來。」

「未來……」

亞兒瑪不懂那是怎樣的未來，但無論那個未來多麼前途似錦，也沒有她的容身之處。至少亞兒瑪能聽出這點。

「修羅仍沉睡於妳的心裡，因此我們無法把護國重任交給像妳這樣的危險人物。」

「…………哈哈哈。」

亞兒瑪發出乾笑聲。天底下竟有如此殘酷的惡夢。不對，這是現實，是她打從出生一直持續到現在，名為惡夢的現實。

「……二十一年，我被迫消磨了整整二十一年的光陰，卻換來這樣的結局？這期間是一點好事都沒發生過。既沒有朋友，也沒有愛人。一直以來……一直以來就僅僅是去配合那男人的執著，而且我的力量到頭來還派不上用場……那我到底該為何而活？這二十一年來的時間……究竟是為了什麼？」

亞兒瑪淚流不止。她感到既空虛又懊惱，這股心情化做淚水，無止盡地從眼眶宣洩而出。

「還來！把我的人生還給我!!」

亞兒瑪明白向這名男子訴苦並沒有任何意義，但她實在是無法憋著不說。因為在這個世上會關心亞兒瑪的人，就只有她自己而已。

「妳的人生是屬於妳自己一個人的。」

教團長只說完這一句話就轉過身去。

「等等！我該怎麼做才好!?拜託你告訴我！」

「妳可以隨心所欲地活下去。妳的力量並非只能在教團裡發揮。需要妳的人多不勝數，比方說探索者。」

「……探索者？」

探索者之中的確會有人需要亞兒瑪的力量，可是亞兒瑪對他們幾乎一無所知，大不了就是需要她的身手前往深淵狩獵惡魔罷了。

「對了，告訴妳一個有趣的消息。」

在亞兒瑪大傷腦筋之際，教團長依然背對著她，繼續把話說下去。

「不滅惡鬼的外孫也在帝都從事探索者工作，聽說他所屬的隊伍出了一些問題面臨解散，但他為了重振隊伍正在招募新成員。」

「……你想說什麼？」

亞兒瑪歪過頭去，無法理解教團長的意圖。

「不滅惡鬼的外孫成為探索者也不足為奇，畢竟有其父必有其子。」

「但他的職能並非【戰士】，而是【話術士】。」

「【話術士】!?你當真是在說不滅惡鬼的孫子嗎!?」

「沒錯，他就是個輔助職能的【話術士】。」

教團長轉身對著吃驚不已的亞兒瑪露出微笑。

「這是眾所周知的最弱職能。」

「他卻依然成為探索者嗎？難道是不滅惡鬼逼的？」

「沒那回事，是出於本人的意志。況且不滅惡鬼很早以前就過世了。」

「……說得也是，但他為何要這麼做？」

「其中的細節不得而知，不過我能肯定一件事。那就是不滅惡鬼的孫子，【話術士】諾艾爾・修特廉非常強悍。」

亞兒瑪對輔助職能了解不深，卻非常清楚相關弱點，也明白這被稱為最弱是莫可奈何的事實。教團長卻表示身為支援職能【話術士】的此人非常強悍，著實令她無法相信。

「你說的都是真的嗎？」

「千真萬確，現在的諾艾爾又被業界人士稱為專挑強敵的新人。儘管此人目前仍是C階，但他也是有朝一日或許能登上頂點的其中一名優秀新人。」

「真叫人難以置信……」

「所以我才說這是個有趣的消息。」

教團長低頭看著亞兒瑪，臉上的笑意變得更深。

「倘若妳感興趣的話，大可去見見他。」

三天後，亞兒瑪出於自身的意願去見了這位生性笨拙又不坦率，內心深處持續燃燒著不滅鬥志的少年——

結束每天的晨練後，我洗去一身的汗水返回房間之時，傳來了一陣敲門聲。

「諾艾爾，我來接你了。」

來訪者是亞兒瑪。因為今天沒有任何安排，我便答應亞兒瑪帶她去參觀帝都。亞兒瑪表示這是約會，但我自然是沒有此意。而且我已提前告知，只會帶她參觀有助於探索者活動的地點，至於觀光景點或娛樂場所就請自行挖掘。

我打開房門後，只見站在入口處的亞兒瑪輕輕舉起右手。

「早安。」

「早安，總之先請進吧。」

亞兒瑪走進房間後，好奇地觀察四周。

「這裡的房間果然很不錯，我也好想住在這裡。」

事實上亞兒瑪原本也預計入住星雫館，可是很不巧已沒有空房間，迫於無奈之下只好挑選其他旅館。

「妳住的旅館怎樣？已經習慣了嗎？」

「算是吧。雖然比不上這裡，但也是間好旅館。」

「那真是太好了。不過妳也太早過來了吧？現在是早上九點多，所有店家都還沒營業喔。」

當初就是亞兒瑪提議說要來接我。明明隨便約個地方碰面就好，她卻堅持要來我的住處，真是個缺乏耐性的丫頭。

「諾艾爾你明明很高興能早點見到大姊姊我，真是個不坦率的孩子。」

「住口，我強調過好幾次妳不是我的姊姊。話說妳決定要這麼早過來，就跟我一起進行訓練吧。」

「不行，我凌晨五點爬不起來。」

「……妳這個懶惰鬼。像這樣忽然減少運動量，很容易變胖喔。」

「你放心，少女都擁有少女燃脂器官，所以不會變胖。」

「少女燃脂器官是什麼東西啊……」

亞兒瑪瞥了一眼感到傻眼的我之後，整個人躺到床上。

「唉～真閒。諾艾爾，說點有趣的事情來聽聽。」

「去死啦，我又不是妳的小丑。假如妳沒事幹就翻翻這個吧。」

我把放在桌上的書遞給亞兒瑪。

「這是什麼？你寫的小說嗎？」

「很遺憾那不是小說，而是我截至今日的戰鬥紀錄。從蒼之天外創立至前陣子的盜賊團一戰，我都詳盡地記載在裡面。」

「那還真是厲害。我瞧瞧。」

亞兒瑪改成趴在床上，邊晃動雙腿邊翻閱內容。

「嗯～！竟然沒有我和諾艾爾的情趣場面!?這紀錄肯定是偽造的！」

「那樣的歷史並不存在。總之妳給我靜靜閱讀。另外若是在上面胡亂添加註解，就等著挨巴掌啊。」

「……啐。」

她為何要發出咂嘴聲？難道當真打算亂加註解……？這女人真是蠢到難以置信。一想到她還年長我五歲，就令我傻眼到無言以對。

在亞兒瑪閱讀戰鬥紀錄的期間，我坐在椅子上翻閱組織理論的專業書籍。關於創立戰團一事，我當然還沒放棄。屆時所需的各種知識，我一直都是趁著探索者工作的空檔努力充實。

我預計等到再獲得一名優秀的隊友就會創立戰團。雖說成立的資金大部分將由我一人負擔，不過這些都無所謂。既然我已是隊長，就沒道理擔心錢的問題。多虧洛伊德跟達妮雅，目前手頭還算闊綽。只要我有意，隨時都可以創立戰團。

但在無法進入深淵的狀態下，創立戰團也毫無意義。為了這個目標，無論如何都需要得到新同伴。我仍有在中央廣場張貼徵人啟事，另外也有考慮花錢委託帝都報社刊登廣告。若能因此有優秀的應徵者上門是再好不過，但要是天不從人願，就只能去挖角其他隊伍的成員了。

至於我最想得到的【傀儡師】修格，目前還需要一些準備時間。如此一來就得繼續尋找其他人才，但假如真能如此輕鬆就發現的話，我就不必那麼辛苦了。

「……我膩了。」

約莫十分鐘，亞兒瑪便闔上戰鬥紀錄。

「妳也太沒耐心了吧？」

「沒那回事，老是看書會變成啃書蟲。」

「妳說反了吧，何不承認自己的腦容量就跟蟲子沒兩樣呢？」

「那是你的錯覺。比起這個，我現在閒閒沒事幹，所以有件事想拜託你。」

「聽妳說說是無妨，但妳說話可要經過大腦喔。」

「讓我摸你的身體。」

「妳有在聽我說話嗎!?」

我才剛提醒完，這個笨女人竟然毫不避諱地說出性騷擾發言，臉皮未免太厚了吧。即使是酒吧裡常見的好色大叔，好歹也會動點腦筋。

「那我就摸囉。」

「等等！我並沒有同意喔！」

看來亞兒瑪打從一開始就不考慮尊重我的意見。她從床上起身後，便伸出魔爪打算對我上下其手，但我可不會坐以待斃。我在最後一刻抓住她的手，使勁將她往後推。

「住手！妳別碰我！」

「不行，你就乖乖放棄抵抗，讓人姊姊我摸摸你的好身材。」

「就說妳不是我姊姊……唔喔～～力、力氣好大！」

這是哪門子的臂力。瞧她的手臂這麼纖細，但我卯足全力仍敵不過她。而且瞧她那副老神在在的模樣，足以證明她連一半的實力都沒用上。

「哼哼哼，別再逞強了，天底下不存在比姊姊更優秀的弟弟。」

「少說大話！笨蛋!!」

我咬緊牙根想把亞兒瑪往後推，她卻穩如泰山。明明她長得那麼嬌小，推起來卻宛若哪來的巨大岩石。

「……拚命反抗的你也看起來好可愛，我可以親你嗎？」

「啥!?當然不行啊!!」

「那我親你囉。親～～」

「停下來停下來!!就叫妳住手啊！笨蛋!!」

亞兒瑪嘟著嘴慢慢把臉靠近。再這樣下去，當真會被這女人得逞。眼下已無路可退。正當我如此心想之際，房門被人一把用力推開。

「諾艾爾先森！你素在鬧什麼呀!?」

來者是星雫館的招牌女郎瑪莉，不過她在見到我們扭打的模樣後，目瞪口呆地讓手中的洗衣籃掉到地上。

「不、不會吧……諾艾爾先生居然要跟女生親親……」

「妳誤會了，我是被迫的！比起這個，妳快來幫忙把這個笨蛋拉開！我會給妳小費的！」

可是瑪莉似乎沒聽見我說的話，全身不停顫抖。

「為怎麼……為怎麼你不素跟男生親親!?你不該跟女生親親的!!帥哥就應該和帥哥親親!!嗚哇～～～～諾艾爾先森是大叛徒——!!」

瑪莉喊出沒人能聽懂的話語後，隨即哭著跑掉了。

「那、那名奇妙的生物是怎麼回事？」

面對眼前的突發狀況，即使是亞兒瑪也瞠目結舌地傻住了。我見機不可失，鬆手後立刻朝著亞兒瑪的頸部賞了一記手刀。

「唔！」

亞兒瑪瞬間失去意識。終於擺脫魔掌的我，這才有機會鬆一口氣。不過我的心情依舊十分沉重。

「為何我身邊都是些不正常的女人……」

亞兒瑪很快就清醒過來，不過她似乎缺失進入我房間之後的記憶，我便謊稱她躺在床上不小心睡著了，她竟然毫不猶豫就接受這個說法。於是我最終順利守住自己的貞操。

「你首先要帶我去哪裡呢？」

時間在一陣瞎鬧中流逝，我帶著亞兒瑪出門去。帝都一如既往地熱鬧非凡，能看見各式各樣的人種與馬車，恍若河流般絡繹不絕。

「就先參觀我常去的武器店，然後——」

我接連說出對探索者而言不可不知的地點，諸如武器店、道具店、鑑定士協會以及技能習得書販售店。由於她已自行去過探索者協會，因此那裡可以略過。

「妳已理解今天的安排了嗎？那就跟好我，別走丟囉。」

「收到。」

我們依序參觀各個地點。至於在鑑定士協會裡，我們有針對亞兒瑪該挑選哪個進階職能進行調查。

亞兒瑪的進階職能一共有四種，分別是前鋒攻擊手【暗殺者】和【拷問士(torture)】，以及後衛攻擊手【追擊者】跟【亂波】。參閱過各職能的介紹後，亞兒瑪不喜歡【拷問士】與【亂波】而作罷，於是選擇在【暗殺者】跟【追擊者】之間搖擺不定。

以感性上來說，是初始目標的【暗殺者】較占優勢，但她並沒有拘泥於該職能，因此決定依照原先的計畫，根據隊伍的職能組合再考慮要升階為【暗殺者】還是【追擊者】。

我們結束鑑定士協會要處理的事情離開時，已是中午過後。

「我肚子餓了~諾艾爾，一起去吃飯吧。」

「說得也是，就先午休一下。」

等用完午餐再前往技能習得書販售店也不遲。當我們在尋找有空位的餐館之際，我恰好瞥見一張熟悉的臉龐。

「……亞兒瑪，不好意思妳一個人先去吃飯，我有事得處理一下。」

「咦？你忽然是怎麼了？」

「我也有一些私事要處理。等結束後我會透過《思考共有》通知妳，到時再說妳在哪間餐廳。那我去去就來。」

「啊、等等！諾艾爾！」

我無視後頭傳來的制止聲，快步向前跑去。

†

在光鮮亮麗的帝都裡，未必所有人都能受到眷顧。

帝都貧民窟是窮困潦倒之人的人生終點。該處位於鬧區的另一頭，在這片陰暗且瀰漫著酸臭味的區域裡，充斥各種垃圾和雙眼無神的流浪漢，衛生與治安狀況都糟糕透頂。另外此處不光只有貧民，也是犯罪者的聚集地，他們會把基地設在這個正常人絕對不會涉足的場所之中。

「諾艾爾，我在這。」

我循著聲音扭頭看去，一名男子從暗處走出來。他臉上掛著一抹淺笑，模樣與輕佻的小混混毫無分別。我就是追趕這名男子才會走進貧民窟。

「洛基。」

我喊出男子的名字。洛基只是假名，聽說他另有真正的名字，但是無人知曉。

「居然特地跑進這種骯髒的地方。若要交易的話，大可挑選其他地點。如果害我衣服沾上臭味，你打算如何賠我？」

我自然對洛基的行為大表不滿，他卻聳聳肩說：

「那還真是抱歉，不過我每天都過著命懸一線的生活，大白天裡並不想在耳目眾多的地方與人交易。相信你也差不多吧？」

「那還是得挑個像樣點的地方。我與你不同，是個正經人，假如因為出入貧民窟而傳出一些無憑無據的謠言，會給我帶來困擾的。」

「哈，把隊友賣去當奴隸的人竟然有臉說這種話。」

「閉嘴，有義務顧慮這點的人是你，不是嗎？」

「好啦好啦，所以大老您的臉色別那麼難看咩。」

儘管無法肯定洛基是否當真明白，但他不是笨蛋，下次應該會注意才對。身為專家，都懂得不能感情用事。

「來，這是此次的成果，你收下吧。」

洛基將一個厚厚的信封交給我。我低頭確認內容物，裡頭裝了幾十張寫滿文字的紙張。至於裡頭資料正是我拜託他調查的事情。

「你還是老樣子很有一套，不愧是帝都最厲害的情報販子。看來千變萬化（face less）這個稱號並非浪得虛名。對於無孔不入的你來說，任何祕密都會被攤在陽光下。」

洛基是帝都內首屈一指的情報販子。他之所以如此擅長收集情報，其實與他的職能有關。

【模仿士】是能夠複製他人外表的戰鬥系職能。拜此職能所賜，洛基能夠任意出入一切場所。而且他從不會得意忘形，與每一位委託人交易時都會使用不同的外貌赴約，有著絕不讓人得知自身真面目的謹慎態度。包含這副輕佻小混混的模樣在內，也只是他諸多的容貌之一。他可以隨意更換自身的年齡與性別。

此能力已近似於變異種，事實上洛基體內應當流有能變換外表之變異種・妖狐（shape shifter）的血統。換言之就是混血兒。擁有罕見職能的人，絕大多數都肯定是出自於特殊血脈。

「客套話就免了吧。比起讚美，我更想要錢。你大可打賞在報酬上喔？反正你因為哥爾德的首級賺了一筆錢吧？」

洛基已得知我打倒哥爾德了。雖說這都在我的預料之中，不過他的消息靈通到令人害怕。洛基之所以能成為遠近馳名的頂級情報販子，就是因為他擁有十分出色的情報網。

「報酬我自然會付。而且一如往常是合理的價碼。」

我從錢包掏錢交給洛基。

「嘿，謝謝惠顧！」

「下個委託我也會利用貓頭鷹快遞通知你。」

「遵命～～話說大老你也真是個風流人士。」

洛基毫不掩飾地露出一雙好奇的眼神看著我，愉悅地把話說下去。

「【傀儡師】修格・柯貝流斯可是一名殺人魔，你居然想拉攏他入隊，簡直就是個瘋子。」

「這種事與你無關。要是你不想被我切下舌頭，就給我把嘴巴閉緊點。」

洛基被我瞪了一眼之後，立刻舉起雙手。

「喔～嚇死人了，不滅惡鬼的孫子還真可怕呢～」

「隨你怎麼說。那我先走了。」

「啊、先等一下。」

洛基見我轉過身去，連忙喊住我。

「貧民窟近來有流通一種不太好的藥劑，奉勸你別太深入其中。雖說大白天應該沒問題，但你還是當心點。」

「不太好的藥劑？」

「就是新的興奮劑。聽說這玩意兒會讓人嗨翻天，副作用則是會狂暴化。」

「喂喂，居然流通這麼危險的興奮劑嗎？相信路基亞諾幫不會坐視不管。藥頭是哪個笨蛋啊？」

面對我的質問，洛基正色道：

「問題就在於負責兜售此興奮劑的組織，恰恰正是路基亞諾幫麾下的岡畢諾幫。」

複合職能（dual job）是相當罕見的職能。一般來說，職能分成戰鬥系與生產系，兩者的特性不會重疊。戰鬥系只能學習與戰鬥有關的技能，生產系則是學習跟生產相關的技能，在所學技能上有著明確的差異。但唯獨複合職能就不一樣了，它兼具戰鬥系和生產系兩者的特性，其中一種複合職能就叫做【傀儡師】。

【傀儡師】除了會使用強化與操控人偶的戰鬥系技能，還擁有能用來製造人偶與其武裝的生產系技能，其特點就是可以因應各種戰況。在如此出色的價值之下，殺人魔的風評實在是不值一提。

【傀儡師】修格・柯貝流斯又被稱為染血標本師（Leather mask），是近年來轟動帝都的獵奇殺人魔。

修格目前被關在帝都的監獄裡等待處決。由於鑑定士協會基於學術研究想調查修格的職能，因此不會立刻行刑，但只要完成調查就沒有理由繼續讓他活下去了。最終期限恐怕是三個月左右。

不過多虧洛基收集來的情報，我已漸漸做好能幫助修格獲釋的準備。等事情圓滿落幕之際，我也預計透過操控輿論來幫他洗刷殺人魔的汙名。而我最終的目標，就是讓重獲清白之身的修格加入蒼之天外。

如果修格是個名副其實的殺人魔，我自然是不會這麼做。就算他擁有再傑出的能力，我也不可能放任這種無法駕馭的怪物重獲自由。不過我可以肯定，修格是被冤枉的。有人蓄意構陷他來頂罪。可悲的【傀儡師】，就因為莫須有的罪名而鋃鐺入獄。

其實洗刷罪名一事很簡單，但問題在於要如何讓秉持威權主義的司法省撤銷已做出的判決。這部分就非常困難，必須做足準備不可。倘若踏錯一步，我也會蒙受池魚之殃，所以非得謹慎行事。

時間剩下三個月。此事能否圓滿落幕，一切都操之在我。

『亞兒瑪，我辦完事情了，妳在哪裡？』

我朝著貧民窟的出口走去，同時對亞兒瑪發動【思考共有】，結果腦中卻響起亞兒瑪的怒罵聲。

『太慢了！我在名為滿腹貓亭的餐廳裡！快給我過來！』

『妳別氣嘛。這頓飯我請客，妳就原諒我吧。』

『咦，真的嗎!?好耶！』

我才一說要請客，亞兒瑪的語氣就立刻變開朗。真是個現實的傢伙。

我去過滿腹貓亭，記得從這條路出去步行五分鐘就會抵達。但我途中忽然改變主意，決定改走另外一條路。我故意無視洛基的忠告，穿過貧民窟內部再前往餐廳。

結果證實那種危險的興奮劑當真在流通。或許是與人鬥毆，要不然就是重複做出自殘行為，總之一路上能看見一個個滿身是血的吸食者倒臥在地。牆壁與地面上都是血跡，隨處可見人的指甲或牙齒落在地上。倘若洛基所言屬實，這些就是興奮劑造成的狂暴化所致。

另外倒在地上的吸食者之中，不乏有衣飾華麗的人士。儘管興奮劑的交易地點位於貧民窟，不過成癮者似乎遍布整座帝都。照此情況看來，交易範圍遲早會擴及貧民窟以外的地方。

聽說藥頭是岡畢諾幫，但路基亞諾幫怎會放任麾下組織如此脫序的行徑？我邊走邊思考這個問題，不久後便看見貧民窟的出口。來自鬧區的喧囂聲越來越清晰。途中，我注意到一個人。

「那是——」

該名男子乍看之下是個普通的流浪漢，但是氛圍有別於其他人。仔細觀察，我發現這樣的容貌在帝都裡相當罕見。

「是東洋人……」

此處居民大部分都是犯罪者，除此之外就是來自外國的移民者，或是身心有創傷而無法工作的人們。其中又以東洋人最為罕見。雖說有些是被賣來這裡，不過定居於帝都內的人數就相當有限了。

此人的年紀與我相仿，有著長滿蝨子的蓬鬆黑髮和偏淡的黑色眼睛。而且似乎瘸了腿，緊握著一根骯髒的棒子坐在地上。

老實說這樣的處境很令人同情。都已身處異鄉還只能慢慢等死的人生，換作是我根本無法承受。況且他看起來還很年輕，恐怕曾經抱持過夢想或希望吧。

現場傳來一陣金屬物體落地的聲響。陰錯陽差從我口袋裡掉出去的大圓銀幣，就這麼滾到東洋人的面前。只不過是一萬菲爾，原則上根本改變不了他的處境，但至少能讓他飽餐一頓吧。

「喂，且慢，這位小姐。」

我因為這突如其來的吆喝聲停下腳步。這句話似乎是出自那位東洋人之口。我轉過身去，只見那位東洋人搖搖晃晃地走了過來。

「妳的錢掉了，拿去。」

看著遞來的那枚大圓銀幣，我一時說不出話來。

「妳愣在那做什麼？這是妳的錢吧？一枚大圓銀幣可是值不少錢。之後可要拿好啊，小心別再弄掉了。」

「那個……」

「另外像妳這麼漂亮的小姐，不該出入這種地方。我是不知道妳來幹麼，奉勸妳趕緊離開這裡。」

居然說我是漂亮的小姐。即使現場沒有鏡子讓我看看自己此刻的表情，不過我相信現在的自己，肯定露出一張難以言喻的複雜表情。

「妳、妳怎麼啦？臉色這麼難看？難道是肚子痛？」

「……首先我想澄清一件事。我不是女人，而是男人。」

「咦、男人!?那、那還真是不好意思……」

「再來是那枚銀幣，我已經不要了。被你這種骯髒的流浪漢摸過，我可不想再放回錢包裡。」

「你、你說什麼!?」

「所以那枚銀幣隨你處置。」

我轉過身去後，能感受到東洋人迅速逼近。

「你、你給老子站住！」

在東洋人伸手準備抓住我的肩膀之際，我對他使出一記迴旋踢。

「咳呃！」

東洋人被我一腳踹飛出去，他痛得壓住腹部，不斷大口喘氣。

「也不掂掂自己的斤兩。總之你別碰我。」

「……呼～呼～你居然先動手……」

東洋人怒目而視，拿起手中的棒子擺出戰鬥架勢。難道他想跟我戰鬥？

「老子我並不喜歡打架，但也沒好心到吃了悶虧還默不吭聲。不好意思啊，只能讓你嘗點苦頭了。」

東洋人擺出的戰鬥架勢，出乎意料還挺有模有樣的。起先還以為他瘸了腿，實際上似乎並非如此。另外他不像門外漢那樣因為緊張而渾身僵硬，架勢可說是相當俐落。難道此人原本是傭兵？至少不是一般的流浪漢。儘管他的武器就只是一根木棒，但假如威力夠大，挨上一棒同樣會吃不完兜著走。

有意思，這真是太有意思了。畢竟機會難得，我就來測測他的身手。

「你想道歉就趁現在喔。」

「誰要道歉啊，笨蛋。」

「是嗎？那麼——」

東洋人雙腿一彎，大幅壓低重心。

「你準備受死吧。」

下個瞬間，我和東洋人原本相隔十步的距離，他只跨出一步就來到我的眼前。

好快！我還來不及反應，此人就已逼近至能夠攻擊到我的範圍內。他用木棒使出一記犀利的水平斬擊。倘若直接擊中身體，恐怕骨頭會被當場打斷——不過我還是有辦法閃開。

「咦⁉」

東洋人似乎以為這一招就可以解決我，但我在被擊中的前一刻，大幅度地向後一仰，只見木棒從我的鼻尖前削過。我順著後仰的動作使出後空翻，同時踢出一記腳刀。

「唔⁉」

這是足以一擊將人踢昏，瞄準對方下巴的腳刀。沒想到東洋人只是將臉一撇就躲開了。後空翻著地的我，迅速與對方拉開距離。東洋人也沒有繼續追擊，而是保持相同的距離提高警覺。

「你的身手真是輕盈，難道你是忍者嗎？」

「忍者？」

忍者……啊～是那個忍者！假如我沒記錯的話，那是位於東洋的更東方，只存在於極東島國的【斥候】系職能。意思是這名男子來自於該處？

「我不是忍者，而是【話術士】。」

「你是【話術士】……？算了，那種事怎樣都行，老子已清楚明白你很強悍。既然如此，老子接下來將使出『招式』。」

東洋人的氣質產生變化。他對我散發出近似於強悍惡魔的驚人殺氣。按照這強烈的變化來看，意思是他剛才並沒有使出全力？

「哈哈哈，你真是棒呆了。我在此向你道歉，同時也對你產生興趣，所以我也決定要全力以赴。」

我從大腿的袋子裡拔出短刀，反手握在手中。

「若是你不想死，就讓我看看你的真本事。」

「哼，這是老子想說的話！」

這位東洋人相當強悍，甚至足以與傳奇殺手的繼承人亞兒瑪匹敵。這令我不禁心生期待，但是——

「昊牙！你這小子在幹啥!?」

忽然從旁傳來很像是幼童發出的大叫聲，接著有一名身材胖碩的半身人大叔連滾帶爬地來到現場。

†

半身人即使長大成人，外表也與人類孩童無異。他們四肢偏短，平均身高約一公尺，擁有尖耳朵與大嘴巴。

此種族原則上性情敦厚，會在森林裡搭建嬌小玲瓏的村落過活，不過住在人類城鎮裡的半身人就得特別當心了。他們是半身人裡的異類，個性與其種族的天性恰恰相反非常暴躁，絕大多數都是無恥的人渣。

「老子叫你乖乖等著，結果你竟然給老子在那邊亂揮木棒！若是被憲兵盯上該怎麼辦!?你說啊!!」

半身人大叔破口大罵。從他臉上的鬍鬚和皺紋來看，明顯是個中年人，但他發飆的模樣就跟小鬼頭毫無分別。

不過面對動作如此滑稽的大叔，名為昊牙的東洋人卻瑟瑟發抖，看起來就像是一名即將被巨人吃掉的小矮人。

「米凱爾先生……這、這是……那個……」

「別找藉口！既然你沒乖乖聽話，想必是已經做好覺悟了吧！」

「拜、拜託至少別那麼做！您饒命啊！」

「不行——！戒指啊，拘束吧！」

半身人大叔對著昊牙伸出右拳，當中指那枚銀色戒指發出詭異光芒的下個瞬間，一道黑色閃電包覆住昊牙的身體。

「哇啊啊啊啊啊啊啊——!!」

昊牙發出聲嘶力竭的慘叫聲。遭強力電擊烤焦身體的他，痛苦得在地上打滾。不過電擊並沒有輕易放過他，彷彿蛇絞殺獵物般不斷無情地折磨他。等到電擊終於結束後，昊牙氣若游絲地趴在地上。

我在目睹這幕悽慘的景象後，立刻明白原因就出在那個惡劣的道具上。

「隸屬契約書嗎……」

以惡魔為材質製成的道具，絕大多數都是有助於文明發展，讓民眾生活變富裕的美妙產物。可是一如人心同時存在著善與惡，其中也不乏開發出用來施虐的邪惡道具，至於最具代表性的就是隸屬契約書。

隸屬契約書是必須湊齊特殊皮紙和戒指才能夠發揮效用的道具，在皮紙上用自身鮮血寫下名字的人，將會絕對無法忤逆戒指的持有者。正確說來是戒指持有者說出『拘束吧』這句咒語時，簽約者的魔力就會暴走，強制從體內產生電擊。

當然法律上是嚴格禁止對他人使用如此危險又低級的道具，但凡事都有例外。

那就是——

「你這個奴隸！膽敢忤逆老子就會嘗到苦頭！」

半身人大叔對著暫時無法起身的昊牙吐口水。

能使用隸屬契約書的唯一例外情況，就是雙方為奴隸與主人。換言之，昊牙是一名奴隸，半身人大叔則是他的主人。

「噗呼～噗呼～……話說妳是哪位啊？」

激動到大口喘氣的半身人大叔扭頭看向我。

「瞧妳似乎與我家昊牙起了爭執，像妳這樣年輕貌美的小姐，在這種地方做什麼啊？若是不嫌棄的話，可以儘管跟老子說。妳放心，老子不會對妳亂來的。老子可是一名紳士，但妳得稍微陪老子喝兩杯。噗嘿嘿嘿。」

大概是我反手握住短刀的關係，半身人大叔並沒有看見，臉上掛著一個淫笑，就這麼毫無戒心地走過來。我一腳對準他的臉把人踢飛。

「噗哇⁉」

半身人大叔噴出大量的鼻血，整個人撞在牆壁上，並且因為來自臉部與背部的劇痛而不停掙扎，等痛楚減緩後便惡狠狠地瞪著我。

「妳、妳妳妳、妳這個臭娘們！現在是怎樣⁉看老子拿火來烤妳的胯下，讓妳下半輩子都沒辦法小便‼」

面對這番有違紳士風度的粗口，我當場嗤之以鼻。幸好他還很有精神。雖說原本想一腳讓他腦袋開花，不過我還有事情想問問這個人渣。

「奉勸你說話小心點，要不然──」

我拔出魔槍，並將槍口對準半身人大叔。

「我就把你轟得死無全屍。」

「魔槍!?」

半身人大叔被魔槍對準後，當場嚇得臉色蒼白。

「為、為何像妳這樣的女人會有魔槍……」

「住口，你現在沒有發言權。要是你不想被殺的話，就像個白痴一樣乖乖回答我的問題就好，聽懂了嗎？」

「好、好好好、好的！」

看著半身人大叔點頭如搗蒜，我繼續把話說下去。

「瞧你操著一嘴罕見的口音，你是從哪來的？」

「老、老子來自遙遠的南方，一座名叫索狄蘭的城鎮。」

印象中該城鎮是位於帝國最南端的國境上，怪不得他會有這麼重的鄉下口音。

「看你不像是商人，你來帝都做什麼？」

「那、那個，這個……」

「說。」

我把魔槍的槍口抵在半身人大叔的頭上，嚇得他發出驚呼，同時有如石化般渾身僵硬。雖說使用《真實喝破》會更省事，但我故意不那麼做。若是不讓這個人渣好好體驗一下何謂恐懼的滋味，我實在嚥不下這口氣。

「老、老子什麼都說！其實是老子在那裡待不下去了！」

「為什麼？」

「老子原本是在替達蘭貝爾幫管理地下競技場，可是後來被人發現老子盜用上交的繳納金，所以……」

達蘭貝爾幫是與路基亞諾幫分屬於不同派系的黑幫。儘管他們的勢力並不弱，但以組織的規模和水準而言，仍遠不及路基亞諾幫。

「意思是你自作自受。而你之所以來到帝都，是因為這裡屬於路基亞諾幫的地盤吧。畢竟達蘭貝爾幫沒辦法來這裡逮人。」

「沒、沒錯……您說得對……」

「既然如此，那邊的東洋人是劍奴嗎？」

「是的……近來的競技選手大多都是職業選手，唯獨這小子是老子從其他地方買來的奴隸，老子在逃命時就順便把他帶出來……」

「原來如此，因此你這次是打算讓他去參加帝都的地下競技場，藉此壓榨他賺來的參賽獎金。這可說是你最後的生財工具。」

我參觀過一次帝都的地下競技場，依照昊牙的水準，肯定很快就可以成為上級選手。至於獲得的參賽獎金也頗為優渥。

「而且運氣好的話，你還想繼續擔任地下競技場的工作人員是嗎？」

「沒、沒錯，可以這麼說……啊、難道這位大姊是相關人士嗎？這樣的話，老夫能否趁此機會與您交個朋友啊？」

半身人大叔仍顯得很害怕，卻在臉上擠出一個諂媚的笑容，並且不斷搓揉著雙手。明明額頭都被人用槍口抵著，真是個死性不改的傢伙。

「很遺憾我不是地下競技場的相關人員，就只是一名探索者。另外糾正得稍微遲了點，其實我是男的。」

「咦！探索者!?而且你是……男的!?」

半身人大叔錯愕得目瞪口呆。雖說相較於我身為探索者一事，他似乎更詫異我是男性的部分頗令人在意，但就先不跟他計較吧。

這下該如何是好？現在已確定就算宰了這個半身人大叔，我也不會受到譴責。即使他是達蘭貝爾幫的成員，目前也正遭人追殺。殺死他甚至不會被該組織盯上，反倒會得到對方的感謝。

而且半身人大叔從這世上消失，若是我得到昊牙的所有權，也不會有人來討回，就能確保一名強大的戰力。如此分析下來，殺死他對我來說是百利而無一害——但我不能這麼做。

「給我在十秒內滾遠點，要不然我就殺了你。一、二、三——」

「咿、咿——！」

我不等半身人大叔回應就開始計算時間，嚇得他立刻跑向昊牙，並一腳踹向昊牙的頭說：

「你是要躺到啥時!?還不快逃！」

昊牙被半身人大叔踹了一下頭之後，痛苦地站起身來，步履闌珊追在溜之大吉的主人身後。昊牙一度扭頭看向我，眼中布滿恐懼與哀傷。

真是個愚蠢的人，憑昊牙的身手大可在主人喊出咒語之前就了結對方，從此重獲自由。恐怕是過去曾遭受嚴格的調教，或是畏懼獨自一人活下去。不管怎麼說，他已剩下一顆軟弱的心。

昊牙的確相當強悍。單論實力，我甚至想重金聘請他加入隊伍。不過我想要的是驍勇善戰的野狼，而非瘦弱膽小的家犬，我不需要那樣的軟腳蝦。

「你真是太令人失望了……」

我喃喃自語的這句話，就這麼消失在陰暗的貧民窟之中。

我抵達滿腹貓亭後，一名意料外的人物笑臉盈盈地向我招手。

「哈囉～！諾艾爾，這裡這裡！」

「麗莎，妳怎會在這裡……？」

紫電狼團的成員之一．【弓箭手】麗莎和亞兒瑪坐在同個餐桌上共享午餐。我對此感到十分納悶，仍拉開一張椅子坐下來。桌上已擺滿各種料理，其中有一半都被吃光了。

「諾艾爾，你太慢了。要不是有麗莎陪我，我就只能獨自一人用餐了。」

亞兒瑪一臉怨恨地瞪著我。照此看來是她巧遇麗莎，兩人便相約一起吃飯。

「我就已經跟妳道歉了嘛。」

「諾艾爾先生，謝謝招待！」

麗莎露出燦笑，厚顏無恥地從旁插話。

「妳少在那邊藉機占我便宜，我沒理由請妳吃飯。」

「咦～為什麼!?請一下又沒關係，小氣鬼！」

「妳是其他隊伍的人。若是想叫人請妳吃飯，就去找沃爾夫。」

「沃爾夫成天缺錢，根本不可能請客啦～反倒是我們經常請他吃飯。」

那傢伙明明是隊長，卻不懂得管理財務嗎……還跟自家隊友蹭飯吃，難道他不覺得羞愧嗎？從沃爾夫以隊長之姿深得成員們的信賴來看，應當不像洛伊德那樣會背信忘義濫用隊伍基金，但他終究是個率性而為的傢伙。

「我聽亞兒瑪說了，你們因為殺死哥爾德賺了一筆錢對吧？既然手頭闊綽，稍微請我吃頓飯又沒關係！」

我因為這番不能裝作沒聽見的話語望向亞兒瑪，只見她裝瘋賣傻地吹著口哨。

「妳這丫頭當真是口風很鬆耶……」

確實並未叮囑亞兒瑪必須保密的我是有錯在先，可是這個混帳女也多嘴到近乎異常。看這情形，今後有任何重大祕密都不能告訴她。關於修格的事情，我看直到行動開始前都先瞞著她會比較好。

「難道也是亞兒瑪告訴妳說這頓飯我會請客嗎？」

「對呀～」

麗莎點頭肯定，並且戳了戳亞兒瑪的臉頰。

「我在大馬路上遇到亞兒瑪，稍微聊了一下之後，就想說乾脆一起吃午餐，她就說之後前來會合的你會請客。對吧～？」

「喔～原來如此。」

亞兒瑪被出賣後，尷尬地將視線瞥向一旁。我的確是答應過會請她吃飯，卻沒同意要幫其他人買單。看她的樣子，肯定是想炫耀才說溜嘴。話雖如此，亞兒瑪也有自己的面子要顧，要不然她就會變成一名騙子。眼下也只能由我先讓步，設法顧全她的顏面吧。

「我懂了。麗莎，妳那份我也一道買單吧。」

「咦，真的嗎!?」

「嗯，妳儘管吃沒關係。至於這筆帳，我會從亞兒瑪下一次的酬金中扣掉，而且是一毛錢也不會少。」

「耶～！亞兒瑪，謝謝妳的招待！」

「咦咦!?」

亞兒瑪聽見我的決定後慌了手腳，但已經太遲了。

「不好意思～！我想加點店裡最貴的酒！」

「直接點一瓶吧。另外我想點超頂級霜降牛滿漢套餐。」

「麻煩請來一瓶～！還有加點超頂級霜降牛滿漢套餐～！」

「先等一下！這不是真的吧!?」

面對我和麗莎毫不客氣的點餐，亞兒瑪當場淚眼汪汪。雖然令人同情，但這是她自找的。況且我也偶爾想用別人的錢痛快吃上一頓。

†

用亞兒瑪的錢大快朵頤一頓的快樂時光，轉眼間就過去了。本來我是想找地方續攤，但遺憾的是還得帶亞兒瑪去參觀技能習得書販售店，外加上麗莎也有事情要處理。其中最重要的一點，就是亞兒瑪彷彿靈體出竅般失魂落魄，那副可憐樣當真令人於心不忍。

「嗯～真是一頓愉快的午餐！下次有機會再一起吃飯吧！」

「……下一次……我絕對不會再請客了！」

看著態度堅定的亞兒瑪，我差點噴笑出聲。麗莎則是百無禁忌地放聲大笑，甚至用手指拭去眼角的淚水。

「妳放心，我沒那麼不要臉啦。下次就換我請客吧。」

「這麼大方啊。難不成是接到什麼好委託嗎？」

「算是啦。如果順利完成的話，創立戰團一事就會進入倒數階段了。」

「這麼好康呀。我也想仿效一下。」

「你們過得如何呢？新同伴有著落了嗎？」

「完全沒有。」

亂扯一些三兩下就穿幫的謊話也沒有意義，於是我聳聳肩說出實話。

「嗯～沒有著落呀。既然這樣——」

麗莎探出上半身，將臉湊到我的面前。

「我看你還是加入紫電狼團啦。大家也會很歡迎亞兒瑪的。這絕對是個好主意！對吧？」

「我說過——」

「那可不行。」

在我準備慎重回絕之際，亞兒瑪竟率先嚴詞拒絕這項提議。

「我不考慮服從諾艾爾以外的人，相信諾艾爾也一樣吧？所以不行。妳就死了這條心吧，麗莎。」

「……差不多就是這樣。」

麗莎在見識到我們堅定的意志後，愁眉苦臉地發出呻吟。

「唔～還是不行嗎～我相信我們肯定能組成一支出色的隊伍喔～既然你們不願意的話也無法強求……取而代之，至少可以當朋友吧。這樣總行了吧？嗯？」

麗莎很快又換上一個燦爛的笑容，亞兒瑪也回以微笑說：

「這沒問題。我們今後就是摯友。」

「喔～摯友嗎？好耶！諾艾爾呢？」

「就算妳這麼問我……」

儘管對麗莎不太好意思，但我實在是意願不高。倘若偶爾出去吃頓飯是無所謂，可是結交其他隊伍的女性成員，總是容易惹出事端。

「假如妳想跟我打好關係，應當更早之前都有機會吧？為何如今才這麼做？」

「因為之前達妮雅也在場呀……」

「達妮雅？有她在會不方便嗎？」

「是啊～而且是不方便到極點呢～」

麗莎無奈地垂下雙耳，一臉像是不願想起此事似地解釋說：

「達妮雅她平常確實是一副慈眉善目的樣子，但只要有人纏上諾艾爾你，她的臉色就會非常難看。尤其是有其他女生接近你時，她就會像這樣皺起眉頭。」

麗莎實際模仿出來的那張表情，可怕到彷彿見到殺父仇人。的確被人這麼一瞪，即使想親近我也會立刻打消念頭。

「理由我是明白了。但原因應該並非出在我身上，而是洛伊德才對。畢竟達妮雅交往的對象是洛伊德。」

「不對，原因肯定是你！你想想洛伊德在跟達妮雅交往後，仍經常被支持他的女生團團包圍，達妮雅卻不曾因此動怒吧？」

「經妳這麼一提……」

洛伊德擁有許多支持者，當他走在路上時，經常有支持者毫不客氣地跑來請他簽名或握手。即使達妮雅在他身旁也同樣如此，而她就只是對被迫服務支持者們的洛伊德露出苦笑。

「的確是這樣耶……」

「對吧對吧!?我可沒有亂說喔！」

「……那是因為達妮雅把我當成弟弟，才會擔心我被怪蟲子纏上。」

自從達妮雅和洛伊德交往後，我為了避免打擾到他們，主動與兩人保持距離，不過她總會像親姊姊那樣照顧我。由於她最終選擇背叛我，因此對我的照顧並沒有任何深意，單純是為了排解寂寞才做出的補償行為。

「她那副殺氣騰騰的表情，根本不像是在擔心弟弟……」

面對無法接受以上說詞的麗莎，我回以苦笑說：

「難道妳想說達妮雅對我抱有好感嗎？簡直是蠢斃了。當初是她選擇與洛伊德交往喔？而且她後來還背叛我。對於抱有好感的對象做出如此行為，未免也太不經大腦了吧？」

就算當真如同麗莎所言，也不關我的事。

「因為我不是本人，所以也沒有多少把握……該怎麼說呢……我想應該是……」

4P小冊——

因為太和平很想見血

在玫瑰盛開的庭院裡，四處充斥著既眼花撩亂又詩情畫意的美。

於此處的草地一隅架著一把紫色陽傘，陽傘下放有一組造型花俏的桌椅，以及一套茶具組。擺在桌上的留聲機，播放著十分符合在鳥語花香的白天時分聆聽，充滿情調的樂曲。

「真和平呢……」

將眼前美景視為理所當然，優雅地坐在椅子上品嚐午前茶，穿著一身花俏華麗紫衣的男子，正是菲諾裘・巴爾基尼。

「每當生活過於和平……」

菲諾裘放下手中的紅茶，單手撐著臉頰斂下眼眸。

「就讓人很想見血……」

語畢，他便嗲聲嗲氣地發出嘆息。

菲諾裘的外號是瘋狂小丑(mad pierrot)。此外號的由來並非純粹因為他性情陰晴不定，也是他昔日以激進派身分打響的名號。

基於此原因，他喜歡能讓心神放鬆的寧靜時光，同時也抱持著想與人大戰到血肉橫飛的渴望。

「儘管爬到分幫主的地位是一件好事，但只要一想到打打殺殺離自己如此遙遠，就令我無聊到快死掉了。要是小亞爾能更加脫序演出，我就有藉口可以把他一網打盡了……」

亞爾巴特同樣是直屬於總幫的分幫主，由於他最近私自販賣危險的興奮劑，因此被路基亞諾總幫盯上了。

菲諾裘認為應該直接要亞爾巴特為此付出代價，可是總幫下達的處置卻停留在嚴格勸戒。理由是亞爾巴特的先父與總幫主喝過結義酒，交情非同小可。

「明明已不是該執著於昔日情義的時候……想來是總幫主(爸爸)年事已高，變得不中用了。」

菲諾裘低聲吐完苦水後，用力地伸了個懶腰。

「好無聊好無聊！希望有誰能忽然碰上天大的不幸！」

當他因壓力太大開始詛咒他人遭遇不幸之際，一名部下跑了過來。

「幫主（大姐頭），諾艾爾來了。」

「小艾艾嗎？真是稀客呢。」

名為諾艾爾的少年是一名探索者（seeker）。自從菲諾裘歷經某起事件結識他以來，每逢光靠暴力難以擺平的麻煩事時，就會去仰賴此人的聰明才智。

「是來找我的嗎？」

「不是的，他只是來販售奴隸，不過他說為了慎重起見，希望也能轉告幫主（大姐頭）您。」

「販售奴隸？」

「就是諾艾爾的兩名隊友，洛伊德和達妮雅。」

「你說什麼──!?」

菲諾裘在聽完這個令人難以置信的消息後，詫異地驚呼出聲。

「他、他為何會把隊友當成奴隸賣了!?」

「詳細情形屬下也不清楚，他只說是想取回那兩人盜用的資金。」

「所以就把跟他一起出生入死一年以上的隊友賣去當奴隸…………？噗！啊哈哈哈哈哈！現在是怎樣!?我本來就認為這小鬼的腦袋不正常，一般人怎會做到如此狠絕!?就算再瘋也該有所限度吧！嘻～嘻嘻！糟、糟糕……笑得我肚子快要抽筋了！」

菲諾裘一聽完解釋就忍不住捧腹大笑，等到終於笑夠之後，他抹去眼角的淚水站起身來。

「與小艾艾的這場交易由我親自出面。」

「幫主（大姐頭）您要親自前往？」

「沒錯。總之事不宜遲，既然小艾艾沒有預約就登門拜訪，情況絕對是十萬火急，要是讓他等太久多不好意思。」

喜不自勝的菲諾裘，踏著小跳步往前走去。

究竟那位少年會上演一齣喜劇、悲劇，還是──

最狂輔助職業【話術士】世界最強戰團聽我號令

The most notorious "TALKER", run the world's greatest clan.

「諾艾爾真是不懂女人心。」

在麗莎支支吾吾之際，亞兒瑪從旁插話。

「女人心有如脫韁野馬，她原本是想放棄心上人而選擇其他人，但終究放不下自己的真愛，才忍不住做出各種傻事。」

「沒錯，就是那樣！我想說的就是這個！」

「妳想說的是哪個啊……」

居然給我扯那些似是而非的歪理。

「妳這個至今都窩在深山裡的傢伙，少說得好像很了解人情世故。」

「這是相當普通的理論，也是常識。」

「當真是這樣嗎……？」

「諾艾爾你應該多多鑽研女性的心理。可以去看看我推薦的小說。」

「小說……？我說妳啊……」

原本還想說她講得頭頭是道，結果居然是從小說裡學來的知識。這個蠢女人既沒口風、生性馬虎又喜歡性騷擾，除了身手高超以外，就跟一坨屎沒兩樣。

「咦，是什麼小說？我也想翻翻看。」

「我想想喔——」

麗莎與亞兒瑪開始暢聊關於小說的話題。兩個女生感情要好是無妨，不過這會導致身為男性的我無處容身。真希望能趕快找到一名性別相同的隊友……

「——啊、已經這麼晚了。那我先走囉。」

麗莎看了看手錶確認時間後，連忙從座位上起身。

「亞兒瑪，今天謝謝妳的招待。」

「……下次換妳請客喔。」

亞兒瑪欲哭無淚地拿起後頭多出好幾個零的收據，麗莎見狀後不禁露出微笑。

「我知道啦。諾艾爾到時也要一起來喔。」

「到時有空的話。」

「你也真是的！這根本是用來推託的藉口嘛！」

麗莎像隻松鼠一樣鼓起雙頰。畢竟我有空時就只想鍛鍊或念書，老實說並不想浪費時間。

「麗莎妳走之前先讓我問一件事，妳可知市內近來流行一種危險的藥劑嗎？」

「危險的藥劑……？啊～我好像有聽說。記得那是新型興奮劑吧？副作用好像是會讓人狂暴化之類的。你問這個做什麼？」

「也沒什麼，單純是我有收到這則消息，才有點好奇其他人是否知道。」

看來此消息已傳開了。岡畢諾幫販賣的那個興奮劑，果然已經流通至貧民窟以外的地方。雖然與我沒有直接的利害關係，但為求保險還是小心為妙。

「對了，都差點忘記跟你確認。你對我們當朋友的答覆是？」

「……我明白了，今後請妳多多指教。」

我略顯無奈地說完之後，麗莎隨即露出燦爛的笑容。

「嗯！今後請你多多指教！」

「諾艾爾，你會排斥麗莎嗎？」

亞兒瑪的疑問可說是再貼切不過，畢竟我擺明是在避免與麗莎有過多的接觸。

「沒那回事，但麗莎終究是其他隊伍的女性成員。假如隨意與她過度親近，總是容易傳出一些低俗的流言蜚語，到時也會給紫電狼團添麻煩。」

「你會不會想太多了？你再這樣下去，將會無法與人談戀愛喔。」

「對我來說，工作就是我的情人，而且我的原則是絕不外遇。」

我並非對戀愛不感興趣，但目前最重要的事情就是以探索者的身分闖出一片天，實在無暇考慮男女情愛。

我們離開滿腹貓亭後，來到技能習得書販售店。由於這條有著圓拱狀玻璃天花板的小巷裡，從入口至深處擠滿了各種類型相同的店家，因此這裡又被稱為技能習得書街。

各家書店從罕見藏書至大眾取向的娛樂小說應有盡有，甚至有開設能讓人邊用餐邊自由翻閱架上書籍的咖啡廳。基於上述原因，顧客不光只有探索者，也能看見許多一般民眾，是個適合情侶約會或闔家光臨的公共場所。

「這裡和我想像中的不太一樣，既明亮又充滿朝氣。」

亞兒瑪雙眼發亮地說著。

「我初次造訪此處時也同樣感到相當訝異。不過這裡的技能習得書相當齊全。除了極度稀有的類型以外，市面上販售的種類是一應俱全。」

「諾艾爾，你想學習哪些技能呢？」

「能夠提升防禦力的增益技能，或是妨礙敵方行動的減益技能。亞兒瑪妳呢？」

「我想增加投擲技能。若是日後要成為【追擊者】，我就需要趁現在先熟悉這類技能。即使進階成【暗殺者】還是派得上用場。」

這選擇很不錯。如果學習投擲技能，日後無論升為哪種職能，都不會白白浪費。起先還想說她很煩惱的話，我可以提供一些建議，看來在挑選技能習得書方面，交給她自行思索應當不會有問題。

「好，接下來就分頭行動吧。」

「咦，你不陪我一起逛嗎？」

「很可惜我們要去的書店並不一樣。假使妳有看到想要的東西就自己買，結帳時使用這張支票即可。」

我從懷裡拿出一疊支票，並將其中一張交給亞兒瑪。

「預算上限是一百萬菲爾。另外我會開啟《思考共有》，妳買完東西或東西超過預算時就通知我一聲。」

「哪間店有賣【斥候】系的技能習得書呢？」

【斥候】系的話就是那間店。我則是要去那間。」

我指了指各自要去的書店後，亞兒瑪點頭說：

「我知道了，那我去去就來。」

「記得要拿收據喔。」

確認亞兒瑪朝著書店走去，我也往目標的書店前進。

「哎呀，這不是諾艾爾小弟嗎？好久不見。」

我一走進書店，坐在櫃檯前的老爺爺親切地跟我打招呼。他是這間書店的老闆，種族是地侏，特徵是頭部側面長有類似綿羊的卷狀尖角。由於老闆年事已高，白髮蒼蒼外加上一把蓬鬆的鬍子，乍看之下當真很像是一頭綿羊。

「你今天也想買新技能嗎？」

老闆抽著菸斗，臉上露出溫和的笑容。

這是我第二次光顧此店。上次我就是在這裡購買《連環計》和《狼之咆哮》。因為那次花了不少錢，老闆才對我特別有印象。

「我想買防禦系的增益技能，或是能妨礙行動的減益技能等技能習得書，請問有庫存嗎？」

「嗯，你說的都有，我去拿清單過來。」

「不好意思，麻煩你了。」

「這是我的工作，無須言謝。對了，雖說跟諾艾爾小弟你想買的類型不太一樣，但我剛好有引進一本你或許會滿意的技能習得書喔。」

老闆從腳邊拿出一本用皮帶綁住的藍色書本。那是技能習得書。由於技能習得書只要被人閱讀過一次就會失去效果，為了避免遭人亂翻，才會這樣牢牢封住。

「這是什麼技能習得書？」

「《驅除死靈(exorcismus)》。」

「你說什麼!?」

《驅除死靈》是【話術士】為數不多的攻擊系技能，儘管只對幽鬼(undead)系有效，不過威力絕倫，若是面對水準相同的敵人，可以在轉眼間便使其消失。就算對手強於使用者，也不會只是遭到抵抗就失去效力，而是會大幅弱化敵人的能力。

光是學會這項技能，幾乎絕大多數的幽鬼系都將不再是對手，所以這是我無論如何都想獲得的技能習得書之一。

「這可是稀有中的稀有，一直都沒進貨的商品吧……」

「嗯，我也是久違幾十年才再次看見這本書。」

「……老實說我是不太敢問，但它要多少錢？」

「三千萬菲爾。」

「三千萬!?」

雖然早已有心理準備，但價格還是高得嚇人。技能習得書原本就相當昂貴，若是超稀有商品，理所當然會價值三千萬菲爾。我在購買自己手邊最強的技能《連環計》時，也花了一千八百萬菲爾。

「……順便一問，有辦法分期付款嗎？」

「這就有點勉強了。其實已有多名收集家向我出價，不過比起交給收集家，我更想賣給能活用這本書的諾艾爾小弟你，遺憾的是你目前缺乏信用。聽說你尚未找好新成員是吧？」

「你的消息真靈通呢……」

其實被人記下長相並非都是好事，有時就會像這樣，當自己身陷窘境時也會被人發現。的確一如老闆所言，我目前無法前去探索深淵，就算立下多少豐功偉業也只是過去式，在社會信用上幾乎是跌至谷底，天底下不可能會有願意讓我這種人分期付款支付三千萬菲爾的濫好人。

「三千萬……我實在拿不出這麼一大筆錢……」

的確是很令人不甘心，但眼下也只能死心放棄了。老闆見我垂頭喪氣的樣子，不知為何反而面露微笑。

「一個月。在這一個月內，我答應你不把它賣給任何人。」

「咦？你的意思是……」

「在此之前，你就設法籌錢吧。」

「……我明白了，真是感激不盡。」

按照現況來考量，想在一個月內賺到一千八百萬菲爾都非常困難，但這是絕對不可錯失的大好機會。

「諾艾爾小弟，我很期待你的表現。」

面對老闆那道打量人的目光，我笑著點頭回應。

「交給我吧。只要有一個月的時間就綽綽有餘了。」

不管怎麼說，我完全沒打算就這麼停下腳步。況且打破眼前僵局的方法多不勝數。在給自己設下期限後，反倒令我更有幹勁。

我放棄原先想購買的技能習得書，決定把錢存下來購買《驅除死靈》。比起半吊子的強化，這樣做肯定會更好。

不過這也只是針對我的情況。至於亞兒瑪就按照原先的計畫，讓她購買想要的技能習得書。問題是亞兒瑪直到現在都沒有聯絡我，擔心她或許不太會使用支票，我便朝著她所在的書店走去。

「咦，諾艾爾你怎麼跑來這裡了？」

亞兒瑪注意到我之後，納悶地偏著頭。她剛好正在結帳。

「嗯，我的事情已經辦完了。話說妳買了什麼技能習得書？」

「《穿甲破彈（armour piercing）》，受目標防禦力影響減半的投擲技能，價格是八十萬菲爾。」

「原來如此，這是個好技能。」

光是聽見技能效果，就能想像出無數的用途。如此一來，在戰術的運用上將會更加靈活。

「還有這個。」

亞兒瑪把放在櫃檯上的大箱子拿到手中。

「那是什麼？」

「哼．哼．哼，這是——」

她打開箱子，從中取出一個布偶熊。

「……這到底是什麼？」

「布偶熊先生。」

「這種事我一看就知道了。我是想問妳為何布偶熊會出現在這裡？」

「因為我很喜歡它，所以本店也有進貨喔～」

代替亞兒瑪回答的人，正是此書店的年輕老闆娘。

「它很可愛對吧～？請你們務必要珍惜它喔～」

「關我啥事，妳們究竟在說什麼？」

我早就知道這間店有販售布偶熊，不過我對這類商品毫無興趣。對我來說，最大的問題在於亞兒瑪怎麼會擁有它。

「咦，難道妳打算買下它？」

「是啊。技能習得書是八十萬菲爾，剩下的二十萬正好可以帶這孩子回家。」

「妳竟然決定用預算來買!?我說的上限一百萬並非這個意思！妳快點把它放回去！」

「咦～！買嘛買嘛！幫我買嘛！」

「不行！我不記得自己有養出像妳這樣任性的孩子！」

「唔～……虧我還想把它當成睡覺用的抱枕……」

「也不想想妳都已經二十一歲了，居然還在說這種話……」

我傻眼到不予置評，於是亞兒瑪做作地發出一聲嘆息。

「好吧，我把它放回去。」

「那還用說。」

「取而代之，諾艾爾你要成為我的抱枕。以後睡覺時我都會跑去你的房間，記得別把窗戶鎖上。就算上鎖也無所謂，反正阻擋不了我。」

「真拿妳沒輒，想買就買吧。」

考量到自身的安全，區區二十萬菲爾算不了什麼。

†

昊牙・月島出生於極東島國。富裕的月島家經營和服店，身為家中長男的他，原本應當可以過著一帆風順的人生。

「真是個可恨的瘟神……」

昊牙的父親露出有如看見螻蟻或糞土的眼神望向昊牙。月島父子的關係算不上融洽，反倒存在著近乎異常的敵意和厭惡。原因就出在昊牙的身世之謎。

昊牙的雙親是鎮上出了名相當恩愛的和服店年輕夫婦，兩人為了生下健康的繼承人，日復一日前往山中神社求神明能保佑獲得一子。

但任誰都沒想到，兩人的命運就這麼被打亂了。

夫妻倆一如往常從神社返回之際，不巧遭盜賊團襲擊，他們不僅被搶光身上的財物，昊牙的母親更是遭人侵犯。

儘管兩人保住性命，但昊牙的母親卻因此得了心病，更諷刺的是他們在日後才發現，妻子已懷了兩人一直引頸期盼的新生命——也就是昊牙本人。

昊牙的父親對此十分煩惱，忍不住懷疑妻子腹中的孩子是否為自己的種。事已至此，理當服藥把孩子拿掉，但又擔心萬一是自己的親生小孩，這樣等於鑄下不可挽回的大錯。在丈夫煩惱之際，妻子的肚子一天比一天大，達到已無法墮胎的程度，於是就這樣生下昊牙。妻子在產下昊牙數天後就割喉自盡。無人知道她究竟是基於心病，還是因為誕下這名無人期待其出生的孩子。

昊牙的臉型與外祖父十分相似，五官則跟父親頗為神似，但終究沒人能篤定。也難怪昊牙的父親會疑神疑鬼。一旦起疑，就會開始質疑所有事情。於是父親只注意昊牙身上與昔日玷汙妻子的盜賊相似之處，甚至不像的部分也當成長得一樣。

曾幾何時，猜忌逐漸轉變成敵意與厭惡。明明昊牙是無辜的，父親卻開始認為一切都是昊牙的錯。礙於世人的眼光，父親無法明目張膽虐待昊牙，但他把照顧小孩一事全權交由幫傭負責，就算同住在一個屋簷下，兩人也形同陌路。

昊牙在這個家裡已生活六年，自他懂事之後，便明白自己對家人而言是多餘的存在。得不到愛的幼子，於是嘗試主動從周遭人身上得到愛。他扼殺自己心中的不滿和不安，努力常保笑容且溫柔待人。

「那孩子真噁心，成天就只知道嘻皮笑臉。這媳婦偏偏留下一個麻煩貨，要死也不會把他一併帶走……」

昊牙在偷偷聽見祖母對父親的抱怨後，終於頓悟自己一切的努力都只是枉然。

某天，昊牙一覺醒來，發現自己被綁在一個陌生的地方。

「你醒啦？小鬼。」

一名陌生男子低頭看著昊牙。

「如果你不想嘗到苦頭，就給我乖乖待著。總之你已無處可去，就算掙扎也不會有人來救你。」

昊牙聽不懂男子在說些什麼。當他因為恐懼而渾身僵硬的時候，他已被人帶到港口，並且扔進船裡。船上除了凶神惡煞的船員以外，還有跟昊牙一樣被繩索綁住的其他人。這些人形形色色，不分男女老少，但大家都同樣顯得既悲傷又難過。

至此，昊牙終於明白自己是被人擄走了。不對，按照男子的說法，自己已被賣給人口販子。至於負責牽線的人，就是將昊牙視為燙手山芋的家人們。

昊牙感到十分悲傷，並且恨透了自己的家人。不過歷經漫長又嚴苛的航海生活後，就連這些情感都已被消磨殆盡，當他抵達目的地時，甚至認為自己能保住性命就已是萬幸。

「小鬼，你很好運喔。一般像你這樣的小鬼肯定都會沒命，沒想到你竟然存活下來了。總之你被買下後，也要照這樣努力求生啊。」

昊牙所搭乘的船隻是極東的奴隸船，在漂洋過海抵達的地點，是位於威爾南特帝國最南邊的城鎮・索狄蘭。被統治該城鎮的達蘭貝爾幫麾下成員・半身人米凱爾買下的昊牙，在接下來的十二年裡一直沒有去鑑定職能，就這麼以劍奴的身分不斷在地下競技場裡參加比賽。

「那個～你叫做……什麼來著？」

在裝潢豪華的房間裡，一名金髮年輕人懶洋洋地將手撐在桌上，托著下巴望向昊牙身旁的米凱爾如此詢問。

「幫主，這位是達蘭貝爾幫的米凱爾。」

待命於一旁，留著黑色小平頭的壯漢代為回答。

「沒錯沒錯，米凱爾！我想起來了！」

被稱為幫主的男子指著米凱爾。

「米凱爾先生，你這樣不行喔。聽說你捲走幫派資金逃走是嗎？這可是不被容許的事情。達蘭貝爾幫的老爺子可是氣得跳腳，還拜託我家老爹（會長）說一旦逮到你，就要立刻將人遣送回去。因此路基亞諾幫的相關人員，早就收到你的通緝令囉。」

男子從抽屜裡拿出一張紙，紙上印有米凱爾的肖像。

「這就是你的通緝令，所以我們才會把你抓來。」

約莫半小時前，昊牙與米凱爾在大馬路上被人叫住。至於來者是一群外表凶狠到明顯並非普通居民的男子們，而且轉眼間就將兩人團團包圍。他們當下是插翅也難飛，於是半推半就地被帶到位於高級住宅區內的這棟屋子裡。

事到如今，米凱爾也早有心理準備。不過這位老奸巨猾的半身人自認為就算被逮，也有信心用他的三寸不爛之舌拉攏對方。可是現在的他不發一語，臉色慘白滿頭大汗且渾身發抖。這位即使遭人用槍抵著額頭也有膽與對方談生意的男子，此刻已被恐懼徹底淹沒。

其實米凱爾在進入帝都之後，經常將以下這句話掛在嘴邊。

「安啦，無論是誰逮住老子，老子都有信心開溜。唯一必須提防的就是亞爾巴特．岡畢諾。只要別落入那條瘋狗的手裡，我都一定有辦法脫困的……」

問題是令米凱爾驚恐到別說是尿失禁，幾乎是快屎尿狂噴的這名男子，正是亞爾巴特．岡畢諾。

此人是路基亞諾幫麾下組織．岡畢諾幫的年輕幫主。身材纖瘦英俊瀟灑的他，外表看起來大約二十歲出頭，穿著一身縫有金色刺繡的紅色襯衫。那副缺乏霸氣又慵懶的模樣，讓人感受不出他有多厲害，反倒是隨侍於一旁的壯漢更有身為幫主的架勢。

這名男子是世人口中真正的狂人，更是名副其實的邪門歪道。確實路基亞諾幫裡的菲諾裘，擁有瘋狂小丑這個類似的外號。不過相較於好歹會如實履行幫主職責的菲諾裘，岡畢諾則完全是個隨心所欲惹事生非的狂人。

根據傳聞，岡畢諾原本開心地與人喝茶聊天，接著竟毫無前兆地把短刀插在另一名同桌者的腦袋瓜上。

近來在帝都裡暢銷著一種副作用非常危險的興奮劑，其源頭正是岡畢諾幫。相傳這是岡畢諾命令熟識的鍊金術師所製作。雖然這是上游組織路基亞諾幫所不齒的行徑，不過岡畢諾的父親——前任幫主與路基亞諾幫總帥是喝過結義酒的拜把兄弟，因此目前對他的行動都是睜隻眼閉隻眼。

「我們岡畢諾幫成功逮住你這位邪惡的半身人，但說句老實話，就這樣把你交出去一點都不有趣。」

亞爾巴特愉悅地揚起嘴角。

「原因是，為啥我們非得為了達蘭貝爾幫那樣的土包子黑幫做事不可？你覺得呢？米凱爾先生。」

米凱爾生硬地嚥下口水，好不容易才從喉嚨裡擠出聲音說：

「您、您您您您、您所言極是！直屬於路基亞諾幫之中最優秀的亞爾巴特大爺您，豈可被達蘭貝爾那種貨色使喚！」

聽完米凱爾拚了命的拍馬屁後，亞爾巴特滿意地點點頭。

「嗯，你說得沒錯。米凱爾先生雖是半身人，倒是挺明白事理嘛。你不值得委屈在達蘭貝爾底下做事。」

「這、這是真的嗎!?老子二人很樂意為您——」

「這樣好了，我就把你跟你的奴隸製成標本再引渡回去。」

「……咦？標……標本？」

「沒錯，標本！就活生生地扒下你們的皮製成標本，裡面的肉則是加工成火腿或香腸，之後再成套送還給達蘭貝爾。那群人肯定會嚇傻喔～！真是太令人期待了！米凱爾先生，相信你也認為這是個好主意吧？」

米凱爾看對方心情大好地向自己徵求意見，立刻死命搖頭說：

「請等一下，為何是得出這樣的結論!?活生生被製成標本!?大爺您別開這麼嚇人的玩笑嘛!!」

「我沒在說笑，而是再認真不過。」

亞爾巴特面無表情地如此斷言。

「總之事情就這麼敲定吧。萊歐斯，剩下的交給你打理啦～」

「遵命，屬下立刻去辦。」

名為萊歐斯的壯漢畢恭畢敬地行禮。

「不、不會吧……」

米凱爾就這麼傻在原地。即使米凱爾再會花言巧語，碰上無法溝通的怪物也無計可施，眼下就是被人算總帳的時候。當然也包含昊牙在內，當他死心地發出嘆息之際，突然傳來一陣敲門聲。

「幫主，屬下已把債務遲繳的人帶來了。這位就是敏茲村的村長。」

一名右眼戴著眼罩的中年禿頭男子走進房間內。依照交談內容來看，此人似乎是敏茲村的村長。

原本只是區區一名貸款者，不可能有機會見到身為幫主的亞爾巴特。再加上村長是向位於尤德拉的金融分部借錢，倘若有任何還債方面的問題，按理來說是要在當地處理。不過村長無論如何都堅持親自向幫主投訴，於是才特地把他送來帝都。

「——原來如此，意思是你本來準備好要還錢，那筆錢卻被名為蒼之天外的探索者隊伍強行取走啊。」

亞爾巴特複述一遍聽來的內容確認後，村長點頭如搗蒜說：

「正是如此！我當時有拚死抵抗！對方卻以妻小當作人質要脅，甚至還弄瞎我的右眼！事情發展至這步田地，我除了把錢交出去以外無法活命！」

村長指著臉上的眼罩拚死解釋。身為局外人的昊牙，認為這番說詞過於可疑。假若村長所言屬實，那他首先該做的事不是來找亞爾巴特，而是去向帝都的憲兵團報案。既然村長沒有這麼做，表示他暗地裡做過什麼虧心事。

「不光如此！那傢伙——蒼之天外的隊長諾艾爾·修特廉還說『與其把錢交給岡畢諾幫那種不入流的黑幫，丟進水溝裡還比較有意義，所以這筆錢就由我收下了』！以上是我親耳聽見的！絕無一絲虛假！」

昊牙差點噴笑出聲。即便他不清楚事情的真偽，也不難想像這全是村長在加油添醋。他肯定對名為諾艾爾的探索者懷恨在心，才決定把岡畢諾幫當成復仇工具。

「不入流的黑幫嗎？還真是毒舌耶～明明我們如此努力，被人這樣批評還真是欲哭無淚呢。」

亞爾巴特說得言不由衷，明顯只是場面話，根本已將村長的謊言徹底識破。不過愚蠢的村長似乎誤以為奸計得逞。

「亞爾巴特大人，您現在沒空為此嘆息！為了展現岡畢諾幫無可動搖的威信，請對這位歹毒的探索者進行正義的制裁！」

「好吧好吧，我就去對那個名叫諾艾爾·修特廉的探索者進行正義的制裁。至於你欠的錢也能慢點還，這樣總行了吧？」

「謝謝您大發慈悲！謝謝您大發慈悲！」

村長喜出望外地不斷鞠躬道謝。

「好，這件事就到此為止。接下來輪到你必須做個了斷。」

「咦，了斷？」

村長不解地歪過頭去。亞爾巴特見狀後，嗤之以鼻說：

「沒錯，為自己的行為做出了斷。不管基於何種理由，只要你沒有守住與我們的約定，就得為此負起責任。」

「可、可是您所謂的了斷……」

「我想想喔～……好，我決定了，就取走你的右手吧。畢竟你被探索者弄瞎右眼吧？那我可得收下右手才行。」

面對亞爾巴特堂而皇之提出的無理要求，村長嚇得瞪大雙眼。

「不、不會吧！若是取走右手，我會沒命的！」

「這部分就端看你的毅力。只要你夠努力，肯定是不要緊的。」

無論怎麼想都是必死無疑，亞爾巴特卻沒有把村長的性命納入考量。他才不管村長是死是活，只想藉由折磨他來取悅自己。

「喂，站在那邊的你。」

亞爾巴特呼喚昊牙。

「聽說你的職能是【刀劍士】吧。相傳特性是比【劍士】更精通斬擊，此話當真？」

昊牙點頭回應。他擁有的戰鬥系職能正是【刀劍士】。儘管仍處於C階，卻是索狄蘭地下競技場裡不敗的冠軍。

「喲～那還真是令人好奇。兩者之間究竟有何差異啊？畢竟機會難得，你斬下村長的右臂來看看，而且只能用那根木棒。」

亞爾巴特指著昊牙手中的木棒。

「……您指名老子是嗎？」

「沒錯，馬上照做。」

眼下已無權拒絕。昊牙看向村長。

「村長，將右手往前伸。」

面對亞爾巴特的命令，村長眼眶泛淚地搖搖頭。

「你再不照做，我就殺了你。」

在聽完這句嗓音低沉且充滿殺氣的話語後，村長死心地伸出右手。

「很好很好，這樣就對了。啊～先等一下，我還沒準備好。」

亞爾巴特從抽屜裡取出一小顆透明的晶體放在桌上，接著又拿出槌子把晶體敲成粉末狀，然後將臉湊上去，一口氣吸進鼻子裡。

「啊啊啊啊啊～～～……………真爽～～～！就是這個！在享受暴力時就得先吸一口這個！嗯～～～簡直是爽呆了!!」

此時亞爾巴特瞳孔放大，陷入亢奮狀態。看來他剛才就是在吸食傳聞中的興奮劑。

「喂，可以了，把村長的右手砍下來吧。」

亞爾巴特說得毫不在意。對於在地下競技場擔任劍奴的昊牙而言，殺人的經驗可說是不計其數，但都不是他自願的。其實他根本就不想殺人，特別是可悲的弱者。

「怎麼啦？快砍啊。」

亞爾巴特出聲催促。村長聽見後，臉上浮現僵硬的笑容。

「嘿、嘿嘿嘿，那根木棒哪有辦法砍人嘛……」

亞爾巴特被村長的笑聲激怒，一拳捶向桌面。

「沒聽到我叫你砍嗎!?喂，東洋人！你現在是不甩我嗎!?有種就快點回答我!!」

昊牙在聽完亞爾巴特的斥責後，輕聲細語回答道：

「……我已經砍完了。」

「啥？」

亞爾巴特愣住地出聲質疑。與此同時，只見村長的右手臂掉到地上。

「咦…………？咦咦!?我、我我我我、我的手!?我的右手————!!哇啊啊啊啊啊啊——!!」

在亞爾巴特下令的一瞬間，昊牙就已砍下村長的右臂。由於他出招乾淨俐落，周圍沒有任何人發現，就連遭受攻擊的村長本人也是直到手臂落下後，才終於意識到這件事。

大量鮮血從斷臂處噴灑出來，村長隨即癱倒在地。亞爾巴特見狀後，當場放聲大笑。

「呀哈哈哈哈哈!!太屌了！你很有一套喔！東洋人!!我非常滿意！從今以後你就是我的奴隸!!」

現場無人敢違抗瘋狗亞爾巴特的決定。儘管昊牙對米凱爾而言是唯一的生財工具，但因為亞爾巴特表示他若肯交出昊牙就可以活命，米凱爾便毫不猶豫地交出隸屬契約書逃之夭夭。於是昊牙的所有權便落入亞爾巴特之手。

不過亞爾巴特並沒有立刻指派工作給昊牙。原因是他連夜趕路的關係，身體極為衰弱，亞爾巴特便分給他一個房間療養。

數天後，亞爾巴特準備一套專用裝備送給身體完全康復的昊牙。這是萊歐斯從往來於昊牙所生故鄉的貿易商人手中買來，分別是一套胭脂色的東洋鎧甲和一對長短不同的東洋刀。

「看起來很適合你喔。」

昊牙在房間裡待命時，一名岡畢諾幫的成員站在房門前。

「瞧你身體狀況已完全恢復，應該能上陣了吧？」

昊牙默默地點頭肯定。身為新主人的亞爾巴特，決定讓昊牙成為組織裡的刺客，今晚是他第一次出任務。

「……目標是怎樣的人？」

儘管了解下手的目標是百害而無一利，但昊牙仍希望對方是個惡棍。

「目標是探索者。」

「探索者？黑幫不惜派人去暗殺探索者嗎？」

對於昊牙的質問，該成員露出明顯反感的表情說：

「是沒必要殺死的對象。單純是我們家幫主的老毛病又犯了。既然你當時也在場聽見敏茲村村長說的那些話，相信就知道是誰了吧？」

「咦……難道是？」

「就是你想到的那位。」

該成員表示吳牙要下手的目標，就是蒼之天外的隊長諾艾爾・修特廉。

†

自建築物窗戶透出的光與路燈的光，讓入夜後的帝都仍然燈火通明。儘管走進小巷裡會變得較為陰暗，卻並非漆黑一片，還是可以辨識出站在正面之人的相貌。

眼前之人是洛基。我今日過來是要收取與修格有關的最新調查報告。在結束交易準備分道揚鑣之際，洛基搶先一步開口說：

「大老，你似乎被岡畢諾幫盯上了。」

「啥？這是怎麼一回事？」

所謂的晴天霹靂就是指這種情況。面對這樣的飛來橫禍，我不解地歪過頭去。

「為何岡畢諾幫非要盯上我不可？」

「詳情我也不太清楚，但原因好像是敏茲村一事。」

「敏茲村？」

「那位村長似乎對幫主亞爾巴特當面控訴一些有的沒的，結果他們就盯上你了。」

「簡直是愚蠢至極。」

十之八九是村長無力還債，就拿我當作藉口吧。

「岡畢諾幫這樣就相信了？包含興奮劑一事在內，這幫人到底是怎麼了？」

「釐清動機也只是白費力氣。岡畢諾幫的幫主亞爾巴特，是個名副其實的狂人。」

「狂人是嗎？還真會給人添麻煩耶。」

「他老爸倒是挺正常的。」

「真的嗎？」

「大老你是在此人過世後才來到帝都，也難怪會不曉得。他在民眾眼中反倒是一名正人君子，也是懲奸扶弱的義賊。」

「正人君子的兒子卻是一位狂人？哈，看來他毫無一絲教育孩子的才能。」

我拋出這句話之後，洛基搖搖頭解釋道：

「此人並未養育過亞爾巴特，亞爾巴特是他的私生子。在他收養亞爾巴特成為繼承人時，亞爾巴特已經成年了。」

「原來有這樣的內情……嗯？意思是──」

我把接下來的話語嚥了回去。

是腳步聲。在夜深人靜的小巷裡多出了一個人的腳步聲。而且還有金屬碰撞的聲響。想來是某人全副武裝正在接近這裡。直到接觸前還有一段距離，但也沒有相隔多遠。我在仔細聆聽腳步聲的同時瞄向洛基，他卻在轉眼間已和我拉開距離。事到如今已然真相大白。

「洛基……你出賣我是嗎？」

理由是時機太巧了。恐怕是他打算在此絆住我，並將我交給刺客。除此之外沒有其他的可能性。

「抱歉，大老，我也無法忤逆亞爾巴特。」

「情報販子設計陷害委託人可是大忌，你當真有想清楚這件事嗎？」

「我自然有想清楚。畢竟自身小命是無可取代的。加上亞爾巴特給了我一大筆錢。我是打算用這筆錢遠走他鄉，在那裡重起爐灶。」

「原來如此，這計畫是不錯，但有一個破綻，那就是我沒道理不殺你。」

我拔出魔槍，將槍口對準洛基。

「真令人遺憾，其實我並不討厭你。」

「那還真巧，我也同樣不討厭大老你，因為你真的是潔淨無瑕……不過這也是莫可奈何。儘管以我千變萬化的名號來說，這樣的結局算是有些草率，但我依舊能接受自己死在你的手中。」

我原以為洛基會抵抗，但他別說是逃跑，甚至還渾身放鬆並閉上雙眼。擺明就是一副赴死的樣子。

「你不是很珍惜自己的性命嗎？」

「是啊……可是像這樣因為保命不惜觸犯身為情報販子的大忌後，我終於明白一件事。那就是失去尊嚴的我，已經沒有活下去的價值……」

「這樣啊。」

我將指頭放在魔槍的扳機上，原本打算一口氣扣下，最後卻還是打消念頭。

「你走吧。今天的事情就不跟你計較了。」

洛基睜開眼睛，露出目瞪口呆的表情。

「你願意……原諒我嗎？」

「我並沒有原諒你，但也沒必要取你的性命。」

「大老……」

「另外你不必離開帝都。因為我會摧毀岡畢諾幫。至於你失去的尊嚴，日後在這裡重新找回就好。」

我堅定地把話說完後，洛基瞠目結舌地愣在當場，接著開始放聲大笑，甚至是捧腹狂笑。在他笑完時，眼角還泛有些許淚水。

「……呼～呼～我還以為自己會當場笑死……大老，你這番話是認真的嗎？對手可是路基亞諾幫的直屬組織‧岡畢諾幫喔？」

「所以呢？」

「你居然還問我……」

「反正我也有一筆帳要跟他們算。只要毀掉他們接收財物，問題也會迎刃而解。如此一想，我還有小賺一筆呢。」

「……大老，你果真是個瘋子。」

「你滾吧，別妨礙我戰鬥。」

刺客的腳步聲已經相當接近。我指著與腳步聲相反方向的巷口說出此話。其實我眼下已無路可逃。與其逃跑背對敵人，倒不如正面迎擊還更有機會活命。

「……大老，有我能幫上忙的地方嗎？」

「現在是沒有，不過之後就需要你的力量了。到時你可要助我一臂之力，而且當然要免費幫忙，這筆帳就算是一筆勾銷。」

「哼，收到……那你加油啊。」

待洛基如風一般地離去後，我從腰包裡取出戰鬥用興奮劑。這是能暫時激發腦力，提升專注力與肌力的藥劑。藥效為十分鐘。雖說副作用也很嚴重，不過戰鬥力能瞬間倍翻。

藥劑一使用就會瞬間生效。我能感受到精神平靜下來，眼前的世界變得更加遼闊，就連暗巷的角落也看得一清二楚——好安靜，完全沒有一絲噪音。取而代之，我能準確接收一切的聲響，甚至是種類與性質也掌握得一清二楚。

這道腳步聲來自於男性，身高一百七十公分上下，雖然身材纖瘦卻充滿肌肉。此人十分年輕，還不滿二十歲。按照步伐的韻律來判斷是屬於前鋒職能。武器是兩把劍。恐怕是使用二刀流。身上還穿著鎧甲。

掌握到這些訊息就已相當足夠。這條巷子很窄，即便對方是劍術高手，也不容易發揮實力。

一段時間後，我看見一道人影。在昏暗的照明下，刺客終於露出真面目，他的模樣完全一如我的猜測。是個身高一百七十公分上下，年齡不到二十歲的年輕男子，身穿紅色鎧甲且佩帶兩把刀。

不過其容貌大幅超乎我的想像。來者是東洋人。儘管五官不算深邃卻十分標致，可說是眉清目秀。其中又以那雙雲淡風輕的眼神最具特色。這張臉我有印象，但當時的他是蓬頭垢面。

「你、你就是諾艾爾・修特廉？」

東洋人在認出我之後，驚訝地如此詢問。果然我沒認錯人。

「沒錯，我就是諾艾爾・修特廉。好久不見啊，昊牙。」

不同於上次，與我對峙的昊牙此刻不僅裝備齊全，體力方面也萬無一失。即使他尚未擺出戰鬥架勢，散發出來的壓迫感已不可同日而語。

「沒想到你就是岡畢諾幫派來的刺客。從劍奴轉職成黑幫的打手，可說是徹底出人頭地喔，恭喜你啊。」

昊牙見我鼓掌挑釁，不由得皺起眉頭。

「這些都與你無關。」

「那位半身人大叔怎麼啦？難道被亞爾巴特殺了？」

「……老子不清楚，只知他將老子的所有權交出去之後就跑不見人了。」

「嗯～原來如此。所以你現在是亞爾巴特飼養的小汪汪囉。」

「……隨你怎麼說。」

「怎麼了？你居然這麼沒幽默感。哼，算了，總之你就是派來殺我的刺客吧？既然如此就趕緊拔劍，讓我們繼續當時的那場戰鬥。」

我舉起魔槍對準昊牙，但他完全不為所動。

「啥？你為何不擺出戰鬥架勢？」

「……因為這是一場毫無仁義的戰鬥。」

「什麼意思？」

「老實說，老子並不想跟你戰鬥。雖然你這傢伙很討厭，但至少對我有一枚大圓銀幣的恩情。」

聽完這番不合時宜的話語，我忍不住發出苦笑。

「那算什麼恩情？就只是你撿到我掉的大圓銀幣罷了。」

「的確老子很笨，聽不懂那些拐彎抹角的話語，可是稍微細想，即可看出其中的不對勁，畢竟怎會那麼剛好有一枚硬幣滾到老子的面前。」

「所以呢？難道你基於一枚大圓銀幣的恩情願意放我一馬？你可是一名奴隸，豈有任何自由可言？」

「老子如你所說根本沒有自由，只要有人下令老子殺人，老子就不得不殺死對方，但老子仍有自己的尊嚴。」

昊牙深吸一口氣，扯開嗓門大喊：

「老子名叫昊牙‧月島!!職能是【刀劍士】！C階！特性是操控斬擊！這就是老子的能力，你可要記清楚啊!!」

竟然揭露自己的能力？意思是想來一場公平的對決嗎？真是個蠢蛋，都已是被黑幫買去的奴隸，還抱有這種無謂的堅持。

不過──

「哼，既然你已報上名號，我也自當禮尚往來。那我就重新自我介紹一下，我是【話術士】諾艾爾‧修特廉，職能特性是可以不消耗魔力發動技能，同時也是繼承偉大英雄‧不滅惡鬼的遺志與技巧的後裔。」

「【話術士】諾艾爾‧修特廉，老子絕不會忘記這個名字。」

「是嗎？但就算你牢牢記住，死了也是白搭呀。」

「哼，聽你在放屁！贏的肯定是老子！」

「開心的聊天也該結束了，就讓我們開始吧。」

「好──！接招吧！」

偶爾來一場這樣的戰鬥也還不賴嘛──

奪得先機的是昊牙。理由是他僅僅跨出一步，就已來到我的面前，同時拔出腰上的劍，幾乎完整重現當時的那一招，不過速度、勁道以及招式的俐落度都遠在當時之上。

昊牙在萬全狀態下使出的這一擊，可說是衝刺和拔劍動作完美契合，化成神速的一劍砍向我。有那麼一瞬間，我被人斬成兩半的想像閃過腦中。這個拔劍動作完美無瑕到沒有一絲失誤。這不光是骨頭與肌肉之間，甚至是渾身上下的所有細胞都協調在一起。這一劍恐怕能輕鬆斬斷擁有優秀防刀劍功能的黑鎧龍長大衣，並且包含我的身體在內。

但我搶在身體被這橫掃的一劍劈開之前，順利逃向上方。我現在位於並非光靠跳躍就能達到的高度。而這多虧手錶內藏的繩索功能。我事先射向一旁鐵窗並纏繞在上面的超細繩索，以飛快的速度把我往上拉。

我目前位於距離昊牙十公尺的上方。若要確保一擊得手，我就該發動《狼之咆哮》。只要他陷入停止狀態，這場戰鬥即可在瞬間落幕。無論昊牙是多麼強悍的高手，在被人用短刀抹過脖子仍會一命嗚呼。

但是我沒有使用《狼之咆哮》，準確說來是無法使用。如果相信昊牙說的話，他的職能是C階。對手在與我同階級的狀態下，一般來說是會陷入停止狀態。但問題在於名為【刀劍士】的職能擁有精神異常抗性。

【刀劍士】——倘若我沒記錯，應當是戰鬥力與【劍士】旗鼓相當，唯獨極東地區特有的前鋒職能。但在我的知識裡並沒有關於它的正確情報。如果《狼之咆哮》失效，瞬間的破綻將會導致我遭受追擊。憑昊牙的腳力，勢必能一躍來到我的面前。到時位於半空中無法移動的我，將會淪為絕佳的肉靶子。

因此眼下該使用的並非《狼之咆哮》，而是火炎彈。我扣下魔槍的扳機，朝昊牙發射火炎彈。昊牙輕鬆躲過超越音速的子彈，不過接下來才會發揮魔彈的真本事——

「咦！起火了!?」

面對火炎彈引發的火柱，昊牙隨即慌了手腳。他的這個反應已形同破綻。我是不清楚【刀劍士】的抗性如何，但是物理前鋒職能不可能擁有火炎抗性。在被火包圍後，任誰都無法維持平常心。就算他躲過火柱，著火的衣物也難以滅火，會令人因此受到嚴重的傷害，之後我就可以輕鬆取得勝利，殺死他簡直是易如反掌。我起先是這麼認為——

「疾!!」

被火包圍化成一道扭曲黑影的昊牙，卯足全力破空揮出一劍，竟當場掀起一陣如旋風般的劍氣，把火柱直接吹散。

「不會吧!?」

我忍不住發出驚呼。無論使出怎樣的劍氣，都不可能如此輕鬆消去魔彈引發的火焰。既然這樣，火焰為何會消失？答案非常簡單，昊牙揮出的那一劍令周圍化成真空狀態，消除火焰繼續燃燒所需的氧氣。換言之，昊牙是直接劈開大氣。我因為昊牙的神乎其技而大感動搖之際，他抬頭向我揚起嘴角。

「啐！混帳東西！」

繼續維持這個姿勢會很不妙。於是我蹬向建築物的牆壁，來回在小巷兩側的牆壁之間往上跳，逃至建築物的屋頂。

在我登上屋頂的下個瞬間，昊牙朝我衝了過來。他以高掛在天空的滿月為背景，將高舉至頭頂的劍往下一劈。在腦袋即將被人劈開之際，我往側面一滾躲過攻擊。當我起身舉槍瞄準昊牙時，他已接近我準備繼續追擊。面對無暇喘息的連續劍擊，我有驚無險地接連躲開。

這下子別說是使用魔槍，就連吸氣施展《狼之咆哮》的空檔都沒有。儘管我勉強閃過所有攻擊，但只要呼吸有一絲紊亂就死定了。如此一來，我能採取的對策只剩下一個。

現場傳來一陣硬物撞擊的聲響，眼前瞬間閃出火花。我投擲出去的短刀順利令昊牙的斬擊偏離軌道。接著我順勢壓低重心切入昊牙的懷裡，一拳朝著他的男性要害揮去。昊牙隨即向後一躍，躲開我使出的猴子偷桃。

「你、你也太狠了吧！哪有人使用這種招式！若是老子就這麼絕後，你打算如何負責!?總之別再耍這種陰險的招式！」

昊牙指著我破口大罵，我則是不以為然地雙肩一聳。

「你蠢了嗎？這可是攸關性命的生死鬥喔？攻擊眼、咬人、重創生殖器等等自然是樣樣來。陰險？哼，冠冕堂皇的大話在這裡並不管用。」

「就算你說得再頭頭是道，你我之間仍是實力相差懸殊吧？這些話也不過是在自打嘴巴。」

「實力相差懸殊？這是誰決定的？」

我反手握住短刀，屈膝踩穩馬步。

「來吧，我就用這個來應付你。」

「……身為後衛職能的你，竟想與老子正面對砍嗎？」

我不發一語，只用空著的那隻手示意他儘管放馬過來。

「……這樣啊。【話術士】諾艾爾‧修特廉，老子把當時那句話原樣奉還給你——你這傢伙真是棒呆了。」

昊牙的斬擊如落雨般勢不可當。其速度與力道，都不是我用短刀能夠抗衡的。不過所謂的對人戰鬥技巧，是弱者為了戰勝強者發展出來的，所以我絕不會從正面與之交鋒，而是運用最適合且最省力的動作逐一化解攻勢。

「哈哈哈，你很有一套嘛！真叫人佩服！不過你還能堅持多久呢!?」

其實情況恰恰相反。雖說堅守不攻只會消耗體力，不過化解攻勢還是可以迫使對手的身形失去平衡。想讓體術過人的昊牙失去平衡確實絕非易事，但我一定能辦到。縱使昊牙的攻擊速度隨著時間逐漸加快，不過我的眼睛也開始習慣他的速度。

在昊牙使出大幅度的斬擊後，我終於順利讓他失去平衡。於是我立刻改用正手握住短刀，朝他的頸部刺去。

「唔⁉」

可惜的是竟在最後一刻被昊牙躲開。不過向後拉開距離的他，依舊沒能穩住腳步。我可沒天真到會錯失這個大好機會，隨即朝他扔出一枚閃光彈。刺眼的光芒將暗夜染成一片白。

「唔！竟然是擢眼攻擊⁉」

被強光閃瞎雙眼的昊牙，痛苦地摀著臉。

「我說過了，這種時候自然是花招百出。」

我將魔槍對準昊牙。這下子就結束了。在我堅信自己獲勝的剎那間，卻冒出一股寒毛直豎的感覺——奇怪？我的性命正受到威脅？到底是什麼？

「老子介紹過【刀劍士】的能力吧。」

神情痛苦的昊牙忽然揚起嘴角。

「——飛舞吧，《祕劍燕返》。」

我決定相信自己的直覺，大幅度地向後一躍。下個瞬間，有無數不能用肉眼看見的東西襲來，將我原先所在位置附近的鋼鐵煙囪撕成碎片。

「原來操控斬擊是這個意思!?」

這恐怕是【刀劍士】的技能。從現場狀況來推斷，應該是他能讓斬擊固定於空間內，並隨心所欲釋放出來。真是難纏的技能，我得馬上想出應對之策。不過陷入思考之際也是極為致命的破綻——

「在那裡。」

理當失去視力的昊牙，轉眼間已來到我的面前，並且揮出剛猛的一劍。我急忙用魔槍擋下，卻也被這強力一擊打飛出去。

「糟了!?」

後方仍是屋頂——不對，是空無一物。再這樣下去，我會重摔至地面。於是我恍若一隻貓在半空中翻身，擺好落地姿勢。

「還沒結束！」

昊牙在半空中繼續追擊。這下子我已完全篤定，他有技能可以透過視覺以外的方式來掌握對手的位置。

「停下來!!」

我孤注一擲使出《狼之咆哮》，卻不見昊牙有任何受到停止狀態影響的徵兆。他果真一如我當初顧忌的那樣擁有抗性。我再度利用魔槍擋住斬擊，偏偏背後等待我的是地面。重摔在地的我，就這麼失去意識……

「……唔～痛死我了～……」

我因為劇痛甦醒過來。在調整好呼吸後，我開始確認身體的狀況。大概是落地姿勢拿捏得當，身上沒有一處骨折。由於呼吸並未帶有血味，看來沒有傷及內臟。可是身體仍不聽使喚。看來比起摔在地面造成的傷害，原因應該是戰鬥用興奮劑失效後產生的副作用所致。換句話說，我已經無力再戰……

「是老子贏了。」

昊牙見我清醒後，將劍抵在我的脖子上。

「諾艾爾・修特廉，你真是個厲害的傢伙。老子萬萬沒想到自己竟會被一名後衛給逼到這種地步。你對老子而言是最強的敵手。」

對輸家的讚賞嗎……未免也太瞧不起人了。這又不是體育競技，在死鬥裡就只有勝與敗，除此之外都沒有任何價值可言。

比起這個，死鬥是直到死亡前都不算結束。眼下仍留有打破僵局的餘地。我就透過溝通遊說昊牙，設法讓他放下武器即可。畢竟他對於與我交手一事抱持消極的態度。只要我好好誘導，他一定會把劍放下。就算未能成真，也只需再爭取一點時間即可。在我思索適合的詞彙時，突然覺得不太對勁。

「……你為何沒有給我致命一擊？」

根本不需要我遊說，昊牙擺明就是下不了手。

「你不是說只要有人命令你去殺人，無論對手是誰都照殺不誤嗎？」

「這、這種事老子也知道！」

「看你不像是第一次殺人，為何你要猶豫不決？」

「老、老子哪知道啊！就只是……」

「……混帳東西。」

我勉強撐起上半身，一把握住抵在我脖子上的劍。因為用力過猛，手掌隨即滲出血來，不過這種事無關緊要。

「你、你這是幹什麼!?還不快放手！」

「你是在耍什麼天真啊!!」

「咦!?」

昊牙被我大喝一聲後，顯得相當動搖。

「你既然身為奴隸，就別對敵人手下留情！若是你放我一馬，你的主人亞爾巴特絕不會饒過你！」

「那、那是因為……」

「在這個世上，沒有任何東西比自己的性命更重要！所以不要為了別人，更何況還是為了敵人犧牲自己的生命!!」

我到底在說什麼？簡直就是一齣低俗的鬧劇。一想到主演這齣猴戲的還是自己，就覺得很想吐，但我實在按捺不住情緒……

「老子……」

昊牙對於自己的心情以及我這番話感到十分混亂。可是我幫不上他，因為這是他自己才有辦法解決的問題。

而且——

「時間到了。」

我鬆開手中的劍，發出一聲嘆息。

「你說什麼？」

起先歪著頭的昊牙，隨即察覺異狀擺出戰鬥架勢。他仰頭望去，在發出咂嘴聲的同時揮出一劍，轉眼間激發出如滿天星斗般，由刀劍碰撞所產生的火花。

「來者何人!?」

遭對手壓制的昊牙，立刻被一記犀利的迴旋踢擊中腹部，當場飛了出去。只見一名白色死神站在我的面前。

「你太礙眼了。能推倒諾艾爾的人只有我。」

✝

亞兒瑪在接收到我透過《思考共有》發出的求救後，以迅雷不及掩耳的速度趕來這裡。前後約莫只經過兩分鐘。她原本似乎在房裡休息，當場打了個很大的哈欠，並且扭動脖子發出喀啦聲響。

「雖然我搞不清楚狀況，但只要殺了他就好嗎？」

她伸出纖細的手指，對準舉劍擺出架勢的昊牙。

下令殺了昊牙是很簡單，不過他還有利用價值。倘若情況允許，我很想放他一馬，但要求亞兒瑪手下留情又非常危險。原因是昊牙非常強悍，經過方才直接交手可以肯定，昊牙的實力與亞兒瑪是旗鼓相當。

假如有我的輔助自然是萬無一失，但問題是我現在的狀態無法好好發動技能。戰鬥用興奮劑的副作用需要三十分鐘才會消退。即使服用隨身攜帶的恢復藥，在這段期間內也會全數失效，目前我能使用的技能就只有《思考共有》。

因此我只給出一個簡短的命令。

「殺。」

「ＯＫ。」

亞兒瑪旋轉著手中的短刀，慢慢朝昊牙逼近。

「妳是諾艾爾的同伴嗎？」

「沒錯，所以我非得殺死身為敵人的你不可。」

「停手吧，老子不想斬殺女人。」

「這句話真有趣。因為是我比較強，所以你這樣耍帥就只會遜掉喔。」

「恰恰相反。妳應該先搞清楚自己剛才的偷襲沒能了結老子，就表示老子的實力遠在妳之上。」

「你說啥⁉」

確實亞兒瑪更強的話，這場戰鬥早在剛才的偷襲就宣告結束。儘管短暫的交手是亞兒瑪占上風，但是昊牙能在十分不利的狀況下擋住致命一擊，等於是他勝過一籌。

不過若要說昊牙的實力遠在亞兒瑪之上，就得打上一個問號。原因是無論在何種情況下，昊牙沒能提前察覺有人要偷襲而居於下風，終究是不爭的事實。

按照我的估算，兩人的實力在伯仲之間。就算我利用《思考共有》將昊牙的戰鬥能力告訴亞兒瑪，她也難以輕易取勝。

「你真囂張，休想我會讓你輕鬆死去。」

從背後傳來亞兒瑪強烈無比的殺氣。看來她徹底抓狂了。

「《速度提升》──五倍！」

一開始就展現出最快速度，發動《速度提升》的亞兒瑪，突破音障化成殘影襲擊昊牙。她並非筆直衝向昊牙，而是忽左忽右，甚至運用周圍的牆壁跳至半空中，以全方位的行動來混淆敵方視線。

光憑肉眼想追上這樣的速度是極其困難。以最快速度來回閃現的亞兒瑪，化為一道神出鬼沒的影子。即便強如昊牙，也不可能看清楚亞兒瑪的動作。雖說他有隨時提高警覺以防襲擊，但很明顯無法應付眼前的狀況。

將昊牙玩弄於股掌中的亞兒瑪，在高速移動的同時不停發射鐵針。因為技能《投擲必中》的效果是會精準飛向目標，所以在最快速度下扔出的無數鐵針從四面八方襲向昊牙。相信她也有發動新學的《穿甲破彈》。只要能直接命中昊牙，即使身上有鎧甲保護也會當場射穿。

如果只是一、兩根鐵針，相信昊牙能揮劍劈掉，不過同時來自四面八方的大量鐵針，想光靠手中的劍全數擋下又過於不切實際，就算閃躲也同樣非常勉強。

他打算如何應對？

「——《櫻花狂咲》。」

昊牙給出的答案就是揮出一劍。我清楚看見他的斬擊猶若百花齊放般，逐漸向周圍擴散出去。

「他竟然也能增加斬擊的數量!?」

在我大叫的瞬間，飛射出去的無數斬擊將鐵針逐一擊落，而且擴散至周圍的斬擊還準備把亞兒瑪一同撕碎。

但不愧是亞兒瑪，面對逐漸逼近的斬擊，她在半空中一個扭身，同時蹬向由空氣組成的牆壁，實現了在半空中進行移動。亞兒瑪從空中發動突襲，儘管形式上與一開始的偷襲十分相似，但差別在於她是使出最快速度。以這種速度拉近距離，將是短刀比較有利，恐怕昊牙會被打得無力招架。

「——《明鏡止水》。」

昊牙發動新的技能，並且竟然閉上雙眼，不過他在此狀態下揮出的斬擊，成功化解亞兒瑪的突襲。

「這是哪招啊!?」

亞兒瑪發出驚呼。雖然她對昊牙閉眼擋下攻擊一事十分吃驚，但也依然在近距離下施展連續攻擊。在如此貼身的情況下，按理來說是亞兒瑪擁有壓倒性的優勢，可是昊牙看起來完全沒有落於下風。

「那招叫做《明鏡止水》是吧。發動條件是必須閉上眼睛嗎？這下就能理解你被閃光彈閃瞎雙眼後為何還能行動了。」

根據這一連串的情況來看，將此技能的效果解釋成是藉由閉起眼睛令其他知覺加倍敏銳會更為貼切。不對，這不光是令其他知覺變得更敏銳，就連攻擊速度也提升數倍。雖說失去能確認遠方情況的視覺是一大弊端，但假如是局限在半徑五公尺內的近身戰，此技能將可以發揮出無與倫比的戰力。

反觀亞兒瑪也沒有落於人後，雙方打得互不相讓。這兩頭早已超出C階水準的怪物大打出手，在現場激發耀眼的火花。如今已記不清這兩人交手多少回合了。

忽然間，嘴裡傳來一股血味。原來是我不自覺地過於用力咬緊牙根所致。

「……可惡，為何我沒辦法擁有與這兩人差不多的力量。」

我既懊惱又嫉妒，也明白再如何怨天尤人也於事無補。但目睹自己與他人在才能上相差得如此懸殊，就令我不甘心到想抓亂自己的頭髮。

「假如我跟外公一樣是個【戰士】，肯定能比這兩人更厲害……」

外公曾向我保證過，即使我身為【話術士】，也會將我培養成最優秀的探索者。在歷經嚴酷的修行後，我有自信已取得這項資格。可是正所謂人上有人，終究有著【話術士】——身為輔助職能的我絕對無法達到的境界。

「……我現在明白了。我的想法果然非常正確。」

我搖搖晃晃地站起身來。老實說多虧這一戰，我已擺脫心中的迷惘。在心情放鬆之後，我能感受到寄宿於靈魂深處的那把火焰是燒得更旺更熾熱。

我今後不再迷惘也不再感嘆，堅信自己所要前進的道路只有一條。

「我要成為號令最強的最強存在。」

我起身後，這場漫長的戰鬥也逐漸進入最高潮。遲遲沒能分出勝負的兩人都開始感到不耐煩，雙雙準備使出各自的必殺絕技。

「我承認你的確很強，所以我決定不擇手段也要贏——確實取走你的性命。」

亞兒瑪用短刀劃開自己的手指，並將血滴在短刀的凹槽上。

那是斥候技能《毒藥精煉(blood poison)》，能將自身血液精煉成劇毒的技能。看來亞兒瑪放棄單靠格鬥取勝，而是利用劇毒確實拿下勝利。

「老子也不會再把妳當成女人——一刀了結妳。」

昊牙將劍收入鞘中，雙腿一蹲擺出低馬步。這肯定也是發動技能的必要條件。他散發出來的壓迫感瞬間暴增，明顯透露出這就是施展必殺技的架勢。

糟糕，再這樣下去很可能會是兩敗俱傷。我更換魔槍的子彈，朝半空中開了一槍。那不是魔彈，而是類似在夜空中綻放煙火的信號彈。原本準備大開殺戒的兩人，皆因為這陣巨響與強光瞬間解除殺氣，露出目瞪口呆的樣子。

「什、什麼⁉」「發生啥事了⁉」

「戰鬥到此為止，憲兵馬上就會趕來了。」

亞兒瑪在聽見我的命令後，氣得怒髮衝冠。

「別開玩笑了！這場勝負還沒結束！」

「住口，妳不聽我的命令是嗎？」

「可、可是！」

「我已經叫妳住口了。」

「……啐！」

看來《精神解法》有順利生效。亞兒瑪終於恢復冷靜，啐了一聲便將短刀收進鞘裡。

「昊牙，你也快離開吧。相信你不想被憲兵逮住吧。」

「……雖然服從你讓人很不爽，但眼下也只能照辦。」

在昊牙轉身離去之際，我隨即喊住那道背影。

「等等，我有些話要跟你說。」

「……何事？」

昊牙停下腳步轉過身來。我笑著繼續說：

「我的原則是千倍奉還。」

「啥？這是什麼意思？」

「你幫我帶句話給亞爾巴特，說我一定會搗毀岡畢諾幫，如果他不想輸就別當龜孫子，親自過來取走我的項上人頭。」

「是嗎？你辛苦了。」

昊牙返回屋子後，是由岡畢諾幫的副幫主萊歐斯負責聽取報告。亞爾巴特似乎出門去了，直到後天才會回來。

可是昊牙選擇不幫忙傳話。畢竟那些話只是虛張聲勢，區區探索者哪有辦法對抗岡畢諾幫。

「幫主那邊交給我來通知即可，你先去休息吧。」

萊歐斯聽完報告後，用他的大掌輕輕拍了拍昊牙的肩膀便轉身離去。儘管他長得虎背熊腰又凶神惡煞，個性卻耿直到不像是混黑幫的人。不光是部下們，萊歐斯是個就連其他黑幫也對他另眼相待的人才。

岡畢諾幫之所以能維持組織應有的體系，一切都拜萊歐斯所賜。倘若萊歐斯不在，岡畢諾幫恐怕早就瓦解了。但按照亞爾巴特橫行霸道的處事風格，早早瓦解肯定是好事一樁，因此就算萊歐斯是個值得尊敬的男子漢，不過以結論而言仍是助紂為虐。

「想想還真是諷刺……」

昊牙返回臥室躺倒在床上。他現在極為疲憊，問題在於闔上眼睛卻無法立刻入睡。

「諾艾爾・修特廉……」

此人當真很有意思。昊牙至今見識過無數人，卻還是第一次碰見這樣的男子。生性堅強、狡猾又自命不凡，重點是——很有風範（領袖氣質）。

「假如是他，或許……」

儘管理性堅稱這是不可能的，但昊牙莫名認為這個男人當真有辦法摧毀岡畢諾幫。名為諾艾爾的男子，就是令昊牙印象深刻到忍不住如此相信。那男人猛烈得彷彿一陣風暴——熱情如火到足以烤熟任何接近他的靈魂。昊牙注視著自己的拳頭，不由得露出微笑。

「真想再跟他交手一次。」

「小昊牙，聽說你任務失敗了？」

亞爾巴特返回屋子的當晚，便把昊牙召進房裡。

「……都怪老子辦事不力，真是非常抱歉。」

昊牙深深地一鞠躬。亞爾巴特對此是沉默不語，經過一段時間後竟發出愉悅的笑聲。

「啊哈哈哈，小昊牙你也太一板一眼囉，我並沒有放在心上。畢竟對方只是個平凡的探索者吧？單純是在敏茲村村長的委託下，迫於無奈才派你前往，也沒保證一定會殺了這個人。」

「這、這樣啊……」

「我對村長已是仁至義盡，所以你大可不必放在心上！你就放輕鬆點吧，小昊牙。」

「遵、遵命……謝謝您的原諒……」

這番話多少令人難以釋懷，但亞爾巴特同意不追究責任自然是皆大歡喜。昊牙忍不住鬆了口氣。亞爾巴特彷彿就在等待這一刻，繼續張口說：

「不過你沒有遵守我這位主人的命令，就是另外一回事囉？這部分可得做個了斷才行。」

「……咦？」

這情況出乎昊牙的預料，他的心跳速度一口氣飆升。這時他忽然想起敏茲村的村長，村長就是因為當時的傷勢過世了。

「您說了斷……老子該怎麼做呢？」

「關於此事，你這次也不必做什麼。理由是有人代替你做出了斷了。」

「有人代替老子……是嗎？」

昊牙不解地偏過頭去，只見亞爾巴特臉上浮現出不祥的冷笑。

「萊歐斯，把東西交給小昊牙。」

「……遵命。」

於一旁待命的萊歐斯，端著一個包裝好的箱子走過來。昊牙收下後，更是感到一頭霧水。

「這是什麼？」

「你打開來看看。」

「咦、嗯，遵命。」

昊牙依照指示打開箱子——

「嗚哇啊啊啊啊啊——————!!」

隨即大聲慘叫將箱子扔掉。箱子落地後，從裡面滾出一顆受損嚴重的人頭。那張臉對昊牙而言是再熟悉不過，因為他就是自己的前任主人・半身人米凱爾。

「喔～真是悅耳的慘叫聲。不枉費我為你準備的這份驚喜。」

「驚、驚喜……？」

「你可要好好向米凱爾先生道謝喔，畢竟他代替你做出了斷。這也是身為前任主人的連帶責任。」

「怎、怎麼這樣……」

「不過真叫人傷腦筋，如今已無人能替小昊牙你受罰，你下次可不能再失手囉。」

米凱爾看似不是活生生被人製成標本，但按照他那痛苦的表情，想必生前遭受過同等以上的折磨才死去。

「……老子下次絕不會再失手了。」

「很好很好，畢竟小昊牙生性認真，相信是言出必行。那你先退下吧，等有工作時會再找你過來。」

「……是。」

昊牙轉身摸向門把，卻忽然停下動作。

「……老子忘了一件事情，其實諾艾爾有叫老子傳話給您。」

「傳話給我？」

昊牙再次轉身面向亞爾巴特，以傲然的態度直視他說：

「他說他一定會搗毀岡畢諾幫，如果不想輸就別當龜孫子，親自去取走他的項上人頭。」

「…………喲～～」

亞爾巴特的太陽穴爆出青筋，足以證明他現在是怒不可遏。

「你並不像敏茲村村長那樣是隨口胡說吧？」

「老子講的都是實話。諾艾爾就是這麼對老子說的。」

「這樣啊，原來如此原來如此……」

亞爾巴特有如在回味那段傳言般點點頭，但他很快就壓抑不住怒氣，宛若火藥爆炸似地火冒三丈。

「區區探索者也敢跟我叫囂!!看我去宰了他!!」

亞爾巴特怒火中燒，一把將短刀插在桌上。

「萊歐斯，立刻召集戰鬥人員！去給我把他找出來大卸八塊!!」

「你剛才何必多嘴說那段話。」

沿著走廊前行的萊歐斯，語氣中透露出煩躁與怒意。

「為何你要把探索者的虛張聲勢如實告訴幫主？難道你對於自己失手一事如此不甘心嗎？」

「……對不起，老子並沒有這個意思……」

「那你為何還提？」

「那男人……諾艾爾・修特廉是個出色的傢伙……」

「啥？」

「明明他擁有最弱的職能，卻又強得離譜……老子能肯定他絕對是努力到近乎不要命，才有辦法這麼強悍。話雖如此，就算努力至這種地步，也一定贏不了稍微有些才能且具備常見職能的其他人。」

昊牙回想起與諾艾爾交手時的光景，以及兩人交談的內容。

「可是他的眼神中充滿光彩。那雙炯炯有神的眼眸，透露出他決心成為一名不輸給任何人的男子漢……老子這才終於明白。該怎麼說呢？總之他真的很厲害……既然如此，老子好歹也要履行義務幫忙傳話……」

昊牙不知該如何將心中的感受化成言語，不過這些都是他的肺腑之言。一想到自己如此口拙，昊牙不禁害臊地搔了搔臉頰。

「原來如此。」

萊歐斯停下腳步，目不轉睛注視著昊牙的臉龐。

「你看上了那小子對吧？」

「……啥？沒那回事！老子才沒有那種癖好咧！」

見昊牙拚死搖頭否認，萊歐斯忍不住發出笑聲。

「哼哼哼，這我當然知道。我說的並不是那種意思。但你對諾艾爾抱有一股相當強烈的情感，仍是不爭的事實吧？」

「……話雖如此，老子絕非對諾艾爾抱有好感。畢竟當真為他著想的話，就不該幫忙傳話。」

「那是因為你想確認看看，諾艾爾是否真如自己想像中的那樣吧？」

「那、那個……」

昊牙找不到適合的話語，感到一陣語塞。

「就算現在無法理解也無所謂，但終有一天你會明白，男人看上另一名男人究竟代表著什麼意思。」

「這、這樣啊……副幫主您也有過這種經驗嗎？」

「……有啊，不過已是很久以前的事情了。」

萊歐斯露出遙想過去的眼神，語氣落寞地說著。

†

當晚，我和亞兒瑪一起在豬鬼棍棒亭裡用餐。外頭忽然相當吵雜，同時有人大喊：

「岡畢諾幫!?」

酒吧的門被人一腳踹開，隨即走進六名明顯不是一般市民的男性，至於帶頭者是個面容削瘦的金髮男子。

「——分別是四名B階，以及一名A階。酒吧外還有其他攜帶武裝的手下。」

亞兒瑪小聲將她分析後的結果告訴我。四處不見昊牙的身影，或許是在外面待命的其中一人。我對這四名B階職能者所知不多，不過A階的男子倒是在事前已調查清楚。此人是岡畢諾幫的副幫主・【格鬥士】系A階職能【龍拳士(high monk)】萊歐斯。

站在最前面那位面容削瘦的金髮男子，就是岡畢諾幫的幫主亞爾巴特・岡畢諾。當事人並非擁有戰鬥系職能，卻仍是岡畢諾幫的幫主。率領強悍的小弟們橫行霸道，相信肯定是八面威風。亞爾巴特擺出咄咄逼人的模樣來到我們面前。

「你就是諾艾爾・修特廉吧。長相跟個女人沒兩樣。」

亞爾巴特擅自拉開其中一張椅子坐下來，還直接拿起桌上那瓶紅酒喝了一大口，然後不悅地皺起眉頭。

「這酒還真難喝。哼，只喝得起這麼便宜的酒，看來探索者也賺不了幾毛錢嘛。還是單純是你這小子太渣了？啊～也對，畢竟你都被隊友背叛，搞得沒法從事探索者活動對吧？請節哀。」

亞爾巴特似乎調查過我的事情，擺出一副剛學會成語的屁孩嘴臉，得意洋洋地出言挑釁。

「你應該就是岡畢諾幫的幫主亞爾巴特．岡畢諾吧。哼，不請自來還亂喝別人的酒，未免也太沒家教了吧。聽說世人給你的稱號是瘋狗，我看其實應該是流浪狗才對吧？」

「你說什麼⁉」

「喂喂，只不過被人回個嘴，別那麼輕易動怒嘛。你可是大名鼎鼎的路基亞諾幫直屬組織．岡畢諾幫的幫主，若是在公眾面前表現得如此沒度量，應該會很不妙吧？甚至還會丟了路基亞諾幫的顏面喔。」

岡畢諾氣得嘴唇發顫，但最終還是壓抑住快要爆發的情緒。

「……算了，隨你怎麼說都行，但我今天不是來找你聊天的。聽說你曾經大放厥詞，叫我有本事就親自來取你的項上人頭是嗎？所以我這就過來啦。」

面對岡畢諾殺氣騰騰的冷笑，我嗤之以鼻說：

「才叫你來見我就立刻飛奔過來，你當自己是剛跟人交往的小女生啊。瞧你那副開心到搖著狗尾巴的模樣，根本是想藏都藏不住耶。」

「你少給我在那邊五四三！總之快跟我到外面去！」

「你才別在這邊鬧事。這樣也看不出來嗎？我們正在用餐。如果想要我陪你玩，就像條聽話的狗在外面等我吃完飯再說。」

「混帳!!」

徹底被激怒的岡畢諾，從懷裡拔出一把短刀。

「我已經沒耐心了，現在就直接收拾你。我這就幫你在臉上開洞，讓你想從哪裡喝酒都行，你做好覺悟吧。」

當亞爾巴特拿短刀對準我時，忽有一股渾厚的嗓音制止他的行為。

「我說岡畢諾的老大呀，想來店裡鬧事也該適可而止喔。」

一名壯漢從座位上起身。此人正是拳王會隊長．【格鬥士】洛岡。

「你是哪根蔥啊？」

「我是不清楚你跟諾艾爾之間有啥過節，但我勸你別在這裡鬧事。就像你們黑幫有自己的面子要顧，我們探索者也同樣有我們的顏面。假如放任黑幫在這裡胡作非為，此事要是傳了出去，將會影響我們今後的工作。如此一來，叫我們如何繼續混飯吃啊。」

店內大多數的探索者們彷彿都同意洛岡的說法，紛紛拿起各自的武器從座位上起身。面對這出乎意料的狀況，亞爾巴特不禁慌了手腳。

「你、你們不知道本大爺是誰嗎!?」

「知道啊。但為了守住自己的尊嚴，對手是誰並不重要。」

「你、你說什麼!?一個、兩個都給我在那邊瞎扯!!你們幾個，給我把這群笨蛋全部殺了!!」

亞爾巴特抓狂地一腳踹開椅子站起來，同時對身後的小弟們下令。身為領頭小弟的萊歐斯跨出一步，在亞爾巴特的耳邊小聲說：

「幫主，要我們殺光所有人是很簡單，以戰力差距來說不值一提，不過您到時該如何向總幫的老爹交代呢？」

「……什、什麼？」

「您原本就因為藥劑的關係已被總幫盯上，若是又與探索者起爭執，總幫將不會再寬恕您了。探索者是得到國家支持的職業，如果只針對單一個人也就罷了，但要是公開屠殺大量的探索者，別說是總幫，就連國家也不會坐視不管，我們到時肯定會完蛋的。」

「唔，那、那種事……」

「假如您不介意，請再一次對我等下令。我等絕對會服從幫主的命令，即使賭上性命也會追隨您。」

「唔～～但、但是……」

亞爾巴特因為萊歐斯的勸阻陷入苦惱。就算裝出狂人的嘴臉，到頭來仍是組織底下的一員。起先吠得那麼大聲，不過一聽見總幫和國家就要孬的窩囊樣，令我當場放聲大笑。

「啊哈哈哈哈，你未免也太可笑了吧！亞爾巴特・岡畢諾！」

「你、你說什麼!?」

「就算做過再多壞事，你終究只是個軟弱的小市民。身為組織之首卻缺乏智慧又毫無人望，甚至還毫無器量，唯一能做的就只有胡作非為罔顧王法，裝出一副瘋狗的樣子。除了耗盡家產以外一無是處的你，就是你的極限。」

「你這個死小鬼啊啊啊啊啊——!!」

發飆的亞爾巴特一把揪住我的衣領。我伸手制止準備動粗的亞兒瑪，別有深意地咧嘴一笑。

「怎樣!?有啥好笑的!?」

「奉勸你別太激動，要不然脈搏跳動的速度會加快喔。」

「啥!?你到底想說什麼!?」

「其實我在你擅自拿去喝的那瓶紅酒裡下了毒。」

「……什、什麼？」

亞爾巴特放開我，向後退了幾步。

「……哈、哈哈哈，還以為你想說啥？你說下毒？少騙人啦！我喝的可是你的酒！哪有人會在自己的酒裡下毒！」

「那確實是我的酒，但我沒必要一定得喝吧？我擺在桌上就是為了讓你喝下它。」

「你哪有辦法提前知道我會來這裡找你！」

「我當然知道。當初就是我唆使你親自來取我的項上人頭對吧？若要尋找探索者，首先就是搜索探索者專用的酒吧不是嗎？」

「但、但你又沒有十足的把握我會把酒拿去喝！」

「這是自然，畢竟事情沒有絕對，不過準備毒酒根本無需所謂的把握。從我的角度來看，即使每天都準備一瓶也毫無風險。你喝了就算是我賺到，你沒喝也無傷大雅，結果你的行為完完全全都在我的意料之中。這下子你可明白了嗎？小少爺。」

「唔噗！嘔噁噁噁～～～～！！」

亞爾巴特將手指伸進嘴裡催吐，拚了命想把胃裡的東西吐出來。

「沒用的啦，毒藥早就從你的胃裡進入血管了。再這樣下去，你必死無疑。」

「咿、咿咿咿咿咿——————！！醫、醫生！！快送我就醫！！我叫你們快帶我去找醫生——！！」

亞爾巴特像個弱女子般發出尖叫，轉眼間就率領小弟們離開酒吧。更正，並不是所有小弟，萊歐斯還待在店裡。

「真是高竿的話術，連我都差點信以為真了。不愧是【話術士】。」

「話術？我只是實話實說罷了。」

「你就別裝蒜了。」

萊歐斯坐在椅子上，毫不猶豫地把亞爾巴特喝過的那瓶紅酒喝得一乾二淨。

「嗯，好喝。這酒喝起來既清淡又順口。」

「真叫人意外，我都說那裡面有下毒喔？難道你想自殺嗎？」

萊歐斯對我說的話無動於衷，反倒露出一張豪邁的笑容。

「你當真如同昊牙說的，膽識過人且擁有一雙很棒的眼神。那是男子漢才有的眼神。」

「啥？」

「聽說你打算站上探索者的頂點吧。這種人不可能當著大眾的面下毒殺人，要動手也是在檯面下。」

萊歐斯說得斬釘截鐵。儘管話中有幾分是基於直覺，不過他說得對，我並沒有下毒。

「答對了。為何你不將事實告訴亞爾巴特呢？」

「因為我不想讓罔畢諾幫毀在這裡。」

「原來如此，這的確是很重要的理由。那你想要我怎麼做？」

「我同意放你一馬，也會遣走在外頭待命的其他弟兄。你則是離開帝都。只要你不在這裡，幫主也不必跨過最後的底線。」

「若是我拒絕呢？」

「我現在就殺了你。」

下個瞬間，萊歐斯散發出強烈無比的殺氣，甚至令我產生他彷彿化身成巨人般的錯覺。即使店裡所有人聯手起來，也不是他的對手。

「我懂了，我這就離開帝都，這樣總行了吧？」

「嗯，你很懂事。像你這樣的男人，無論身在何處都能夠出人頭地。」

萊歐斯從座位上起身，扯開嗓門對其他探索者說：

「很抱歉給大家添麻煩了！為了向各位賠罪，今天的酒錢就由我全包了！大家盡情喝酒吃肉吧！」

萊歐斯豪邁地收拾殘局，瀟灑地轉身離去。這就是岡畢諾幫的副幫主啊。看來前任幫主相當出色的傳聞應該不假。要不然這種男人怎麼會繼續留在岡畢諾幫裡。一想到他此刻的心情，就讓人心生同情。

「我們也離開吧。」

「知道了。」

我和亞兒瑪起身後，能感受到從周圍射來冰冷的視線。也難怪會這樣。對其他探索者而言，引發這類騷動的人完全是個瘟神。再加上我之前把洛伊德跟達妮雅賣去當奴隸，射來的目光裡甚至包含明確的敵意。

算了，反正我早已做好覺悟要扮黑臉。就算被那些庸碌之輩嫌棄也無傷大雅。畢竟當個乖乖牌模範生，也不會有人出手相助。

在我們準備離開酒吧之際，只見洛岡站在門口附近。

「你當真要離開帝都嗎？」

「因為已經答應對方啦。我的探索者事業只能到此為止了，真叫人既無奈又不甘心。」

洛岡見我雙肩一聳，竟當場冷笑一聲，揚起嘴角說：

「胡說八道，你哪可能會這麼老實啊。」

我不發一語，只是同樣揚起一邊的嘴角，並且輕輕在洛岡的肩膀上賞了一拳就走出酒吧。

豬鬼棍棒亭外完全不見任何一名岡畢諾幫的幫眾。想來是萊歐斯依約把人遣走了。我們一來到四下無人的地方，亞兒瑪便興奮地雙頰泛紅。

「太厲害了！諾艾爾你簡直就是料事如神！」

「現在就佩服我還稍嫌太早。我已設好局，接下來才是重頭戲。」

「我明白，記得是一週後再返回帝都對吧？」

「沒錯，我們就按照計畫於一週後在帝都碰頭。亞兒瑪，這段期間妳有何打算？要潛伏在其他城鎮裡嗎？」

「我想上山取回戰鬥的感覺。等下次再遇見那名東洋人，我一定會殺了他。」

「我知道了。」

儘管我點頭回應，但是兩人已沒有機會再次交手了。他們的實力在伯仲之間，如果再戰肯定會兩敗俱傷。我不得不承認這個事實。

「那就一週後見。」

「嗯，一週後見。」

我與亞兒瑪輕輕互頂一下拳頭便分道揚鑣。

形單影隻的我走在夜路上，喃喃自語說出埋藏於心中的鬥志。

「岡畢諾幫，看我一口吞了你們。」

四章：王者的資質

自豬鬼棍棒亭那起騷動的一週後，諾艾爾一行人重返帝都。接獲線報的亞爾巴特立刻召集人馬，並下令將兩人驅趕至岡畢諾幫管理的住宅區。

該住宅區內雖有許多居民，但大家全都暫時離開住處。原因是岡畢諾幫的幫眾已在事前驅離群眾。如此一來，無論發生什麼事情都幾乎不會流傳出去。

在這個月黑風高的夜裡，被趕入住宅區的諾艾爾一行人，遭到岡畢諾幫強悍的幫眾團團包圍，就連一隻螞蟻都跑不出去。

同樣被徵召的昊牙在目睹此景後，心情十分複雜。這件事將在今晚做出了斷，不過結果卻已是斬釘截鐵，局勢根本一面倒，接下來將上演一場毫無公平可言的鬥爭。

自認勝券在握的亞爾巴特舔了舔嘴脣，期待著即將開演的屠殺秀，並且得意洋洋地放聲大笑。

「哇哈哈哈哈哈哈！真是個笨蛋！明明乖乖離開帝都就好，竟然特地跑回來送死！難不成你以為事到如今才道歉會得到原諒嗎？不行！我要你們死在這裡！哇哈哈哈哈哈哈！」

看著亞爾巴特喜不自勝的模樣，諾艾爾聳聳肩說：

「真是沒品的笑聲。你這傢伙當真缺乏家教。無論你如何依靠家中遺產把自己打扮得光鮮亮麗，憑你這樣的內涵，根本是一開口就露餡囉？」

「你那張毒辣的嘴巴在這個狀況下說得再多，在我聽來就只是一首悅耳的歌曲——你們幾個，先把這兩人的四肢打斷，記得別立刻殺掉他們。今晚還很漫長，我可要好好享受一下。」

亞爾巴特發出一聲彈指，做為部下們開戰的信號。岡畢諾幫的幫眾同時出手——實際情況卻並非如此。

「……啥？你們沒聽見嗎？還不快上!!」

亞爾巴特氣得跺腳，再次發號施令。可是部下們毫無反應，就連昊牙也不為所動。

「你、你們怎麼了!?為何都不聽我的命令!?萊歐斯！這是怎麼一回事!?快說!!」

亞爾巴特慌了手腳，臉色蒼白地衝向副幫主萊歐斯。理當盡忠職守的萊歐斯，只是發出一聲嘆息便沉默不語。

「咦！這、這是怎麼回事……？到底發生什麼事了？」

亞爾巴特嚇得目瞪口呆。在這條夜深人靜的大街上，忽然傳來一道冷酷的笑聲。

「哈哈哈哈哈！你真像是一名滑稽的小丑耶，亞爾巴特・岡畢諾！」

「什、什麼……!?難不成這是你搞的鬼!?」

諾艾爾沒有回答，只在臉上浮現出一張如上弦月般的笑容。

沒錯，這是一場毫無公平可言的鬥爭。造成這一面倒情況的並非別人，正是【話術士】諾艾爾・修特廉。擁有壓倒性優勢的一方，不是率領大批人馬的亞爾巴特，而是只有一名同伴的諾艾爾。

他究竟是做了什麼才形成如此局面？

昊牙依序回憶起截至今日為止所發生的事情。

諾艾爾從帝都銷聲匿跡的這一週內，自尊心嚴重受損的亞爾巴特發了瘋似地追查他們的行蹤。雖然近乎全體動員，但應當是打聽不到任何下落。理由是副幫主萊歐斯已向搜查人員下令，即使有任何線索也不得上報。

當時在豬鬼棍棒亭外待命的昊牙，並不清楚裡面發生了什麼事。不過萊歐斯似乎反對派人追捕諾艾爾。在幫裡，副幫主萊歐斯的人望遠在幫主亞爾巴特之上。先不提表面上的態度，大家實際上都會優先服從萊歐斯的命令。換言之，諾艾爾只要遠離帝都就肯定能安全無虞。

並未加入搜查組的昊牙，每天都如實完成亞爾巴特所指派的任務。這天也同樣在完成任務後返回屋子。

「昊牙，你真是太強了。」

同行的幫眾欽佩地如此說著。

「明明對手頗有實力，你居然能直接秒殺他，簡直快嚇死我了。」

今日目標是擅自占用岡畢諾幫轄區內房產的一名男子。簡言之就是占地為王。這位曾身為地下競技場選手的男子擁有【劍士】系B階職能【劍鬥士】，是個頗有實力的強者，結果卻完全不是昊牙的對手。

「我肚子餓了。聽說副幫主（大哥）要請客吃飯，我們快去吧。」

儘管岡畢諾幫幫主亞爾巴特是個瘋子，但絕大多數以副幫主萊歐斯馬首是瞻的幫眾都十分親切。精確說來，僅限於亞爾巴特成為幫主前加入的幫眾。反之後來加入的幫眾就全是惹禍精，經常引發導致岡畢諾幫顏面受損的事件。

「喔，兩位辛苦啦。」

在走進指定的餐廳後，萊歐斯親切地舉手打招呼。其他桌的幫眾已在大吃大喝，昊牙等人也找了個位子坐下用餐。

「昊牙，已經習慣現在的工作了嗎？」

面對萊歐斯的關心，昊牙遲疑地點頭回應。

「……啊、嗯，還算習慣。」

「這樣啊，那就好。雖說你目前還是奴隸，不過身手非常了得，等你再立下一些功績，我就去請示幫主收回你的隸屬誓約書。這麼一來，你就能自由了。」

「這、這是真的嗎!?」

這可是昊牙求之不得的好事。他至今曾幻想過無數次自己能成為自由之身，卻一直不敢奢望。在得知夢想有機會實現後，昊牙感到有些興奮。

「嗯，我這個人從不食言，保證終有一天會讓你自由。等你重獲自由後，你要不要正式和我喝一杯結義酒？」

「意思是……正式成為幫裡的一員嗎？」

「當然我沒有強迫的意思。假如你有其他目標，就儘管放手去追求。但若是你願意加入我們，我答應會罩你一輩子。」

昊牙為此大傷腦筋。原因是這提議並不壞。就算昊牙成為自由之身，他唯一的專長就是打打殺殺。若要為將來做打算，總是會想要有個餬口的保障。昊牙是討厭亞爾巴特，可是他非常尊敬萊歐斯，也很樂意在萊歐斯底下做事。

在如此思索之際，腦中忽然閃過諾艾爾的臉龐。那個男人目前在做什麼？難道真的再也不回帝都了？昊牙一想到這裡，就不禁滿腦子都在思考這個問題。

「你很在意諾艾爾嗎？」

在被萊歐斯看穿心思後，昊牙不自覺挺直腰桿。

「並、並沒有那回事……」

「呵，你不必隱瞞。其實當真如你所說，他雖然還很年輕，卻有一雙很棒的眼神。其實你很想追隨他吧？」

「老子……」

在昊牙不知該如何回答之際，桌子突然大幅震了一下。

「副幫主！我再也忍不住了！我們究竟要服從那個瘋子到啥時啊!?」

原來是該名幫眾喝醉了。但是此人的模樣不太尋常。這時的他愁眉苦臉，流下懊惱的眼淚，手裡不知為何還握著一根竹蜻蜓。

「我今天處理掉一名小鬼，這是她生前緊握在手裡十分珍惜的玩具。明明還是個孩子，卻死得那麼悽慘……這根本不是有血有肉之人該有的行為……偏偏我就是這種人的手下……我現在真的不知該如何是好……」

該名弟兄用力吸了一下鼻涕，滿臉是淚地向萊歐斯哭訴。

「拜託您快想想辦法吧!!」

「你先冷靜，我之後再聽你說。這樣會給其他客人造成困擾，眼下先——」

「這叫我如何冷靜!?我之所以加入岡畢諾幫，就是想在前任幫主那樣的男子漢底下做事！假如我早知道得服從那樣的瘋子，根本就不會踏入這個世界!!」

「我叫你冷靜，你是聽不懂嗎!?」

萊歐斯發出足以撼動整間店的喝斥後，所有人都不敢吭聲。

「……幫主近來的行為確實有些脫序，但就算這樣，身為部下的我們還是得服從幫主不可。既然加入黑幫，就必須遵守這條鐵則，不能擅自說改就改。」

「可、可是……」

「我明白，我會再找機會勸諫幫主。大家看在我的面子上，這件事能先到此打住嗎？」

萊歐斯仍坐在椅子上，卻朝著小弟們深深地一鞠躬。

「我、我們知道了！副幫主您快抬起頭來！」

位高權重的副幫主都如此低聲下氣拜託了，身為小弟的其他人自然是不便再多說什麼。質疑的聲浪算是圓滿收場。不過這也僅限於檯面上，就連身為新人的昊牙也能清楚感受出其他幫眾都快失去耐性。忽然間，傳來一道像是在嘲諷現場狀況的聲音。

「哎呀哎呀，發生口角了嗎？起內訌可不太好喔。」

在認出這是誰的聲音後，現場一片緊張。

「諾艾爾．修特廉!?你怎麼會在這裡!?」

應當在一週前離開帝都的諾艾爾，泰然自若地出現在昊牙等人面前，而且還不知死活地坐在萊歐斯對側的座位上。雖然他的目光一度落在某幫眾手中的竹蜻蜓上，但很快就對準位於正前方的萊歐斯。諾艾爾和萊歐斯隔著一張桌子四目相交。萊歐斯明顯有些動搖，卻還是保持著副幫主應有的威嚴張口說：

「你怎會出現在這裡？我不是叫你離開帝都嗎？」

「我依約離開啦，但只有一週而已。我稍微去度個假放鬆一下。」

「度假～……？你有搞清楚自己在做什麼嗎？」

萊歐斯板起臉孔，不過諾艾爾仍維持一張游刃有餘的笑容。

「你才應該冷靜點，我出現在此又不是來惹事的，單純是想把我在度假時準備好的土產送給各位。」

諾艾爾從懷裡取出一張老舊的羊皮紙。為了讓萊歐斯能夠看清楚，他小心翼翼地將紙攤放在桌上。

「你說這張羊皮紙是土產？到底是…………咦!?」

萊歐斯看見紙上的內容後，錯愕地瞪大雙眼。

「怎麼？上面寫了啥？」

幫眾被萊歐斯的反應勾起好奇心，爭先恐後跑向桌邊。昊牙自然也不例外。眼見弟兄們群聚過來，萊歐斯當場慌了。

「一、一群混帳！不許你們擅自亂看！都給我到旁邊去！」

但是一切都太遲了。

「不、不會吧……」

「真的假的……」

「……我們一直被蒙在鼓裡嗎？」

「別開玩笑了，這算什麼啊……」

幫眾紛紛發出驚訝、失望以及憤怒的聲音。即使並非正式成員的昊牙，也對眾人的心情感同身受。寫在這張紙上的情報——形同一枚炸彈，而且是威力驚人的炸彈。

「看來各位對這個土產十分滿意呢。」

「臭小子，你應該已對自己的行為做好覺悟了吧？」

「這樣說就不對囉，副幫主。你在對我發飆之前，應該還有其他事情要處理吧。」

諾艾爾用下巴所指的前方，只見一票幫眾都露出有話想說的表情。

「副幫主，您早就知道這件事了嗎？」

發問的是方才淚流滿面哭訴現狀的該名弟兄。

「……沒那回事，我也是現在才知道。」

「這樣啊。我自然是相信副幫主的為人。不過這個事實可不能裝作沒看見，畢竟真的太嚴重了。」

「等等！大家別輕易相信！先想清楚再說！」

「這還有啥好思考的!?幫主是前任幫主的私生子吧!?為啥他的出生證明上，父親欄位是寫著其他人的名字!?」

諾艾爾丟出的這枚炸彈，實際上就是亞爾巴特的出生證明。為了讓行政單位便於管理戶籍，全體國民有義務登記出生證明。這種東西理當完全保密，也不知諾艾爾是用了何種手段，總之他順利取得出生證明的原始謄本。

倘若是私生子，父親欄位按理來說會是空白。不過亞爾巴特的出生證明上確實寫有父親的名字，而且並非前任幫主的姓名，竟是填上其他男子的名字。換言之，亞爾巴特是由合法婚姻關係的夫妻所生。

這證明不像是偽造的。不對，就算是偽造，其內容恐怕也完全屬實，其實幫眾都對此心知肚明。儘管昊牙只聽說過前任幫主的事蹟，但他也認為此人是個與亞爾巴特有著天壤之別的豪傑。

這是所有人心中的疑慮。至於讓此疑慮爆發出來的這張證明，與其說是一枚炸彈，不如說是引信會更為貼切。

「前任幫主是個重情義的男子漢，甚至被世人稱為義賊。」

諾艾爾語氣淡然地侃侃而談。

「可是他好女色，在各地皆有結交紅粉知己，並且與每位女性都有染，亞爾巴特的母親就是其中一人。此人後來與其他男性結婚生下亞爾巴特，可是丈夫卻對年幼的亞爾巴特施暴。於是母親心生一計，決定向昔日情人的前任幫主求救。」

「難道說……」

「完全如你所料。這名母親向前任幫主謊稱亞爾巴特是他的孩子，希望他能救救自己。」

「前、前任幫主就相信了？」

「前任幫主應該沒有相信，理由在於他無法生育。」

諾艾爾揭開的這個全新事實，令現場氣氛瞬間凍結。

「前任幫主根本無法生小孩。不過重情義的前任幫主仍答應這名母親的請求。也或許只是想要有個繼承人罷了。總之，前任幫主將年幼的亞爾巴特交由可信之人照顧。至於這名母親則是丈夫自殺時被迫一起死。」

「你、你怎會那麼清楚？相信你根本沒見過前任幫主吧？」

其中一名成員提出這個理所當然的質疑。

「帝都裡有一名優秀的情報販子，我委託他暗中調查。為了確認情報的真偽，我親自前往當地向知曉內情的人們打聽。我就是在當時取得這份出生證明。」

「這麼一來，不就能肯定幫主與前任幫主根本沒有血緣關係……」

「所以呢？」

原先一直保持沉默的萊歐斯，以不由分說的語氣強調說：

「就算沒有血緣關係，只要雙方都同意仍等同於父子。前任幫主在臨死前囑咐過亞爾巴特少主就是繼承人，也就無需其他的證明了。」

這麼說的確有理。但在世人眼中，血緣關係有其重要價值也是事實。幫眾之所以承認亞爾巴特為幫主，原因在於大家都相信他是前任幫主的親生兒子，但如今得知這一切純屬虛構後，內心自然會相當動搖。

「話雖如此，你要大家繼續效忠亞爾巴特還是很困難吧？」

「這終究輪不到你來決定。你想說的只有這件事嗎？」

萊歐斯緩緩起身，握緊的拳頭發出喀啦聲響。明顯是打算當場殺了諾艾爾。有那麼一瞬間，昊牙差點拔出腰間的刀。

「這的確輪不到我來決定，而是得由你們這群幫眾自行思考。至於我則是能提供協助。」

「……你說協助？」

真有一套。以這樣的方式提供情報，即使是執意殺死諾艾爾的萊歐斯也不得不聽完。明明深入敵陣的是諾艾爾，他卻以巧妙的話術逐漸控制場面。

「以下是我的提案——」

萊歐斯聽完後，收起殺氣露出一個頗感興趣的笑容。

「這確實是個妙計，但你認為我會答應嗎？」

「你當然會答應，因為——」

諾艾爾起身在萊歐斯的耳邊低語。下一秒，萊歐斯的臉色變得十分難看，而這也是他不得不接受提案的瞬間——

因為如此這般，岡畢諾幫旗下成員自然是不會聽從亞爾巴特的命令。追隨萊歐斯的幫眾是基於道義，而亞爾巴特派的幫眾則是害怕萊歐斯，大家事前都被告知過得無視亞爾巴特的命令。

一直保持沉默的萊歐斯緩緩開口：

「屬下有兩件事想請教幫主。」

「……什、什麼事？」

「第一件事，您並不是前任幫主的親生兒子對吧？」

「什、什麼!?你在鬼扯啥——」

「第二件事是前任幫主之所以病逝，就是因為您暗中下毒吧？理由是沒有血緣關係的您，決定搶在其他候選人出現前保住自己的地位。」

「一、一一一、一派胡言!!你到底在胡說啥啊!?」

亞爾巴特顯得相當狼狽，完全沒有正面回答問題。不過按照他的反應，恐怕全都屬實。

「這樣啊……果真是這樣沒錯……」

萊歐斯重重地嘆了一口氣之後，隨即板起臉來。

「亞爾巴特，我們不會再追隨你了。」

「什麼!?這是怎麼回事!?」

「你這個人無情無義，我們無法再繼續追隨你了。」

「別開玩笑了!!我可是前任幫主親口點名的繼承人喔!!」

「你這個凶手還有臉說這種話？真是個無藥可救的人……不過你說的也有道理，我就給你一個展現男子氣概的機會。」

萊歐斯指著諾艾爾等人。

「你去跟他們一對一決鬥。只要你贏了，我們就正式承認你是岡畢諾幫的幫主。」

「你、你說決鬥!?」

「當然沒必要由你親自動手，我同意你找人代替上場，所有的幫眾任你挑選。至於該名幫眾會代替你與對方一決死戰。」

這就是諾艾爾的提案。藉由這場決鬥，讓亞爾巴特有機會展現自己的男子氣概。其實對諾艾爾而言，這只不過是為了避免其他手下礙事，達成擒賊先擒王的目標罷了。不過對岡畢諾幫的幫眾來說，這是見證亞爾巴特展現器量的大好機會。在得知前任幫主病逝的真相後，對亞爾巴特失望透頂的萊歐斯自然是沒理由拒絕。

「誰要幹那種事!!我可是亞爾巴特‧岡畢諾!!沒道理要按照你們說的去做!!」

事到臨頭仍死性不改的亞爾巴特拚命大叫，眼中卻布滿絕望的神色。無論他如何哭喊也改變不了現況。即使是孩童也明白這個道理。

「你趕緊做好覺悟吧。同樣身為直屬幹部的我，都替你感到超丟臉的。」

忽然有人以做作的語調如此數落。朝著聲音的方向看去，只見一名身穿華麗紫色服裝的男子，率領多名壯漢站在那裡。

「不、不會吧……竟然是……菲諾裘‧巴爾基尼……？」

†

「哎呀，居然直呼我的名字？可以麻煩你稱我菲諾裘大姊姊嗎？即使同為直屬幹部，我的輩分仍在你之上喔～？」

「為、為什麼你會在這裡……？」

「那還用說，當然是來擔任決鬥的見證人囉。」

「見證人!?」

天底下沒有比暗算自認為是聰明人的笨蛋更叫人大快人心。遭部下背叛而栽得灰頭土臉的亞爾巴特，在見到菲諾裘親臨現場後，震驚到彷彿快因為過度呼吸而窒息死去。

把菲諾裘找來的人就是我。是我拜託他來擔任決鬥的見證人。對於同為路基亞諾幫直屬幹部的菲諾裘而言，岡畢諾幫雖是同伴，卻也是商場上的敵手。我早就料準他在得知可以不背負任何風險就能扳倒這樣的對手後，肯定會同意來擔任見證人。

再加上岡畢諾幫因為興奮劑的關係，早已被總幫視為燙手山芋。儘管多虧前任幫主的功績才遲遲沒被追究，但按理來說，總幫老早就想派人來肅清了。如果菲諾裘來擔任見證人，實質上又能獨占這項功績，因此更是沒理由拒絕。

不出我所料，菲諾裘二話不說就點頭同意了。我當時開出的條件，就是必須支付我五千萬菲爾當作報酬。若是亞爾巴特被拖下幫主之位，將自動由副幫主萊歐斯遞補上位。不過實際情形是負責主持這場決鬥的菲諾裘，將會把岡畢諾幫納入自己的麾下。

岡畢諾幫的年收約莫三十億菲爾。若能接掌它，五千萬菲爾這點錢根本只是九牛一毛。雖說我是可以趁機抬高價碼，不過招惹菲諾裘並非明智之舉。就算他當真接受條件，這就已經不再是公平的交易，而是變成我欠他一次人情。欠黑幫人情是非常危險的行為，所以我才開出五千萬菲爾做為報酬，而這也是極限了。

「原、原來如此……我懂了!!你就是幕後黑手吧！瘋狂小丑!!你為了陷害我，竟然在暗地裡動手腳!?」

自以為聰明的亞爾巴特得意洋洋地指著菲諾裘。對於這項無中生有的指控，菲諾裘無奈地發出一聲嘆息。

「你猜錯了，小笨蛋，我根本什麼都沒做。真正暗算你的人，就是站在那邊的小艾艾。至於你嘛，則是徹徹底底被他玩弄於股掌之中。」

「你騙人！我不信!!這種小鬼哪可能有辦法暗算我!!」

「這種事我哪知道，或許只是你太笨了。」

菲諾裘冷言譏諷，不耐煩地搖搖頭繼續說：

「話說我接下來非得去妓院露一下臉，行程可是滿到不得了，所以你快點指定代替上場的人選吧。當然你也可以親自出戰，但我相信這場決鬥轉眼間就結束了。」

「我不承認這場決鬥!!少給我擅作——」

「你這隻蟲子！都到這步田地還在囉哩囉嗦啥啊!!若你還有身為直屬部下的自覺，就快點給我下定決心啦！蠢貨!!要是你繼續在本大爺面前丟人現眼，奉勸你先做好為此付出代價的覺悟!!聽見了嗎!?」

菲諾裘發起飆來破口大罵，亞爾巴特被嚇得渾身發抖。

「……可、可惡！」

接著他終於死了心，垂頭喪氣地點頭同意。

「……好吧，我答應決鬥。但你要保證我挑的人選如果獲勝，就得承認我是岡畢諾幫的幫主。」

「可以啊。到時我還會順便幫你跟總帥（爸爸）求情，拜託他原諒你日前率領大批弟兄衝進探索者專用酒吧裡鬧場。」

「……什麼？」

「這件事你鬧得太大囉。不僅隨意率人去跟所有的探索者嗆聲，還上了小艾艾的當，一把鼻涕一把眼淚逃離酒吧對吧？總帥(爸爸)可是為此氣得跳腳喔。」

「唔〜〜……」

亞爾巴特懊惱到咬牙切齒。他拚命壓抑住心中的怒火，為了挑出代替他上場的人選環視幫眾，經過漫長的煩惱之後，他指著一名男子說：

「昊牙！就是你，你代替我出戰！」

這選擇完全如我所料。其實亞爾巴特很想選擇萊歐斯，但是他目前不可能有辦法相信萊歐斯。假如萊歐斯故意放水，亞爾巴特就死定了。眼下唯一能相信的人選，僅剩下仍被隸屬誓約書束縛的昊牙。

被亞爾巴特指名的昊牙，慢慢走到我們的面前。

「當真一如諾艾爾的猜測，是那個東洋人出戰。這下子，我就可以殺死他了。」

亞兒瑪釋放出駭人的殺氣。但我並不打算讓兩人再度交手。我一把抓住打算上場的亞兒瑪，將她往後拉開。

「唔呃!?你、你做什麼啦!?諾艾爾!!」

「抱歉，那小子交給我來料理。」

「啥!?你在胡說什麼!?你不可能有辦法打贏的！這件事你應當親身體驗過啦！」

亞兒瑪說得沒錯，一般而言我是肯定贏不了昊牙，但在我決定登上頂點的道路上，可不能留下落敗的汙點，而且絕不能允許這種事情發生。

「等結束後，我這次一定會請妳吃飯，妳就乖乖等著吧。」

「在此之前你會先死掉的!!」

「妳是這麼覺得嗎？」

「在場任誰都這麼覺得呀！」

「如果真是這樣，妳也還是個半吊子。」

「啥？啊、等等！」

我推開不肯接受我說詞的亞兒瑪，在服下戰鬥用興奮劑的同時邁步走到昊牙的面前。儘管對亞兒瑪不太好意思，不過這樣就無法更換選手了。

與昊牙的決鬥就由我出戰。

「這或許就是所謂的事不過三吧。」

天空開始降雨。雨水沿著瀏海化為水滴落下。我們兩人對峙著，昊牙見我露出笑容，他也開心地放鬆表情。重新燃起鬥志的昊牙，散發出來的壓迫感遠比之前更加強烈，猶如出鞘的刀劍般犀利無比。

「喔，你似乎挺有幹勁嘛。被亞爾巴特那種人當成代理打手，不覺得很麻煩嗎？即使打贏比賽，你也得不到任何好處喔。」

「那種貨色的人怎樣都行，老子很開心能再跟你交手一次。」

「明明你都打贏過我，是有啥好期待的。」

「因為你很期盼能與打贏過自己的人再戰一場，就算老子再笨也明白其中的意思。相信你已想好對策了吧？老子就拭目以待。」

「哼，看來你比我家那個笨蛋稍微聰明一點。那你應該很清楚吧？記得別手下留情，儘管放馬過來。」

「好，老子不會再迷惘了。而這就是所謂的事不過三。」

昊牙將手放在並未拔出鞘的刀子上，跨出馬步大幅壓低身子。這是他與亞兒瑪交手時擺過的架勢。我在離開帝都的這段期間，曾前往鑑定士協會分部調查過關於【刀劍士】的情報，而這果然是發動技能時所需要的架勢。

這是刀劍技能《居合一閃》，效果是拔刀瞬間的攻擊速度與威力會提升五倍。若是有人輕易踏入攻擊距離內，轉眼間就會被砍成兩半。

但是這招不足為懼，畢竟我已為此設好局了——

「這將是最後一戰。在動手之前，我告訴你一個好消息。」

「什麼好消息？說來聽聽。」

「就算是難清的油汙，只要用橘子皮去刷就可以輕鬆洗掉了。」

「什、什麼？你究竟想說啥——!?」

在昊牙納悶地歪過頭之際，我立刻往前衝去，雙方的距離瞬間拉近。因為我攻其不備，導致昊牙的反應慢了一拍，再加上我一口氣拉近距離，昊牙忌憚我會使出什麼詭計，於是身體有些緊繃。

將岡畢諾幫玩弄於股掌之中的男人，怎麼可能會毫無對策就跑去挑戰曾經打贏過自己一次的對手——這是一種先入為主的刻板印象。我就是將此印象植入昊牙的心底，迫使他下意識被這種想法所束縛。

發動刀劍技能《居合一閃》的必要條件，就是一口氣拔刀出鞘發動攻擊。遭我單方面拉近距離的昊牙，徹底錯失出手的最佳時機。就算他現在拔刀出鞘，我也會在技能發動前衝至他的眼前。

不過昊牙的思緒相當靈活，當他明白拔刀前就會先遭到攻擊的瞬間，馬上改成反手的方式握住刀柄，並且把刀從鞘裡拔出一半。看來他想在刀尚未完全出鞘的情況下就將我逼退。

真有一套。雖說我原本想用手壓住刀柄根部，迫使他完全無法拔刀，但眼下就只能改變戰術了。於是我壓低身形衝向昊牙的同時，用右臂保護頭部和頸部。

「右手就送你吧！」

昊牙扭腰朝我揮來的刀刃，連帶將我右臂的骨頭一併砍斷。拜興奮劑所賜，我暫時沒有痛覺。於是我用力夾緊右臂，讓刀卡在我的手臂上。

「咦！你竟然!?」

昊牙震驚得瞪大雙眼。我隨即用左手朝著他的下巴揮出一掌。

「呃!?」

這招成功把昊牙打得頭昏目眩。儘管他沒有當場昏倒，但也承受不住這一擊，整個人大幅向後仰。為了展開追擊，我雙腿一曲紮穩馬步。

在外祖父——不滅惡鬼傳授的對人格鬥技之中，有個招式是朝著敵人的胸口揮出一記猛拳使其暫時休克。但在面對比自己更強悍的對手時，很容易會因為威力不足而失效，所以不滅惡鬼想出了另外一招。

我原地跳起迴旋一圈，利用旋轉的離心力朝著昊牙那被鎧甲保護的心臟部位使出迴旋踢。這就是不滅惡鬼所構思，在沒有仰賴技能的情況下，對人格鬥技中的最強奧義，其名為——

「轟雷。」

在迴旋踢命中對手胸口的瞬間，一如其名會發出彷彿落雷般的驚人聲響。畢竟腿部力量是手臂的兩倍以上，造成的打擊無一不會令目標暫時休克。

「……噗……呃…………」

昊牙渾身一軟，趴倒在地。若是正面挑戰，我絕對打不贏昊牙。但只要事前做足準備，天底下沒有贏不了的對手。而這就是我必須鑽研的道路。

「喝——……」

我依舊對著昊牙維持戰鬥姿勢，同時深深地呼出一口氣——這就叫做殘心。縱使擊倒敵人，也不馬上解除戰鬥狀態。至此，菲諾裘終於扯開嗓門大喊：

「勝負已定!!獲勝者是諾艾爾・修特廉!!」

一宣布贏家後，現場爆出如雷貫耳的歡呼聲。

「諾艾爾真是個笨蛋。」

決鬥結束後，我為了休養身子，走進一間無人的民宅。此時雨勢漸強，窗戶不停傳來激烈的雨聲。至於被昊牙斬斷一半的右手臂，多虧恢復藥已慢慢接起來。只要好好靜養，明天就會完全復原了。

「諾艾爾真是個笨蛋。」

戰鬥用興奮劑的副作用沒想像中那麼嚴重。不過這也有可能是身體已開始產生抗藥性，下次再使用恐怕會得不到預期的效果。

「諾艾爾真是個笨蛋。」

「……妳很吵耶，別一連說三遍啦。」

被我多次無視的亞兒瑪，此時一臉憤怒地瞪著我。

「如果由我上場，你就不會受重傷了。真是個笨蛋。」

「……唉，反正有打贏就好啦。」

「問題不在這裡。我是你的同伴，戰鬥就是我的工作。你的工作則是負責發號施令吧？麻煩你不要搶走我的工作。」

難得看亞兒瑪露出這麼嚴肅的表情，令我不由得心生一股罪惡感。

「……抱歉，我今後不會再這麼做了。」

「真的嗎？你敢發誓？」

「我願意對外祖父的在天之靈發誓。」

「好吧，那我就相信你。」

亞兒瑪終於放鬆表情，換上一個溫和的笑容。

「你今後可要好好依賴姊姊我喔。」

「就說妳不是我姊姊啊……算了，不跟妳計較……」

想想自己是有些累了。現在挺睏的。乾脆稍微小睡一下吧。

「對了，亞爾巴特跑掉了。」

「咦!?」

我聽見後，瞬間睡意全消。

「妳說他跑掉了是怎麼回事!?」

「在大家看你獲勝歡呼慶祝之際，亞爾巴特便趁亂溜了。」

「喂喂，這可是很不妙喔。」

「放心，岡畢諾幫已全員出動，相信很快就會逮到人了。」

我聽完亞兒瑪的解釋後，才終於鬆了一口氣。

「這樣啊，那就好……相信雀兒喜也會瞑目的。」

「雀兒喜？」

「沒事，當我沒說。」

忽然傳來一陣敲門聲。

「誰？」

「萊歐斯，方便進去嗎？」

我先與亞兒瑪對視一眼才開口回應。

「無妨，進來吧。」

萊歐斯一走進室內，臉上便浮現豪邁的笑容。

「真是精采的一戰。你是個名副其實的男子漢。」

「這還真叫人不敢當。」

「抱歉給你增添那麼多困擾。」

「無所謂，反正亞爾巴特已經玩完了。我也能出口怨氣。」

「這樣啊……總之你日後面臨任何困難的話，隨時可以來找我們。岡畢諾幫全體上下願意為你而戰。」

「我才不需要黑幫的協助咧。」

若是利用倒也還好，留下人情債可就不行了。一旦沒拿捏好與黑幫的關係，我將會淪為遭黑幫利用的棋子。

「哈哈哈，這麼說也對。」

萊歐斯轉過身去，以背對我們的姿勢繼續把話說下去，讓人無法看清楚他此刻的表情。

「像你這樣的男子漢，令我不禁想起自己曾經崇拜過的一個人。謝謝你，諾艾爾・修特廉。這份恩情，我是一輩子都不會忘記的。」

萊歐斯離去後，這次換成菲諾裘走了進來。

「小艾艾，辛苦啦～話說我有事情想和你商量，不知是否方便嗎？」

虧我還想好好休息一下，偏偏訪客接踵而來，但眼下也不能把人趕走，畢竟將菲諾裘找來當見證人的是我。

「有什麼事嗎？麻煩你長話短說。」

「知道啦，因為我接下來也有其他行程。不過我想與你單獨聊聊，可以請她先出去一下嗎？」

「……我明白了。」

亞兒瑪在感受到我的視線後，便轉身離開屋子。

「那麼，你想商量什麼？」

「我這個人並不喜歡拐彎抹角，我就開門見山地說囉。小艾艾，你加入我們的幫派吧，我不會虧待你的。要不然也能將岡畢諾幫交給你來管理，相信那裡的弟兄對你是心服口服。」

「讓我成為黑幫的幫主？」

面對這個突如其來又缺乏真實感的提議，我忍不住噴笑出聲。

「哈哈哈，你是認真的嗎？我只是個十六歲的小鬼頭喔？」

「這與年齡無關，關鍵在於身為男子漢的器量。相信這點對探索者而言也一樣吧？」

「也是啦，不過我之前就已經拒絕過你了吧？」

「是啊，所以我才重新再提一次。」

「……不管你問幾次，我都不會改變自己的答案。」

「說什麼都不會改變心意嗎？」

「沒錯。」

菲諾裘見我如此堅決後，沮喪地垂下肩膀。

「這樣啊，看來你的意志非常堅定。」

「不好意思啊。」

「無妨，畢竟我早就料到你會這麼回答。」

菲諾裘重新端正站姿，並對我露出微笑。

「小艾艾，你知道我的職能是什麼嗎？」

「……不知道，只聽說是戰鬥系職能。」

「想說機會難得，我就告訴你吧。我是【斥候】系A階職能【斷罪者(punisher)】。雖然直接與敵人戰鬥的表現是遜於其他前鋒職能，卻也擁有許多特殊技能。」

「……喔～……」

「其中有一招以表演而言很有看頭，我有時也會拿它當作餘興節目在大家面前獻醜。但這需要準備一下，你看好囉。恰啦啦啦～」

菲諾裘哼著歌，同時從胸口的口袋裡抽出一條手帕，接著以誇張的動作，蓋在沒拿任何東西的手掌上。

「恰啦啦啦～恰啦～啦～啦啦～接下來的表演可要睜大眼睛看仔細囉！One、two、three！請看～！」

菲諾裘掀開手帕後，手掌中有一顆神祕的紅色物品。乍看之下似乎是哪來的水果，不過外觀是既詭異又噁心，而且還很有規律地跳動著……

「小艾艾，你覺得這是什麼呢？這就是你的心臟喔。」

†

我連忙摸向自己的胸口。

「……心跳……消失了。」

這麼做理當能摸到自己的心跳，現在卻完全感受不到。我隨即嚇出一身冷汗。等等，我得冷靜。假如我當真失去心臟，早就應該沒命了。如此一來，這恐怕是屬於某種幻覺囉？儘管【話術士】對於精神類的異常狀態具有抗性，不過階級比我高的菲諾裘仍有可能令我產生幻覺。

但是直覺告訴我，這並不是什麼幻覺。

「不愧是小艾艾，竟能不慌不忙冷靜地確認狀況。」

「……你對我做了什麼？」

「這技能叫做《神罰覿面(Judgement)》，發動條件是目標連續兩次拒絕我的請求，我就可以強制取出目標的心臟。」

「對人特化的即死技能……不過我還活著喔。」

「因為它穿越空間與你相連，但只要我離開你超過五公尺，或是當場捏爛它，你就會立刻死去。換言之，我一如字面掌握著你的性命。」

菲諾裘的臉上浮現微笑，憐愛地撫摸著我的心臟。雖然不會痛，卻有一股令人想吐的惡寒竄過全身。

「小艾艾，你這個人有點……不對，是優秀到令人無法忽視的地步。根本不像是十六歲的小鬼。儘管這只是人妖的直覺，但我擔心你有朝一日會給路基亞諾幫帶來災禍，而且是百分之百會發生。」

「所以你才想趁早摘掉這棵帶來災禍的嫩芽是吧。」

「沒錯，但我也不是什麼魔鬼，因此我再給你最後一次機會。小艾艾，請你接受路基亞諾幫的結義酒，我就不會取你性命。」

「原來如此，你還真是心軟呢……」

我全速運轉大腦，思考著突破眼前困境的對策。我的身體因為先前一戰還無法活動自如。假使我當真能夠應戰，面對A階的敵人，我就連逃跑也辦不到。透過《思考共有》聯絡亞兒瑪嗎？不行，即使亞兒瑪也打不贏菲諾裘。那就拜託亞兒瑪去向萊歐斯求救嗎？畢竟萊歐斯同樣是A階，應當有辦法制伏菲諾裘才對。

問題在於隨意刺激菲諾裘，他一定會捏爛我的心臟。這個人妖可沒脫線到會放任第三者闖入。這下該如何是好？乾脆屈服於菲諾裘的威脅之下嗎？

「……哼，你想得美。」

我搖搖晃晃地從床上起身，慢慢走向菲諾裘。

「你想強行取回心臟嗎？我先聲明清楚，依照你我在實力上的差距，就算你使出吃奶的力量也辦不到。即使萬一你當真辦到了，你還是會完蛋的。原因在於只要我沒有解除技能，你的心臟就不會回到體內。」

「菲諾裘．巴爾基尼，你很正確。」

「啥？你想說什麼？」

我朝著歪過頭去的菲諾裘又跨出一步。

「我終有一天會登上探索者的頂點。在那之後，即使是路基亞諾幫也無法對我下手，所以你想殺我只能趁現在。」

「等、等一下！你不要忽然接近我！若是我不慎把心臟弄掉，你也一樣會死喔！你當真有搞清楚狀況嗎!?」

「你不是想殺我嗎？動手啊。有種你就試試看。」

我再度往前一步。

「不過你最好別忘記，在你殺了我的瞬間，你也會失去身為路基亞諾幫直屬組織巴爾基尼幫幫主的尊嚴。」

「你、你說什麼？」

「趁早殺死將來會成為威脅的對手，這種做法在弱肉強食的世界裡是非常正確。但這並非男子漢應有的作為吧？換句話說，就是你被我嚇得渾身發抖。這其中真有男子漢的器量嗎？回答我，菲諾裘。」

「你、你居然……還敢在這種情況下……」

菲諾裘因為憤怒與困惑而表情抽搐。由於我們的身高相差一個頭，因此是身高較矮的我抬頭仰望著菲諾裘，但我絲毫沒有退讓，雙眼緊盯在菲諾裘身上。

「我的事只准由我親自作主，絕不受任何人的束縛。」

「唔！你、你這傢伙……」

下個瞬間，菲諾裘忍不住後退了一步，接著露出一副無法相信自己竟然被逼退的神情。

「我、我居然……在膽識上……輸掉了？」

菲諾裘先是當場愣住，隨後便放聲大笑。

「啊哈哈哈哈哈！唉唷，小艾艾你也真是的，露出這麼恐怖的表情！我是跟你鬧著玩啦，開個玩笑而已！我怎麼可能會殺死小艾艾你不是嗎？好啦，餘興節目到此結束！」

菲諾裘將他那隻握住心臟的手一翻，我的體內隨即出現脈搏。代表生命的證明，不停歇地在我胸口內發出撲通撲通的跳動聲。

「抱歉嚇到你囉。那我先走啦，拜拜～！」

菲諾裘轉身朝著門口走去，在離開之際以充滿殺氣的低沉嗓音說：

「死小鬼，你可別把自己嗆過的話收回去喔。既然身為膽識上贏過我的男人，要是沒能站上頂點的話，我絕對不會放過你。」

「那還用說，你就靜靜在一旁看著吧。」

在不停降下的大雨中，菲諾裘撐著一把花瓣蕾絲邊的紫色雨傘，臉色難看地默默往前走。追隨在他身後的其中一名彪形大漢，以夾雜著嘆息的語氣說：

「幫主（大姊頭），這樣真的沒問題嗎？」

「啥？什麼意思？」

「屬下是指諾艾爾。這樣放過他，日後當真不要緊嗎？」

「這種事我哪知道！也只能走一步是一步啦！」

菲諾裘以鬧彆扭的口吻回答後，隨即猛然停下腳步，並沮喪地雙肩下垂說：

「……放過他果真很不妙嗎？」

「是啊，之後絕對會給我們帶來麻煩。」

「說得也是……誰叫我的直覺總是很準……」

「乾脆現在回去殺了他嗎？」

「這、這麼丟人現眼的行為，我怎麼可能做啊！」

一反理性的結論，菲諾裘說什麼都興不起殺死諾艾爾的念頭。面對這樣的幫主，該名小弟不僅不失望，甚至露出欣慰的表情。

「幫主，諾艾爾・修特廉是一位如此出色的男子漢嗎？」

被人戳中心事的菲諾裘，一副像是生吃苦瓜的樣子說：

「這、這個嘛，他年紀輕輕就很有膽識，當真是一名男子漢……明明本身那麼弱，卻拚盡全力充滿上進心，害我不由得想幫他加油……不、不過啊！像他那種光看長相天曉得有沒有長小雞雞的男人，根本就不是我的菜!!因為我更偏好風度翩翩的成熟男性!!」

「幫主……」

「怎、怎樣啦？」

「您戀愛了。恭喜您喔。」

「啥啊啊啊啊啊啊啊啊————!?你這小子在胡說什麼!?看我這就宰了你!!姑奶奶我怎麼可能會看上那樣的小鬼頭!!滅、滅薪!!我要罰你滅薪一個月!!」

在現場鬧成一團之際，從旁走來另一名小弟。

「幫主，我們逮住亞爾巴特了。」

只見灰頭土臉的亞爾巴特被一把扔在路邊。原本態度不可一世的他，此刻有如哪來的小狗般瑟瑟發抖。

「哎呀哎呀，小亞爾，瞧你全身髒兮兮的。」

「咿、咿～菲、菲諾裘！」

「你要叫我大姊姊才對呀？啊、但你已不是幫裡的人了，想想也無所謂。」

「救、救救救、救救我!!饒命啊！我不想死!!」

面對一臉可悲樣、拚死求饒的亞爾巴特，菲諾裘的眼神是冷若冰霜。

一邊是即使心臟被人握在手中也不忘自身榮耀，可說是男子漢中的男子漢，另一邊則是就連僅存的尊嚴都沒有的人渣，實在無法想像同樣都身為男人……你就這麼不想死嗎？」

「我不想死!!只要您肯饒我一命，要我做什麼都行!!」

「那我就饒你一命吧。」

「真、真的嗎!?」

「是啊，我可以放過你。」

菲諾裘露出一張會令人產生不祥預感的笑容。

「我就把你飼養在我的養豬場裡吧。」

「……養、養豬場？」

「沒錯，養豬場。因為送進那裡的人都得砍掉四肢，會像隻小豬一樣在地上爬。就麻煩你去陪陪我家養的種豬吧。」

「這、這這這……」

在得知會遭受如此殘酷的對待後，亞爾巴特嚇得說不出話來。

「啊～不過小豬是雜食，難保不會把你吃掉，在此先跟你說聲對不起囉。奉勸你到時可要討小種豬的歡心喔。」

「別、別別別、別開玩笑了!!啊、喂！住手!!不准碰我!!放手!!放開我!!不要啊啊啊啊——!!」

菲諾裘的部下不由分說地把亞爾巴特扛在肩上。亞爾巴特在肩膀上拚死掙扎，不斷大聲呼救，卻不見任何人出面攔阻。

「不知小種豬在獲得新對象後，是否會感到開心呢？」

菲諾裘歪過頭去，用一隻手撫著自己的臉頰。至於他那上揚的嘴角，完完全全就是瘋狂小丑才會有的笑容。

距離決鬥結束的幾天後，我的戶頭裡多出菲諾裘匯來的五千萬菲爾。畢竟當時發生過那樣的插曲，我還以為他在支付報酬時會追加其他條件，結果竟然什麼話也沒說。單就這方面而言，他是個很守信用的人妖。

這筆五千萬菲爾的報酬，其中有三千萬菲爾被我拿去購買《驅除死靈》。書店老闆見我依約帶錢上門時，看起來似乎嚇得不輕，但也顯得十分高興。

另外我連帶拜託菲諾裘準備的東西也一併寄了過來。分別是銀色戒指與寫有血書的羊皮紙。這正是束縛昊牙的隸屬誓約書。

「這麼一來，我就成了你的主人。」

我翹起二郎腿坐在椅子上，同時搧了搧手中的羊皮紙。此處是我在星雫館內租下的套房裡。現場除了我以外還有另外兩人，分別是表情不悅的亞兒瑪，以及面無表情站在原地的昊牙。

「我先聲明一下，我這個人不需要什麼奴隸。」

「既然如此，你為何要取得這些東西？只要有這兩樣物品，老子就可以成為你的助力，無論要殺要剮都隨你高興。」

「即便你算是頗能打的，但奉勸你別太自鳴得意。憑你那種程度，在探索者的世界裡根本是底層中的底層。實力在你之上的那些人，絕非一名奴隸有辦法抗衡的。」

「……那你到底想要什麼？」

我想要什麼？早在外祖父逝世的那天，我就已對他發過誓。

「我想要的只有一個，就是站上探索者的頂點。為此，我需要的不是一條軟弱沒用的家犬，而是一頭凶猛無比的狼。」

我將手中的羊皮紙和戒指遞向昊牙。

「這些東西你就自行處置。如此一來，你將是自由之身。」

「自由……」

「我就再問你一次，你現在是削瘦的流浪狗呢？還是一頭驍勇善戰的狼？」

昊牙注視著手中的隸屬誓約書。

「一直以來……老子都過著被人利用的生活……所以還無法真正感受到自己已經獲得自由。的確如你所言，老子現在是一條削瘦的流浪狗……不過，老子能肯定一件事情。」

昊牙抬起頭來，能看見他那雙炯炯有神的黑色眼眸中透露出堅定的意志。

「諾艾爾，老子想近距離見證你實現自己的夢想。既然你想要一頭凶猛的狼，那這就是老子所要走的路。所以，拜託讓老子成為你的同伴。」

「我明白了，【刀劍士】昊牙・月島。」

從窗戶射入室內的陽光，灑落在我們三人身上。我終於得到第二名同伴了。這下子也就重新站上起點，可以朝著下個階段前進。儘管相較於我所追求的目標，這就只是小小的一步，但也的確有在向前邁進。

而且我很有把握，只要和這群同伴在一起，絕對能打造出最強戰團。

「好，先到外面去吧。我們開始進行提升默契的訓練。」

修格・柯貝流斯是某間貧窮鞋店的第三名兒子。由於家境惡劣，因此他經常得忍受父親和兩位兄長的暴力相向，每天只能靠著沒有配料的清湯果腹。

修格在十歲那年前往參加國家舉辦的免費鑑定會，被鑑定出擁有的職能是【傀儡師】。負責的【鑑定士】相當吃驚，以略顯激動的口吻解釋何謂【傀儡師】。

根據說明，【傀儡師】是十分罕見的複合職能。戰鬥系職能和生產系職能理當不可能並存，這個特殊職能卻可以同時兼具兩方的特性。於是剛獲得職能的修格便試著發動技能，竟在轉眼間就召喚出人偶軍隊。【鑑定士】見狀後更是詫異，直呼修格是一名天才。理由是一開始就能這麼輕鬆又完美駕馭技能的人，可說是屈指可數。

直到這個瞬間，修格才覺得自己終於和世界接軌了。在他結束鑑定踏上歸途時，竟沒有返回住處，而是直接離家出走。他就這麼離開了誕生的故鄉，從此浪跡天涯。

年僅十歲的孩子孤身踏上旅程，實在不是正常人會做的事。他在這一路上屢次遭遇盜匪、猛獸或是變異種的襲擊，也多次吃壞肚子或受病痛折磨，不過他都利用【傀儡師】的能力順利克服難關。

度過無數夜晚、成功生還下來的修格，決定好好活用他那優異的戰鬥能力，於是正式成為探索者，而且自登記當天起他就立下許多功績。

不過修格沒有固定隸屬於哪個組織，也從不結交同伴，總是以打手的身分完成委託。換言之，就是專門從事探索者工作的傭兵。

以優秀探索者之姿打響名聲的修格，不斷有隊伍或戰團派人來邀請他加入。就連帝都最強戰團・七星一等星的霸龍隊也曾經找過他，但他最終還是斷然拒絕了。

因為修格從小就過著不仰賴任何人的生活方式，導致他十分排斥團體行動。至於另一個最重要的理由，就是他不打算把探索者當成終生事業，其實他心底藏著另一個夢想。

修格年滿二十歲時，他已藉由探索者的工作賺了一大筆財富。於是他利用這筆錢，在帝都一隅買了一間人偶工房。其實修格長久以來的夢想，就是親手製作出充滿藝術性的觀賞用人偶，而非透過技能製造的戰鬥用人偶來維持生活。

事實上，修格是個不好爭鬥的男子。有部分原因是他小時候經常無緣無故遭人施暴，導致他打從心底憎恨一切的鬥爭。他之所以會從事探索者的工作完全是為了錢，坦白說對此是十分排斥。

修格實現夢想後，一直潛心於製作人偶。至於這些完成品很快便銷售一空。修格一有空就會製作人偶，沒多久便有顧客找上門來。帝都裡不分男女老少都會前來找他訂製人偶，甚至就連外國人也慕名而來。

修格製作的人偶之所以這麼受歡迎，原因除了他的人偶遠比別人製作得更加精緻以外，還具有一種不可思議的魅力。買下人偶的每一位顧客都有個相同的感想，就是看見修格製作的人偶時總會心頭一暖，不禁想去珍惜自己的家人。

這樣的評語令修格相當意外，他只是按照自己的想法製作人偶，卻似乎不經意地把這股意念注入進去了。恐怕是他沒體驗過親情，於是不知不覺將自己無福消受的理想呈現在人偶上。

這對修格而言是何其諷刺，儘管他心情再複雜，但只要自己的作品能得到肯定，他也沒有任何怨言。實際上能獲得世人肯定的藝術家是寥寥無幾，絕大多數在闖出名堂前就已銷聲匿跡，因此年紀輕輕就獲得非凡成就的修格，的確是受到藝術之神的眷顧。

不過，修格卻沒有得到命運之神的垂憐——

這天，修格帶著完成的人偶前往委託人家中。雖說僅限於帝都內，不過現年二十二歲的修格，最大的樂趣就是將形同自己孩子的人偶親手交給委託人，而非採取郵寄的方式。

當修格一走進委託人的豪宅中——就立刻失去了意識。等他再次甦醒時，發現自己倒在豪宅裡的地板上，周圍布滿怵目驚心的血跡。至於他的眼前，就是委託人一家老小以及傭人們的屍體。

所有屍體無一不是受損嚴重。受害者們被剝下的皮膚，宛如標本般貼在假人身上，內臟與屍塊則是散落在修格的周圍。面對這非比尋常的狀況，修格整個人傻在原地，沒多久就有憲兵抵達現場。似乎是經過豪宅的路人恰巧聽見慘叫聲，便連忙通報憲兵團。

修格被當成這起悽慘命案的犯人遭到逮捕。當然他在接受審訊和法庭上都拚命強調自身清白，可是他的辯白完全沒有受到採納，經過數次開庭後便被宣判死刑。原因是除了修格以外，命案現場沒有找到任何凶手另有其人的證據。法官認定修格是過度沉迷於製作人偶導致精神崩潰，最終才失控犯下暴行。

修格成了死刑犯的消息迅速傳遍帝都。各大報社以天才人偶師的發狂殺戮大肆渲染報導，並替修格取了一個外號。

那就是近年來最凶殘的獵奇殺人魔——染血標本師。

監獄裡陰暗潮溼，石頭打造的地板與牆壁既堅硬又冰冷。牢房內並沒有床鋪這類上等的東西，就只能用隨手鋪在地上的稻草來充當床。另外還有一個裝排泄物用的桶子。

修格．柯貝流斯就坐在牢房的角落。曾經被世人捧為美男子的他，現在已看不見一絲當年的影子。此時的他滿臉鬍碴，骨瘦如柴，只剩一塊破布蔽體，這副模樣與其說是流浪漢，反而更像是哪來的屍鬼（zombie）。

在那之後過了兩年的時光，此刻的修格看起來與屍鬼毫無分別。他早已失去活下去的動力，就算有蒼蠅停在他的臉上也無動於衷。

鑑定士協會基於學術研究想調查修格的職能，所以才直到現在都尚未行刑。不過歷經兩年的調查，終究還是迎來結束。於是乎，修格將會在近日內遭到處決。

「一百三十號！起來！有人來探望你了！」

忽然間傳來一陣怒斥聲，只見守衛把牢門打開。

「還不快點起來！」

在守衛的逼迫下，修格慢慢站起身來。守衛仔細檢查修格脖子上的項圈。該項圈是使用惡魔的素材製成，若是配戴者發動技能，將會導致消耗的魔力立即失控。換句話說，這是會讓人無法發動技能的道具。

「好，項圈都沒問題。過來！」

守衛用繩子綁住修格的雙手，並將他往前拉。抵達的會見室有堅固的鐵柵欄將內部分成兩區，能看見訪客已坐在柵欄另一側的椅子上。

「會見時間只有五分鐘！切記不要做出任何違規的行為！」

守衛站在房間角落，抬了抬下巴催促修格往前走。修格發出一聲嘆息，便在訪客面前的那張椅子坐了下來。

「……又是你啊，諾艾爾．修特廉。」

位於柵欄對側的諾艾爾，臉上浮現充滿自信的微笑。

「修格，你怎麼又變得更瘦了？雖然我知道此處伙食就跟豬吃的餿水沒兩樣，但你還是要好好吃。若是你死了的話，我會很困擾的。」

「因為你會讓我從這裡出去，並且成為你的同伴……是嗎？」

「沒錯！」

面對這個語調開朗的答案，修格再度發出嘆息。這是諾艾爾第三次的探訪。在此之前都是以書信往來。至於此人的目的始終如一，就是他會讓修格獲釋，並希望修格之後能成為他的同伴。

「我說過無數次，這是不可能的，因為我的判決已經定讞，秉持威權主義的司法省是絕不會讓人翻案的。」

「解決這點小事的方法多得是。」

諾艾爾信心滿滿地誇下海口。老實說，修格認定不可能翻案，卻又無法一笑置之。理由是諾艾爾能隨意探訪身為死囚的修格，就能肯定他已用了某些手段。話雖如此，修格還是無法輕易相信諾艾爾所說的話。

「瞧你的表情是不相信我對吧。」

「那還用說。我知道你這個人與眾不同，但即使這樣，你也無法把我弄出這裡。」

「奉勸你別太小看我比較好。你獲釋的準備已逐漸完成，就讓你瞧瞧我一小部分的本事吧。」

諾艾爾突然彈了一聲響指，只見對側的房門被人一把推開，隨即有另一名守衛跑了進來。此人是出了名會對囚犯不當施暴的守衛，修格也曾多次遭他毒打。

「請、請問您有何吩咐？諾艾爾大人！」

「茶。」

「遵、遵命！小人這就為您送上！」

守衛快步奔出房間，沒多久就用托盤端了一個茶杯過來。

「很抱歉讓您久等了！這是您要的紅茶！」

「嗯，辛苦了。這裡沒你的事，退下吧。」

「遵命！小人隨時聽從大人您的差遣！」

守衛畢恭畢敬地行完禮後才離開房間。諾艾爾當著目瞪口呆的修格面前，優雅地啜了一口紅茶。

「這茶葉真不錯。不愧是詐領高額稅金的單位。」

「……真令人難以相信，難道你握有那名守衛的把柄嗎？」

「不只是他。」

諾艾爾瞄了一眼位於修格身後的守衛，只見該名守衛唇齒發顫，面色鐵青。

「這座監獄所有的守衛都對我言聽計從，而且是從上到下沒有漏掉一人。」

「……你到底做了什麼？」

「商業機密。」

儘管修格看得一頭霧水，卻已明白諾艾爾肯定費了相當大的功夫。照此情況看來，或許自己真能獲得釋放。不過修格也沒有感到特別開心，因為他就連這點活下去的動力都沒有了。

「怎麼啦？難道你不開心嗎？」

「……倘若真能獲釋出獄，我自然是非常開心，但是說來遺憾，我不會成為你的同伴。」

「為什麼？」

「首先是我原本就很排斥探索者這份工作。再加上我已有一段很長的空窗期，即使成為同伴也應該幫不上忙。」

「那你就努力去喜歡這份工作，並且好好訓練以彌補這段空窗期。」

「……你也太強人所難了吧。不過我若真能出獄的話，這樣的大恩大德確實叫我無以回報，所以希望你能同意我用其他方式來報答你。」

「哼，還能有什麼其他的報答方式。」

諾艾爾將雙手交叉於胸前，不悅地嗤之以鼻。

「算了，這件事等之後再說。其實今天是有點事想拜託你。」

「什麼？你有事想拜託被關在牢裡的我？」

「我將於近日內創立戰團，但目前的隊伍名稱有些觸霉頭，我想藉此機會換一個，所以想問問你可有什麼好點子嗎？」

「為何要問我？你自己去思考就好啦。」

「你是藝術家吧？感覺上應該會有什麼不錯的建議。」

「你之所以這麼說，是想讓我成為戰團的命名者，藉此產生移情作用對吧？」

「對呀，有什麼不妥嗎？」

諾艾爾厚顏無恥地大方承認後，惹得修格忍不住皺眉。

「我不會幫忙思考戰團名稱的。」

「什麼嘛，真是個小氣鬼。」

「……你這個人就像是一條蛇，既狡猾又毫不留情，總會設法玩弄他人，再將對方一口吃掉。你真是一位可怕的少年。」

「你說我是蛇？」

諾艾爾惱怒地挑起一邊的眉毛，但隨即陷入思考。

「……等等，蛇？聽起來不壞……嗯，確實挺不賴的。」

「你在自言自語什麼啊？」

「這真是個好主意。謝啦，修格。」

諾艾爾不知為何笑著向修格道謝。修格納悶地歪過頭去之際，諾艾爾已從座位上起身。

「我差不多該走了。附帶一提，若是你現在就答應加入我們，我便立刻命人幫你改善伙食，你意下如何？」

「不需要你多管閒事。」

「哼，我會再來看你的，你可要保重啊。」

身為訪客的諾艾爾離去之後，修格馬上被送回牢裡。

置身於陰暗的牢房之中，修格忽然發出笑聲。

「呵呵呵，真是一名胡來的少年。」

修格一露出笑容，乾澀的嘴唇隨即裂開流血。他不禁反問自己，已有多久沒這樣歡笑了？原本已經麻木的心，因為這股與常人無異的情感漸漸放鬆下來。

「要我再次成為……探索者嗎……」

外傳：最強最狂的探索者

在很久以前，有一位令世人聞風喪膽，堪稱是最強且最狂的探索者。

此人名叫布蘭頓·修特廉，年紀輕輕就達到【戰士】的顛峰——【破壞神】，是個擁有非凡才華的男子。他以驚人的臂力揮舞戰斧的模樣，簡直是破壞的極致。光是一擊就造成山崩，甚至能劈開大海。而且他生性如蛇一般既狡猾又執著，就算面對遠比自己強悍許多的對手，他總會不擇手段成為最後的贏家。

因此他被冠上一個外號·不滅惡鬼。

當年隸屬於七星一等星——血刃聯盟，擔任突擊隊長的布蘭頓，無論面臨多麼凶險的戰況，都一定會引領戰團獲得勝利。無敵英雄所走的這條路，是用成千上萬的惡魔屍首所築起。如此霸道的英雄傳說，人們皆對他抱持敬畏的態度予以讚揚。

不過當時的布蘭頓無論獲得多少勝利，內心卻總有一股空虛感。每當他沒有與惡魔戰鬥時，便經常流連於美酒女色和賭博之中，若是遇見令他看不順眼的對象，別說是黑幫，即使是王公貴族都會抓來狠狠教訓一番。只要是明眼人都看得出來，明顯是布蘭頓的心理出了問題。

布蘭頓的個性之所以會那麼扭曲，原因就在於他的身世。其實布蘭頓是某貴族的私生子，他從小就被迫與母親分離，在父親嚴格的調教下，他被教育成必須將自身一切都奉獻給身為正式繼承人的大哥。

於是布蘭頓每天都被父親以堅稱是教育的暴力對待，並且遭受大哥跟養母的虐待。不過布蘭頓都忍了下來。理由是父親答應布蘭頓，說他只要肯為這個家付出，就會寄錢資助母親的生活。因為布蘭頓的生母在一場意外中瘸了腿，導致她無法找到一份像樣的工作。

值得慶幸的是布蘭頓從小就身強體壯，他才剛滿十二歲就長得比一般成人更加魁梧，甚至在戰鬥訓練中輕輕鬆鬆就擊敗原本是探索者的教官，展現出非比尋常的才華。其他家人對逐漸長大的布蘭頓心生畏懼，於是再也沒有人敢欺負他了。

某日，布蘭頓收到小時候和母親同居時，住在隔壁的鄰居所寄來的信。信上的內容是關於他生母的死訊。死因似乎是長期在環境惡劣的工廠裡工作，最終導致肺出了問題。

布蘭頓接獲噩耗後，受到如天崩地裂般的打擊。心情彷彿被人推入絕望的深淵底部，接著湧現一股強烈到足以把身體烤熟的怒火與恨意。

事實證明父親在撒謊，他打從一開始就沒有想照顧布蘭頓的生母。布蘭頓為此事去質問父親，父親起先顯得相當錯愕，但很快就換上一個邪惡的笑容承認這個事實。

「你這個蠢蛋，像那種派不上任何用場的女人就算死了，究竟會給誰造成困擾呢？」

父親如同在嘲諷布蘭頓般放聲大笑。等布蘭頓回神時，他已將父親毆打至死。無論是染血的右手、父親那沒了頭的脖子不停流出鮮血的遺體、不斷抽搐的屍體彷彿在血泊中掙扎的模樣，簡直就跟砧板上的魚一樣可笑無比。

在引發騷動後，大哥、養母和警衛們立刻趕了過來，他們一見到父親的屍體，就開始大肆斥責布蘭頓，並紛紛拿起武器對準他。可是，布蘭頓卻笑了。

「就憑那種東西，豈有辦法殺死我。」

接下來的事情僅在頃刻間就宣告結束。在場所有的人都如同石榴般被布蘭頓一拳打爆。不光是父親，大哥和養母也慘死當場。行凶者正是布蘭頓。最後他點火燒毀房子便離開了。從此之後，他捨棄父親的姓氏，改以生母的姓氏修特廉自稱。

自此過了二十多年，布蘭頓以最強探索者之姿接連立功，但也更加沉溺於轉瞬間的享樂之中。同伴們都很擔心行為隨著日子逐漸荒腔走板的布蘭頓，但他把這些勸戒都當成耳邊風。

或許正因為如此，布蘭頓才會覺得某位女子在他眼中是那麼地光彩奪目。至今生活十分糜爛的布蘭頓，某天遇見了一名女子。該名女子美若天仙，即使是摟過無數美女的布蘭頓，在見到她時仍忍不住倒吸了一口氣，從此對她一見鍾情。

這位女子年約二十五歲，擁有恍如柔和陽光般的白金色長髮，一雙翡翠色的美麗眼眸，彷彿初雪般的白皙肌膚，以及五官玲瓏有致的瓜子臉。雖然她那嬌小的身材配上絕美的容貌，理當會給人一種柔弱感，但她看起來毫無一絲軟弱的感覺。被旁人喚作克拉莉絲的她，是住在帝都市區裡的裁縫師，她繼承已逝雙親的衣缽，獨力經營著裁縫店。

布蘭頓決定對克拉莉絲展開追求，但根據他以往的經驗，這類女性無法輕易追到手。原因是如此美麗的克拉莉絲有許多追求者，別說是同樣住在市區裡的年輕人們，不乏能看見富二代或貴族少爺，可是沒有任何人得到克拉莉絲的芳心。於是布蘭頓仔細調查克拉莉絲的一切，研究她的擇偶條件，然後才開始接近她，不過——

「布蘭頓．修特廉，我對你的事情十分清楚，你對我有好感是我的榮幸，但是對不起，我實在喜歡不了過於暴力的人。」

布蘭頓因為自己的知名度反而吃了閉門羹，才剛見面就碰了一鼻子灰。但他還是無法死心，於是頻繁前往裁縫店想一親芳澤，最終卻依舊沒能得到克拉莉絲的青睞。

布蘭頓因此自信心嚴重受挫，只得被迫放棄追求克拉莉絲。雖然被同伴們調侃說這是他第一次失戀，不過繼續死纏爛打也只是一場空。身為情場高手的布蘭頓，至少還明白這點道理。

問題是這世上總有人執迷不悟。

這完全是出於偶然。布蘭頓在賭場輸到光屁股後，踏上夜路返家行經克拉莉絲家附近之際，恰巧聽見一陣淒厲的尖叫聲。布蘭頓跑向聲音的來源處一看，竟目睹多名男子正打算綁架克拉莉絲。

主謀是克拉莉絲的其中一名追求者。身為貴族家少爺的他，說什麼都無法放棄克拉莉絲，於是花錢雇用地痞流氓，打算強行將克拉莉絲占為己有。

馬上理解狀況的布蘭頓，感受到體內湧現一股就連自己都無法理解的強烈怒意。於是他放任心中的怒火，轉眼間就把流氓們打飛出去。至於早已嚇傻的貴族，則被他一把揪住領口提至半空中。忽然間，布蘭頓從那張臉上看見父親的影子。其實父親以前也同樣是強行侵犯布蘭頓的生母，在玩膩後就始亂終棄。

「去死吧。」

布蘭頓高高舉起右手，準備一拳打爛貴族的頭，但在他即將揮拳的瞬間，克拉莉絲竟然上前抱住他的右手。

「拜託你快住手！」

「放開我！像他這種人渣就該死在這裡！」

布蘭頓想把克拉莉絲推開，卻發現克拉莉絲抵死不從。迫於無奈，布蘭頓只好用捏住貴族的那隻手把對方掐昏，這才將手放開。

「我只是讓他昏過去，之後就交由憲兵處理……這樣總行了吧？」

此話一出，克拉莉絲才終於放開布蘭頓的右手。

「真的很謝謝你救了我。這樣的大恩大德，我一輩子都不會忘記的。」

「反正我也只是恰巧經過，妳不必這麼慎重向我道謝……比起這個，妳幹麼阻止我？要是我沒有經過這裡的話，妳好歹也知道自己會面臨怎樣的下場吧？難道妳不恨這個男人嗎？」

布蘭頓指著昏倒的貴族提出質問，卻見克拉莉絲靜靜地搖了搖頭說：

「我是恨他，但我不能因此害你背負罪責。」

「啥？所以妳不是想救他，而是為了我才阻止嗎？」

在看見克拉莉絲點頭肯定後，布蘭頓只感到非常傻眼。布蘭頓這個人是天不怕地不怕，就算會因為殺死貴族一事遭到問罪，他仍有無數的方法能夠擺平此事。不過他無法對眼前的情況一笑置之，就只是將臉撇向一旁。就在這時，克拉莉絲溫柔地將手貼在布蘭頓的臉頰上。

「你為什麼要哭呢？」

布蘭頓連忙摸向自己的臉，這才發現臉頰已經溼透，而且全是自己流下的淚水。在布蘭頓大感困惑之際，克拉莉絲也難過地跟著流下眼淚。

「你想救的並不是我，而是另有其人對吧……」

布蘭頓不由得緊緊抓住自己的胸口。的確一如克拉莉絲所言，布蘭頓真正想拯救的是自己的生母，而這個心願已再也無法實現了……

自此之後，布蘭頓就以朋友的身分與克拉莉絲接觸。儘管自己在克拉莉絲面前顯現出脆弱的一面，卻也因此能更加沒有顧慮地與她相處。

克拉莉絲雖是一般平民卻博學多聞，而且為人十分風趣。這是布蘭頓首次與異性築起柏拉圖式的關係，但不可思議的是這帶給他既安穩又充實的生活。

經過一年左右的時間，克拉莉絲於某日忽然宣布不再經營裁縫店了。

「我這陣子的身體狀況越來越不好……沒辦法像從前那樣工作，與其眼睜睜看著雙親留給我的家業就此停擺，倒不如轉手頂讓給別人會更好。」

克拉莉絲的身體狀況並不好——尤其是心臟特別虛弱。這不是光靠藥物或手術就能夠治癒的，因此她很清楚自己來日不多。

「妳收店以後，有什麼打算嗎？」

面對布蘭頓的關心，克拉莉絲回以苦笑說：

「我也不清楚耶……該怎麼辦才好呢？」

布蘭頓也明白克拉莉絲已半放棄自己的人生。老實說，他很想對克拉莉絲伸出援手。不對，而是直接向克拉莉絲求婚。原因是布蘭頓打從心底喜歡著克拉莉絲，而且用情之深早已超越一般的友誼。

但就算當真說出口，恐怕也得不到滿意的答覆。其實克拉莉絲之所以沒有接受任何一位追求者，就是因為她明白自己活不了多久。即使布蘭頓當場下跪求婚，明顯只會換來拒絕。

既然如此，繼續以朋友的身分支持克拉莉絲至最後一刻，相信對雙方來說才是最幸福美滿的生活方式。布蘭頓默默在心底如此說服自己。

不過，兩人的命運卻迎來了分水嶺，而且是以最糟糕的方式呈現。

深度十三・冥獄十王（valiant）現世。

所謂的冥獄十王，就是眾魔王之中擁有更強力量的十隻惡魔。這頭足以覆蓋整片天空的巨型龍種惡魔，自稱是冥獄十王之一．銀鱗之悲嘆川（Cocytus）。

以悲嘆川為核心的深淵，頃刻間就侵蝕這個世界。其過程中有三個國家被毀，前後只不過短短一個月而已。

面對這場史上最大的浩劫，帝國派遣所有的精銳前去挑戰。不光是軍隊，就連以七星為首的各大戰團都加入這場決戰，戰況之激烈堪稱是空前絕後。

其中扮演最關鍵的角色，就是布蘭頓所屬的血刃聯盟。只是就算帝國最強戰團與英雄們一同親上火線，想擊敗悲嘆川也絕非易事。

這一仗持續了長達七天，諸多同伴都因此犧牲。即使是天不怕地不怕的布蘭頓，也不知有多少次因為悲嘆川的強大力量而失去鬥志。

話雖如此，布蘭頓最終仍沒有死心放棄。他胸懷最堅定的意志，背負戰友們的心願和已逝同伴們的遺願，更重要的是——他還有話想親口向克拉莉絲訴說。

這場如地獄般的漫長苦戰，終於在瞬息間的攻防之中落幕了。

布蘭頓最終用戰斧劈開悲嘆川的腦袋，足以覆蓋天空的巨大身軀墜落地面，倖存下來的人們無一不發出勝利的歡呼。

但是為這場勝仗貢獻最多的英雄，連忙撥開同伴們的手，無視一切制止他的聲音，卯足全力趕回帝都。當他一抵達帝都，就前往避難所尋找克拉莉絲的身影。

「克拉莉絲！我打贏了！我們獲得勝利了！」

布蘭頓抱起一臉困惑的克拉莉絲，放聲大喊說：

「我簡直快嚇死了！而且是打從心底很害怕自己再也見不到妳了！」

布蘭頓放開克拉莉絲之後，目不轉睛看著那張絕美的臉龐。能夠活著再次見到彼此，布蘭頓是欣喜若狂。克拉莉絲輕輕一笑，溫柔地摸向布蘭頓的臉頰。

「你真是個愛哭鬼，瞧瞧你又在哭了。」

說出這句話的克拉莉絲，也同樣是淚眼汪汪，並從那雙眼眸深處傳達出她提心吊膽的情緒終於放鬆下來，以及對布蘭頓的疼惜之情。至此，布蘭頓已經明白自己該對眼前的佳人說些什麼了。

「克拉莉絲，我想為妳而活。」

於是布蘭頓下定決心，繼續把話說下去。

「可以請妳也為我活下去嗎？」

†

「天氣真好……」

在綠意盎然的森林之中，有一名老者坐在樹樁上，瞇著眼睛仰望天際。那張睡眼惺忪的臉龐上滿是皺紋，一眼即可看出此人十分年邁。

這位老者名叫布蘭頓．修特廉，曾經是一位大英雄。距離當時已過了三十五年的光陰，現在已是六十七歲。儘管他還是老當益壯，但實力早就遠不如全盛時期。立在一旁的老搭檔——戰斧上則停著一隻蝴蝶。

「嗯~還沒好嗎？」

布蘭頓摸著他的白鬍子喃喃自語。樹上能看見正在理毛的松鼠，以及悅耳動聽的鳥鳴聲，溫暖耀眼的陽光從樹葉間灑落下來，令布蘭頓昏昏欲睡。就在他打了個大哈欠時，周圍的動物們一起開始逃命。

「喔，是往這裡過來啊。」

布蘭頓將目光瞄向森林深處，只見一名身上武裝狀似盜賊的男子，使出吃奶的力量拚死朝這邊跑來。他雙眼充血，臉上是一把鼻涕一把眼淚，活像是被哪來的可怕怪物一路追殺至此。

「死老頭——！快給我滾開——!!」

男子發了瘋似地揮舞手中的劍，同時迅速逼近布蘭頓。看來此人已被追得窮途末路，就連繞過布蘭頓的念頭都沒有。

「真拿他沒轍耶。」

布蘭頓將手放在戰斧上，但在下個瞬間，盜賊一頭栽向地面摔個狗吃屎。倒地的他仍不停抽搐，其後腦杓上則是插著一把投擲用的短刀。

「搞定，結束了。」

伴隨這股仍充滿稚氣的開朗聲音，一名少年從森林深處走了出來。這位容貌酷似克拉莉絲的少年名叫諾艾爾，今年已十四歲，是布蘭頓的外孫。

「畢竟這已是第三次，簡直是輕而易舉。我已經習慣如何捉拿盜賊了。」

諾艾爾笑容滿面地走過來，一把將盜賊後腦杓上的短刀拔出來，接著將盜賊的耳朵削下，放入腰間的皮革袋裡。皮革袋內裝滿了耳朵，粗估有二十個左右。這些耳朵就是用來當作討伐盜賊的證明。

命令諾艾爾前去驅除盜賊的並非別人，正是布蘭頓他自己。這是探索者訓練的一環。在第一次的剿匪行動裡，諾艾爾徹底陷入苦戰，不過第二次就能輕鬆完成，第三次更是表現得游刃有餘。雖然布蘭頓很想稱讚他成長飛快，但還是狠下心來破口大罵。

「傻小子！明明都差點讓目標溜掉了，還說什麼輕而易舉！」

看見布蘭頓起身大聲斥責，諾艾爾卻冷笑說：

「外公你誤會了，這不是目標差點溜掉，而是我故意讓目標逃走。畢竟我也得學習如何殺死一心只想逃命的目標對吧？」

「嗯～……真虧你想得出這種歪理。」

這句話乍聽下是一派胡言，但諾艾爾最終仍制伏目標也是事實。若是追究下去也只會沒完沒了。

「好吧，就當作是這樣啦。」

布蘭頓無奈地雙肩一聳——但在下一秒，他毫無預備動作地朝著諾艾爾揮出一拳。但就算被攻其不備，諾艾爾仍輕鬆躲開攻擊，並且順勢鑽進布蘭頓的懷裡，將短刀抵在他的脖子上。

「……哼哼哼，幹得好。」

布蘭頓欣喜地露出笑容，粗魯地摸了摸諾艾爾的頭。

「不愧是我的外孫！小小年紀就已有如此身手！」

「唉唷，快停下來啦！頭髮都亂掉了！」

諾艾爾氣呼呼地從布蘭頓的身邊退開。

「我明年就是成年人了！別老是把我當成小孩子！」

「哼，那也只是法律上規定的。也不想想前陣子是誰怕鬼不敢上廁所，拜託我陪著一塊去啊？」

「咦!?你、你這個老番顛，那是多久以前的事情啊！」

「老番顛!?你、你這個傻徒弟！說誰是老番顛啊!?」

正所謂一個巴掌拍不響，布蘭頓和諾艾爾就這麼打成一團。雖然諾艾爾確實變強了，不過布蘭頓的實力仍遠在諾艾爾之上。諾艾爾在被布蘭頓惡整一番後，氣喘吁吁地倒在地上。

「呼~呼~……未免也太強了吧……」

「那還用說，你這個傻小子。就算你把自己鍛鍊得再強也沒用，不光是階級的差距，重點是這些訓練在職能面前都顯得毫無意義。」

諾艾爾的職能是【話術士】，直接參與戰鬥的能力十分平庸。基於這個原因，布蘭頓嚴格訓練諾艾爾的體能與心智，讓他即使身為【話術士】也有充足的戰力，並將自己所擁有的知識傾囊相授。於是諾艾爾即使還只是一位探索者實習生，但實力已達中堅水準，能夠與絕大多數的惡魔交戰。當然光憑他一個人是絕無勝算。

「諾艾爾，你當真不需要我幫忙寫介紹信嗎？」

布蘭頓坐回樹樁上後如此關切，諾艾爾立刻撐起身體回答：

「嗯，我會自己想辦法的。因為我不想聽令於任何人。」

為了從旁協助想成為探索者的諾艾爾，布蘭頓原本打算寫封介紹信聯絡位於帝都的熟人。可是諾艾爾婉拒此事，理由是他不願加入別人創立的戰團。

「你打算從零開始是吧。這樣也好，反正你是不滅惡鬼我的嫡傳弟子。不管你日後踏上怎樣的道路，都一定能成為最傑出的探索者。」

諾艾爾確實沒能獲得出色的職能，但他擁有探索者最重要的一項才能。那就是面臨何種困境都絕不屈服的意志力（資質）。

「諾艾爾——」

布蘭頓原本有話想對諾艾爾說，最後又嚥回肚子裡。

像這樣重新觀察一遍，想想還真是非常相似。諾艾爾的個性很像布蘭頓，也很像自己的女兒和女婿，但他和克拉莉絲簡直是一個模子刻出來的。特別是他生起氣來的表情，甚至勾起布蘭頓在夫妻吵架時所受到的心理創傷。他的職能也跟克拉莉絲一樣是【話術士】。即使克拉莉絲是一位手藝高超的裁縫師，但她的職能其實是【話術士】。

布蘭頓原本想說的話，就是提醒諾艾爾有任何困難都可以依賴自己的外祖父。畢竟結髮妻子以性命產下的寶貝女兒，竟然和女婿在一場意外中喪生，導致布蘭頓就只剩下諾艾爾這麼一位家人，所以他很想永遠陪在諾艾爾的身邊，保護諾艾爾免於任何危險。

但就算是不滅惡鬼，也戰勝不了衰老的宿命。布蘭頓明白自己終有一天會留下諾艾爾撒手人寰，因此他該說的話——他的心願就只有一個。

「你要當個不會被任何人瞧扁的男子漢。」

浮文字

最狂輔助職業【話術士】世界最強戰團聽我號令1

（原名：最凶の支援職【話術士】である俺は世界最強クランを従える）

著　者／jaki
發行人／黃鎮隆
總經理／陳君平
經　理／洪琇菁
總編輯／呂尚燁
譯　者／御門幻流
美術總監／沙雲佩
美術編輯／陳聖義
執行編輯／曾鈺淳
企劃宣傳／洪國瑋
繪　者／fame
國際版權／黃令歡、梁名儀
文字校對／施亞蒨
內文排版／謝青秀

出　版／城邦文化事業股份有限公司 尖端出版
台北市中山區民生東路二段一四一號十樓
電話：（〇二）二五〇〇－七六〇〇
傳真：（〇二）二五〇〇－二六八三
E-mail：7novels@mail2.spp.com.tw

發　行／英屬蓋曼群島商家庭傳媒股份有限公司城邦分公司 尖端出版
台北市中山區民生東路二段一四一號十樓
電話：（〇二）二五〇〇－七六〇〇（代表號）
傳真：（〇二）二五〇〇－一九七九

中彰投以北經銷／楨彥有限公司（含宜花東）
電話：（〇二）八九一九－三三六九
傳真：（〇二）八九一四－五五二四

雲嘉經銷／智豐圖書有限公司　嘉義公司
電話：（〇五）二三三－三八五二
傳真：（〇五）二三三－三八六三
客服專線：〇八〇〇－〇二八－〇二八

南部經銷／智豐圖書有限公司　高雄公司
電話：（〇七）三七三－〇〇七九
傳真：（〇七）三七三－〇〇八七

香港經銷／一代匯集
香港九龍旺角塘尾道六十四號龍駒企業大廈十樓B&D室
電話：（八五二）二七八三－八一〇二
傳真：（八五二）二五八二－一五二九

新馬經銷／城邦（馬新）出版集團Cite（M）Sdn. Bhd.
E-mail：cite@cite.com.my

法律顧問／王子文律師　元禾法律事務所
台北市羅斯福路三段三十七號十五樓

二〇二一年七月一版一刷

■中文版■

郵購注意事項：
1.填妥劃撥單資料：帳號：50003021戶名：英屬蓋曼群島商家庭傳媒(股)公司城邦分公司。2.通信欄內註明訂購書名與冊數。3.劃撥金額低於500元，請加附掛號郵資50元。如劃撥日起 10～14日，仍未收到書時，請洽劃撥組。劃撥專線TEL：(03)312-4212 ・ FAX：(03)322-4621。E-mail：marketing@spp.com.tw

國家圖書館出版品預行編目(CIP)資料

最狂輔助職業【話術士】世界最強戰團聽我號令 /
Jaki作 ; 御門幻流譯. -- 1版. -- 臺北市 :
城邦文化事業股份有限公司尖端出版 : 英屬蓋曼
群島商家庭傳媒股份有限公司城邦分公司發行,
2021.07
面； 公分
譯自 : 最凶の支援職〈話術士〉である俺は世界最
強クランを従える
ISBN 978-626-308-865-8 (平裝)

861.57 110008696

CONTENTS

KEYWORD

探索者(seeker)

正如字面形容是以探索為工作的職業。雖然他們的收入是來自於沉睡在遺跡裡的財寶，或是打擊犯罪等，相當多元，但其中最主要且最受矚目的賺錢方式，就是討伐威脅世界的惡魔(beast)。只要是年滿十五歲者皆能加入，並由探索者協會(seeker guild)統一管理。

戰團(clan)

得到國家正式承認的探索者組織。討伐惡魔的相關委託是由國家負責統籌，唯獨戰團才可以接受委託。至於並未隸屬於任何戰團的探索者們，則是其他戰團基於某些原因無法執行任務時，才會以外包的方式接受委託。

話術士

是其中一種輔助(buffer)職能，屬於後衛型戰鬥職能(job)。能透過言語幫人提供增益(buff)，特色是使用技能時無須消耗魔力，但問題在於無法對自己產生效果，因此相當難駕馭，又相當缺乏自保手段，才會被世人評為最弱的職能。

jaki
Illust.fame
1
The most notorious “TALKER”,
run the world's greatest clan.
最狂輔助職業【話術士】
世界最強戰團聽我號令